16075. Bis.

H.

L'ESPRIT

DES USAGES

DES DIFFÉRENS PEUPLES.

TOME PREMIER.

L'ESPRIT

DES USAGES

DES DIFFÉRENS PEUPLES,

PAR M. DÉMEUNIER.

SECONDE ÉDITION.

TOME PREMIER.

＊━━━━━━━━━━━＊

Trois Vol. in-8°. *brochés*, 9 liv. *reliés*, 12 liv.

＊━━━━━━━━━━━＊

A LONDRES,

Et se trouve à Paris,

Chez P i s s o t, Libraire, quai des Augustins,
près la rue Gilles-Cœur.

M. DCC. LXXX.

AVERTISSEMENT.

LE plan de cet Ouvrage a paru bon, & on a cru qu'en l'exécutant mal, il feroit encore utile : le Lecteur va juger.

Après tant de livres fur l'homme, on n'a point rapproché les Mœurs, les Ufages, les Coutumes & les Loix des différens Peuples : on veut réparer cette omiffion.

Nous connoiffons prefque toutes les nations, policées ou fauvages, il eft tems de les comparer ; & comme le genre humain offrira déformais un fpectacle monotone, on tâche de conferver les veftiges des premiers tems.

Les Ecrivains ne préfentent guères les ufages étrangers que fous un point de vue bifarre ou ridicule ; on change ici de méthode, & on en cherche l'efprit.

Le climat, la ftérilité du pays, l'âpreté du ciel, l'organifation phyfique, les befoins & la pofition des peuplades, éta-

bliſſent d'abord des Coutumes très-diffé-
rentes : la Politique, les Lois & la Morale, les idées fauſſes & les préjugés, la
liberté, l'eſclavage & mille autres circonſtances achèvent de les varier, & on
examine ces circonſtances.

Un uſage ſe dénature bientôt; mais
communément il eſt raiſonnable dans
ſon origine; pluſieurs ſont le réſultat de
l'expérience des peuples; & pour mieux
en découvrir les cauſes phyſiques ou les
cauſes morales, on étudie les idées do-
minantes à cette époque.

Cette influence des idées ſur les coutumes, apprend à l'Obſervateur quelle eſt
la Métaphyſique des diverſes nations, &
on explique très-bien enſuite ce qu'il y
a de ſingulier dans leurs mœurs.

On donne quelquefois les premieres
explications qui ſe préſentent à l'eſprit : on
ne prétend pas que le Lecteur les adopte
toutes; on montre par un eſſai ce que
peuvent faire des Ecrivains plus habiles.

En cherchant des raiſons plauſibles,
on n'oublie point que cette méthode eſt

fujette à des erreurs; & que la folie, le caprice & la corruption établiffent un ufage, ou le confirment par une loi, fans aucun motif.

Outre ces raifons primitives, on en trouve encore pour ne pas abolir les anciennes coutumes, & comme on ne ramène l'ordre naturel qu'avec des efforts & du travail, les abus fe perpétuent & fe réuniffent aux nouveaux, & les nations parviennent ainfi au point où on les voit.

On s'eft appliqué à fuivre les progrès de la civilifation : on examine comment ils changent les ufages; & on indique la dépravation journaliere des peuples.

Les coutumes s'altérent en paffant de livre en livre ; & des Ecrivains les ont défiguré pour les rendre plus piquantes: on obferve ces changemens & on remonte à la fource.

On évite les principes généraux; l'efprit de fyftême feroit ici très-abfurde.

Au lieu de déclamer on étudie froidement l'origine des abus : peu à peu l'indignation fe change en pitié, ou ces défordres redeviennent fi fimples qu'ils font à peine dignes d'attention.

On fe défie de la premiere impreffion que caufe un ufage étranger; car en réfléchiffant fur ceux qu'on traite d'abord d'extravagans & de fols, on eft plus modéré.

Un fecret amour-propre nous féduit; il femble que nos Coutumes & nos Loix doivent fervir de modèle à toutes les contrées ; mais on fait que les pays les plus polis de l'Europe ont des ufages qui nous furprendroient fi nous les trouvions en Amérique ou parmi les Nègres.

On a raffemblé une multitude d'ufages finguliers; & ceux qu'on ignore peuvent s'expliquer par les obfervations qu'on a faites.

On ne parle point des ufages religieux; on s'eft interdit ces recherches.

On cite beaucoup de Voyageurs, d'Hiftoriens & d'Auteurs de différens genres; cette érudition étoit néceffaire : on ne veut pas être favant; on ne veut qu'éviter des reproches.

Les Voyageurs ne donnent que les faits: on doit réctifier ce qu'ils voient mal, & comme ils fe trahiffent prefque toujours, il y a dans leurs récits des contradictions à débrouiller.

Ils ne font pas une étude approfondie des ufages des peuples (1); & ils négligent ordinairement cette partie de leurs relations. Il faut du tems, des recherches, du difcernement, un efprit obfervateur, de la conftance & de l'opiniâtreté pour juger les mœurs, les loix & les coutumes des nations, & comment réuniroient-ils toutes ces qualités ?

Les Compilateurs recherchent encore moins que les Voyageurs l'origine des ufages, & l'on n'imagine pas quel eft leur caractere. Les fujets des traités recüeillis par Gronovius & Graevius font intéreffans ; mais ils deviennent entre

_____

(1) Oviedo dit qu'on n'étudia les mœurs des Infulaires d'Otahiti, qu'après qu'on les eut prefque tous détruits.

leurs mains des rapſodies dégoûtantes : ſervilement attachés aux Auteurs anciens & à deux ou trois peuples fameux, le reſte de la terre n'attire point leurs re‑ gards ; ils entaſſent des paſſages tirés des Hiſtoriens & des Poëtes ; ils prennent à la lettre, les tournures, les mouvemens oratoires, les expreſſions recherchées & le bel eſprit des Ecrivains, & tout ce qu'ils diſent leur paroît un uſage conſtant. Si Virgile, Cicéron ou Quintilien par exemple, peignent autour d'un malade, ſes parens & ſes amis qui l'embraſſent à ſon dernier inſtant, ils croient que le mot *Halitus* (1) ou *ſpiritus* ſignifie *ame*,

---

(1) Ils citent ces paſſages : Anne parlant de Didon dit au quatrieme Livre de l'Enéïde :

Extremo ſi quis ſuper *Halitus* errat,
Ore legam.

Et Ciceron in verrem : *filiorum ſuorum extremum* ſpiri‑ tum *ore excipere liceret.*

Et Quintilien déclam. 6. *Non morienti pater Aſſedi, non ægri caput molliori ſede compoſui, non* ſpiritum *excepi.* &c. &c. &c. Voyez Kirchmann de *funeribus Ro‑ manorum.* Meurſius de *funere Liber ſingularis.* Joſephii Laurentii de *funeribus antiquorum tractatus.* Quenſtedius

& ils affurent que chez les anciens : *c'étoit la coutume d'appliquer fa bouche fur celle d'un mourant pour recevoir fon ame.*

Ces compilations monftrueufes & cette foule obfcure de Livres latins, publiés depuis la renaiffance des Lettres, renfermoient des traits précieux : on les en a tiré, & lorfqu'un gros volume fourniffoit un ufage intéreffant, on n'a point regretté fon travail.

On ne pouvoit pas omettre les Loix qui établiffent des coutumes, & on cite celles qu'a oubliées M. de Montefquieu : on n'envifage pas toujours les autres de la même maniere que cet illuftre Ecrivain, & la fuite de cet Ouvrage en explique plufieurs dont il ne donne point la raifon.

Afin d'approfondir les ufages des anciens peuples de l'Europe ; on a lu leurs

---

de *fepulturâ veterum.* Petri Moreftelli, *Pompa feralis.* Enfin ils compilent 50 citations pour prouver qu'on affiftoit aux funérailles, les cheveux épars & qu'on embraffoit les mourans.

Codes (1), & on a effayé de dévelop-
per l'Hiftoire confufe de ces barbares.

On a remonté aux ufages par les faits
hiftoriques , quand l'occafion fe préfentoit.

Le rapprochement de tant de coutumes
extraordinaires infpire la crédulité, & le
Lecteur parvenu à la fin de l'Ouvrage,
admettra les faits les plus étranges.

Quoiqu'on employe fouvent la critique , (2) on rapporte certains ufages
qu'on aura peine à croire au premier
inftant : chacun eft le maître de les nier ;
voici feulement quelques refléxions.

On doit parler avec défiance des faits
qui femblent répugner aux loix de la

---

(1) Le Code des Wifigoths , l'Edit du roi Théodoric ,
les Loix Saliques, celles des Allemands , des Bavarois , des
Ripuaires, des Saxons, des Anglois, des Frifiens, des Lom-
bards ; Leges *Werinorum* , celles de la Sicile ou de Naples ,
les Capitulaires de Charlemagne & de l'empereur Louis &c.

(2) On ne difcute pas toujours le degré de croyance
que mérite chaque Voyageur : cette précaution eft inutile ,
lorfque les relations font conformes d'ailleurs à ce qu'on
connoit des autres pays , & on ne vouloit pas que ce Livre
fût une Differtation.

nature, & même il y en a qu'on peut, sans aucun ménagement, rejetter comme faux. Ainsi le Médecin Pomet est un menteur, ou il s'est trompé, lorsqu'il dit avoir *vu* dans l'église d'un monastere d'Abyssinie, *une baguette d'or ronde, longue de quatre pieds & aussi grosse qu'un gros bâton, se soutenant en l'air sans aucun appui, ni soutien ; & qu'elle est là depuis trois cens ans* (1) : il est permis de traiter avec le même dédain les Voyageurs & les Historiens, quand ils parlent d'hommes qui vivent de l'odeur des pommes sauvages, ou sans manger ; qui n'ont qu'un œil & qu'un pied ; ou des oreilles qui descendent jusqu'aux talons, & qui arrachent des arbres avec ces oreilles ; ou la langue fendue, ce qui leur permet de répondre tout à la fois à une personne & de parler avec une autre ; ou des os flexibles comme des nerfs, & qui se placent & se disposent comme on veut, &c. &c. (2).

---

(1) Lettres Edifiantes, tome IV.

(2) Voyez Boëmus *Mores Gentium*, Diodore & les Auteurs anciens.

On connoît affez la marche phyfique de la nature pour prononcer alors ; mais dès qu'il eft queftion des mœurs & des ufages des peuples, il n'y a plus de loi générale, & quand on les étudie profondément, on n'eft étonné de rien (1).

Malgré ce penchant à croire les ufages finguliers, il y a un point où il étoit néceffaire de s'arrêter ; on a tâché de faifir ce point.

En cherchant l'Efprit des Ufages & des Coutumes des différens Peuples, on a réuni en corps d'hiftoire tout ce qu'ont penfé les hommes fur les Alimens & les Repas, les Femmes, le Mariage, la Naiffance & l'Education des Enfans, les Chefs & Souverains, la Guerre, la diftinction des Rangs, la Nobleffe, & l'infociabilité des Nations, l'Efclavage & la Servitude, la Beauté, la Parure & les Manieres de fe défigurer, la Pudeur & la Continence, l'Aftrologie, les Ufages cabaliftiques &c, la

---

(1) L'extrême crédulité des Anciens n'eft fouvent répréhenfible que fur les matieres de phyfique.

Société (1) & les Ufages Domeftiques, les Loix pénales, les Epreuves, les Supplices, le Suicide, l'Homicide & les Sacrifices humains, les Maladies, la Medécine & la Mort, & enfin les Funérailles, les Sépultures & les Enterremens. Les idées naiffent en foule fur une matiere auffi vafte, & l'art de l'Ecrivain confifte à préfenter des réfultats.

Dans un fiècle éclairé le Lecteur juge par lui-même; & les plus mauvaifes Hiftoires fervent au Philofophe comme les bons Ouvrages : il fuffit d'expofer les faits avec fageffe; & comme il n'eft pas toujours permis de les cenfurer, on laiffe à d'autres nations le foin d'en parler librement.

Pour ne pas trop attrifter le Lecteur, on excufe les peuples autant qu'il eft poffible, & quoiqu'on choififfe le point de vue le plus favorable, le fonds de la fcène eft encore affligeant.

Chacun des XVIII Livres offre un

(1) On prend ici ce terme de *fociété*, dans l'acception qu'on lui donne au commencement du Livre douzieme.

tableau particulier ; mais on n'entendra point l'Auteur si on le critique avant de les lire tous , & on n'en saisira pas là marche ; si on ne fait à la fin quelques instans de refléxion.

L'étendue de cet Ouvrage forçoit à parler de toute forte de matieres ; & il étoit facile de s'égarer.

Si l'on n'énonçoit une phrafe qu'avec les modifications qui font dans la tête de l'Ecrivain, on deviendroit ennuyeux : on préfere une diction plus rapide & plus ferme, & on se livre à la bonne-foi des Lecteurs.

C'eft avec répugnance qu'on donne à l'Ouvrage un titre qui rappellera fans ceffe *l'Efprit des Lois* , & pour prendre ce parti, il a fallu des circonftances dont il eft inutile de parler.

L'âge d'un Auteur ne fait rien à fon Livre, mais lorfqu'on eft jeune ; on doit mefurer davantage fes expreffions & fes idées : j'ai tâché d'être circonfpect ; car le ton décifif ne convient point à un homme qui n'a pas vingt-cinq ans.

LIVRE

LIVRE PREMIER.

ALIMENS, REPAS.

CHAPITRE PREMIER.

Différentes fortes d'alimens.

Voila l'homme fur la terre : femblable à ces animaux dont parle Ariftote (1)', fon exiftence ne durera que peu de jours s'il ne trouve des alimens autour de lui. En portant fes regards fur les arbres & les champs qui l'environnent, il découvre un moyen de perpétuer le mouvement animal de fon corps, & la nature ne l'a point condamné à fortir de la vie au moment de fa naiffance.

Les végétaux les plus fimples lui fervirent

(1) Ariftote dit qu'il y avoit près du fleuve Hypanis des animaux qui ne vivent qu'un jour, parceque la nature leur a refufé des moyens de fe nourrir.

Tome I.   **A**

d'abord de nourriture, & il s'écoula bien du tems avant, que preſſé par la diſette & la faim, il oſât porter à ſa bouche la chair des animaux.

Je paſſe ſur toutes les gradations inſenſibles que parcourent les nations avant d'arriver au point où on les voit aujourd'hui; & voici ce qu'il y a de plus intéreſſant dans cette partie de leur hiſtoire.

Nous mangeons tous les corps qui peuvent s'élaborer dans l'eſtomac, & il ne faut en excepter, ni les racines, ni les herbes les plus groſſieres, ni les animaux dégoûtans, ni les poiſons, ni les ordures, ni la chair humaine.

Racines ſauvages.

L'homme ſauvage différe à peine des autres animaux, & il ſe nourrit des mêmes alimens. Pluſieurs peuplades ne vécurent jadis que d'herbes ſauvages, & un grand nombre d'iſles ſont encore habitées par des inſulaires qui ne connoiſſent que cette maniere de ſubſiſter. Les Canadiens au défaut de gland ſe nourriſſoient de la fève ou de la pellicule qui eſt entre le bois & la groſſe écorce du tremble & du bouleau. Parmi les Ethiopiens ſauvages, les uns vivoient d'un fruit qui croît ſans culture dans les étangs & les marais: d'autres qui mangeoient les rejettons les plus tendres des arbres furent appellés pour cela *hylophages*. Quelques-uns n'avoient pour alimens que des racines de roseaux, & les *spermatopha-ges* ne prirent ce nom que parcequ'ils se nour-rissoient de la graine des plantes (1). Les Vene-des (2) & les habitans des Canaries (3) man-geoient indifféremment toute forte d'herbes.

Lemaire décrit un repas dont il fut témoin aux isles de Hoorn. Les habitans, dit-il, » mâ-» cherent d'abord des herbes de toute espece, & » après les avoir rejettées tous ensemble de leur » bouche dans une grande cuve, ils y verserent » de l'eau. Ils remuerent pendant quelque tems » cette soupe, & ils en offrirent à deux de leurs » rois & à leurs officiers qui en mangerent (4).

Enfin, les Zélandois se nourrissent principale-ment de racines de fougere (5).

On n'examinera point si l'estomac & les in-testins de l'homme font trop courts pour qu'il se nourisse *uniquement de végétaux*, & s'il n'au-roit pas alors assez de molécules pour sa subsis-tance : l'expérience semble décider la question

_____

(1) Diod. de Sic., l. 3, ch. 7.
(2) Tacite.
(3) Hist. des voyag. de l'abbé Prevost, tome I, de l'édition *in*-4. qui sera toujours citée.
(4) Rel. de Lemaire.
(5) Voyages du capitaine Cook, en 1770.

contre le naturalifte célèbre qui foutient ce
fyftême.

Animaux   Plufieurs animaux révoltent notre délicateffe,
dégoûtans.   & nous avons pour eux une répugnance d'habitude & de préjugé ; mais depuis l'infecte jufqu'au reptile qui nous infpire le plus d'averfion,
il n'en eft aucun qui ne foit mangé par l'homme.

Les Efpagnols trouverent en Amérique des
peuples qui fe nourriffoient de ferpens d'une
groffeur énorme, & afin que leur chair ne fe
pourrît pas, ils avoient imaginé cet expédient.
Lorfqu'ils les prenoient vifs, ils les attachoient
dans leurs cabanes, & ils ne les tuoient qu'au
moment de les manger (1). D'autres faifoient
des provifions de fourmis & de chauve-fouris (2).

On affura Shaw qu'il y avoit au Caire & dans
les environs plus de quarante mille perfonnes
qui ne vivent que de lézards & de ferpens (3).
Les *acridophages* de l'Ethiopie ne mangeoient
que des fauterelles : le pays étoit rempli de ces
animaux ; ils allumoient de grands feux & ils
les étouffoient par la fumée (4). Drack ajoute

_____

(1) Coll. de Bry, grands voyages part. 10.

(2) Effais de Mont., liv. 1, ch. 22.

(3) Tome II de fes voyages. Les infulaires des Canaries les mangent ainf.

(4) Diodore de Sicile, liv. 3, chapitre 13.

que le peuple des mêmes contrées ne prend pas aujourd'hui d'autres alimens, & que ces sauterelles rongent, comme autrefois, le ventre des Ethiopiens.

Les Caffres aiment mieux les souris que les perdrix & les lapins (1), & Albert parle d'une fille qui ne vivoit que d'araignées.

Les Nègres de Juida préfèrent la chair de chien à celle des autres animaux (2) : les Indiens du nord de l'Amérique ont le même goût au rapport de Labat, & quelques Tartares ne manquent pas de les châtrer, afin de les engraisser & de les rendre meilleurs (3).

Les Indiens de la Nouvelle-France qui veulent faire un grand festin, engraissent des ours pendant deux ou trois ans (4).

Les Eluths & plusieurs Tartares, se nourrissent ordinairement de la chair de cheval, & ils préfèrent le lait de jument à celui de vache (5).

La vermine elle-même paroît d'un goût agréable à quelques peuples. Les Hottentots mangent les poux : il faut dévorer, disent-ils,

---

(1) Voyage de Faria.
(2) Voyage de Philipps.
(3) Nouveaux voyages aux isles, tome IV.
(4) Voyage de Champlain.
(5) Hist. des Turcs & des Mongols, tome II.

les animaux qui nous dévorent (1). Les Mexicains les croyoient falutaires, & ils prétendoient
qu'il vaut mieux les manger que les tuer entre
les ongles (2). Les enfans & la populace d'O-
tahiti (3) les mangent également, & cette habitude fe retrouve ainfi dans toutes les parties du
monde.

On mangea d'abord les viandes crues, & lorfqu'on les fit cuire pour la premiere fois, on
imagina qu'elles perdoient une partie de leur
faveur. Quand les Ethiopiens donnent de grands
repas, on fert encore fur une feconde table des
viandes crues, faupoudrées d'aromates, & les
convives les mangent avec avidité (4).

Il n'eft pas démontré que la conftitution organi-
que de l'homme le force à fe nourrir de chair ;
mais l'ufage de manger des animaux a perfuadé
depuis long-tems qu'ils ne font fur la terre que
pour nous fervir de pâture. Ce globe eft devenu
partout une vafte boucherie ; tant de maffacres
n'excitent pas la moindre commifération ; & l'on
ne trouve que la fecte des Banians à qui l'effu-
fion du fang infpire de l'horreur. Ces Banians fe

---

(1) Kolben.
(2) Rel. de Gomara.
(3) Voyage de Cook.
(4) *Marci Antonii Sabellici, Rel.*

couvrent la bouche d'un linge, de peur qu'il n'y entre des mouches; ils portent un petit balai à la main pour écarter les infectes; & ils ne s'asseyent jamais, sans nettoyer la place qu'ils veulent occuper (1); d'autres donnent chaque année un repas aux mouches; ils leur préfentent un grand plat de lait & de fucre mêlés enfemble; ou bien ils jettent une ou deux poignées de riz dans les fourmillieres (2).

Ces attentions font puériles, & l'homme pour fe défendre eft obligé de tuer un grand nombre d'animaux : ils devroient blâmer feulement cette voracité des peuples qui excitent des animaux paifibles à l'accouplement, & qui multiplient leur population, par toute forte de moyens, afin d'avoir plus de victimes.

Il eft inutile de rechercher, fi celui qui mangea pour la premiere fois la chair d'un animal, fentit de la répugnance & fut effrayé. Depuis Platon & Plutarque tous les morceaux d'éloquence qu'on a faits fur cette matiere, ne paroiffent pas bien raifonnés. Un fauvage, preffé par la faim, croit que tout eft permis, & fon imagination, d'ailleurs, n'eft pas fufceptible de l'enthoufiafme qu'on lui fuppofe.

_____

(1) Rel. de Bernier.
(2) Voyage d'Ovington.

C'eſt aux médecins à nous dire quelle foule de maux cet uſage introduiſit dans la ſociété, & comment ces germes de corruption, ſe mêlant avec le ſang, infecterent les générations qui étoient encore à naître. Lors même que la chair de pluſieurs animaux & en particulier de ceux qui ſe nourriſſent de poiſſons ne nous feroit point de mal (1); il eſt ſûr qu'une pareille habitude diminue la ſenſibilité, & dénature ces inclinations douces qu'on trouve parmi les peuplades qui ne mangent que des végétaux.

Mais l'homme découvrit alors une nouvelle ſource de jouiſſances, & il les goûta ſans en craindre les ſuites. Les animaux qui nous intéreſſent le plus par leur naturel, tomberent bientôt ſous le couteau, & la vue du ſang qui ruiſſeloit à grands flots ne put arrêter la ſenſualité. La chaſſe elle-même qu'avoit imaginé le beſoin, devint une partie de plaiſir, & on ſe fit un divertiſſement du meurtre & du carnage: enfin on mutila les animaux pour rendre leur chair plus délicate, & cette belle invention ne tarda pas à ſe répandre.

Quelques-uns cependant parurent immondes ou nuiſibles à la ſanté, & l'on s'en abſtint. On

_____

(1) Voyez *Caſtellanus de Carnium eſu* coll. de Gronov. tome IX.

ne suivra point ces bisarreries, & on ne rechercha pas quelles furent les raisons bonnes ou mauvaises de ces préférences & de ces exclusions.

Puisqu'on mangeoit la chair des animaux, pourquoi n'en auroit-on pas bu le sang ? Les Huns, les Bisaltes & les Gelons buvoient en effet celui de leurs chevaux (1) : dès que les Ostiakes ont tué un renne, un ours, ou quelque animal que ce soit, ils en boivent le sang chaud qu'ils aiment passionnément (2) : les Samoyedes prétendent même qu'il leur sert de préservatif contre le scorbut (3), & il y a des peuples d'Afrique qui se disputent à qui en boira le plus.

Les premieres peuplades sont communément *Poisons.* très-embarrassées de pourvoir à leur subsistance. Les Indiens de la côte orientale d'Amérique se nourrissoient de plantes empoisonnées qu'ils ne rendoient comestibles que par adresse (4) : des peuples de l'Ethiopie mangeoient les animaux les plus venimeux ; & sans parler de Mithri-

---

(1) Georg. livre 3.

(2) Recueil des voyages au Nord, par Bernard.

(3) Mém. sur les Samoyedes & les Lapons dans l'hist. de l'abbé Prevost.

(4) Rech. philosoph. sur les Améric., tome I.

date, une fille se nourrit long-tems de poisons
qui ne lui firent aucun mal, & elle devint elle-
même un poison très-subtil (1).

Ordures. Des nations entieres se nourrissent ailleurs des
ordures les plus sales. Les Nègres de la baye de
Saldanna mangeoient les intestins & les restes
d'animaux que les équipages de Michelburn re-
jettoient : ils n'avoient pas même la précaution
de les nettoyer (2). Le capitaine Sharpey atteste
que ces Africains mangerent jusqu'aux excrémens
des bestiaux qu'ils lui vendoient, & des cha-
rognes remplies de vers (3).

Les autres Nègres ne sont pas plus difficiles;
plusieurs n'aiment la chair des animaux que lorsqu'elle est à demi pourrie (4) ; ainsi que nous
ne mangeons certains fromages que quand ils
sont avancés.

Les Samoyedes se nourrissent de tous les cadavres d'animaux ; ils en exceptent seulement
les chiens, les chats, l'hermine & l'écureuil (5).

Les Huns se contentoient d'échauffer un peu
la viande entre leurs cuisses & le dos de leur

(1) Arist. ap. Coel. Rhod. livre 11, chap. 13.
(2) Prevost, tome I.
(3) Ibid.
(4) Ibid. tome III.
(5) Mém. sur les Samoyedes & les Lapons.

cheval (1), & les Calmouques ne la préparent pas aujourd'hui d'une autre maniere.

Au royaume d'Arrackan, on ne mange pas de poiffon avant qu'il foit gâté; on en fait alors une moutarde qui fe mêle avec les autres mêts & dont fouvent les étrangers ne peuvent fup- porter l'odeur (2).

Les alimens de quelques autres peuples Bar- bares étonnent bien davantage. Si les Hylogones manquoient de vivres, ils mouilloient de vieil- les peaux; & après en avoir grillé le poil fous de la cendre chaude ils les mangeoient (3).

Dès qu'une femme accouche chez les Jakutes, peuple de Sibérie; le pere prend le *placenta*, le fait cuire & s'en régale avec fes parens & fes amis (4): les Topinambous & les Tapuiges en Amérique, mangeoient la tunique & une par- tie du cordon ombilical des enfans nouvelle- ment nés (5).

Les Abyffins arrofent fouvent de fiel les vian- des qu'ils mettent fur la table à demi cuites (6).

(1) Ammien Marcellin.
(2) Voyage de Sheldon.
(3) Diodore de Sicile.
(4) Voyage de Gmelin.
(5) Recherch. phil. fur les Américains, t. I.
(6) Relat. de Lobo.

L'homme trouve les moyens les plus singuliers de subsister, quand il est dans le dernier
besoin. Les Parisiens du tems de la ligue, mou-
lurent les os du cimetiere des Innocens, & ils en
firent du pain (1).

Il paroît même que les progrès de la civilisation n'introduisent pas des goûts fort uniformes;
car les Siamois préférent les boyaux & les plus
sales intestins, à la partie du corps qui est pour
nous la plus délicate (2).

Enfin pour terminer ce tableau, on a mangé
des excrémens, & on a bu de l'urine.

L'hérétique Tanchelin étoit si vénéré dans
quelques provinces vers l'an 1185, qu'on buvoit
son urine (3) : les jardiniers de Nankin achè-
rent plus cher les excrémens d'un homme qui se
nourrit de chair, que d'un autre qui vit de pois-
son, & ils en goûtent pour les distinguer (4).

La sainteté des Gougis & des Faquirs de l'Inde, consiste principalement à ne rien manger
qui ne soit cuit ou apprêté avec de la fiente de
vache (5) : cette fiente est si sacrée que la plu-

---

(1) Satyre Menippée.
(2) Rel. de la Loubere.
(3) Mezerai, tome II.
(4) Voyage de Gemelli Carery.
(5) Voyage de Bernier.

part des Indiens s'en mettent tous les matins
au front , fur la poitrine & aux deux épaules;
parcequ'elle purifie l'ame.

Pourquoi donc a-t-on contefté l'exiftence des
antropophages ? & quelle eft cette raifon puérile
qui nie des faits très-naturels parcequ'on n'en eft
pas témoin ? Les auteurs anciens & modernes
citent en vain des peuples qui mangent de la
chair humaine ; on a répondu que cela *eft im-*
poffible , & ceux même qui accufoient l'homme
de quelque méchanceté , le croyoient incapable
de cet *excès de dépravation.* Mais l'origine de
cette habitude n'annonce aucune perverfité , &
l'on a fait fur cette matiere de bien mauvais rai-
fonnemens. Le témoignage du capitaine Cook ,
& de MM. Banks & Solander diffipe enfin tous
les doutes.

Que des fauvages qui n'ont pas d'autre nourriture , mangent des cadavres humains , il n'y a
rien là d'étonnant. Sept Anglois fe trouverent
fans fecours en pleine mer , & tirerent au fort ,
pour favoir qui ferviroit de pâture aux fix autres.
Ils fe partagerent le malheureux que condamna
le coup de dez; & les Efpagnols , lors de la
conquête du Nouveau Monde (1), furent obli-

Antropo-
phages.

_____

(1) Recherch. philofoph. fur les Américains , tome I.

gés quelquefois de manger des Américains &
même des Caftillans

Dès qu'on eut fait le premier pas, on n'at-
tendit pas la derniere extrémité pour ufer de
cet aliment ; & les enfans qu'on avoit nourri de
cette chair, s'en nourrirent encore dans un âge
mûr, fans être plus cruels.

D'autres caufes établirent ailleurs l'antropo-
phagie. Un furieux qui vient de tuer fon ennemi
& dont la rage n'eft point fatisfaite, fe venge
encore fur fon cadavre, & il en ronge des
morceaux.

La piété elle-même fit naître un pareil ufage ;
on voulut enfévelir fes parens dans fon propre
fein (1) : ce fut bientôt un devoir de la morale
& de la religion de fe nourrir de leur chair, &
on mit alors de la ferveur & du zèle à l'ac-
complir.

Avant de rapporter des détails, il faut convenir des exagérations des auteurs fur les Cannibales & en citer des exemples. L'hiftorien *de la
Nouvelle-France*, affure que les Savanois s'entre-
dévorent *continuellement* ; & l'on dit que les
Caraïbes mangerent en douze ans fix mille hom-

---

(1) Voyez le livre des funérailles & des fépultures, où
l'on s'eft étendu fur cette matiere.

mes enlevés à la seule isle de Porto - Rico.
Les témoignages qu'on rejette dans la note (1)

---

(1) *Liste de quelques peuples antropophages.*

Les insulaires de Nouffa Laout, près l'isle d'Amboine. Relation de Valentyn.

Les habitans de plusieurs isles aux environs de celle de Sainte-Marie. Voyage d'Adams en 1598.

Les insulaires de la Cayenne. Voyage de Froger; & les Caraïbes de la Guadeloupe. Voyage de Colomb.

En 1743 des tribus entieres sur les bords de l'Yupura, mangeoient encore leurs prisonniers. Voyage à la riviere des Amazones de M. de la Condamine.

Les Indiens des environs de l'Amazone. Voyages d'Acuna & d'Articda.

Ceux des environs de la Plata. Hist. du Paraguai.

Les sauvages du Bresil. Laët Knivet.

Les Mexicains. Gomara.

Les Péruviens. Voyage de Pizarre.

Les Scythes Budiens, les Scythes *Androphages & Melancheniens.* Herodote.

Les anciens Galates. Boëmus *Mores gentium.*

Les Samoyedes étoient antropophages, comme l'indique le nom lui-même dans la langue du pays.

Les Tartares de Kardan. Voyage de Marcopolo.

Les Nègres de Sierra-Léona. Description de la Guinée de Barbot. Ceux de la côte d'Yvoire. Voyages de Loyer & de Villault. Ceux de la côte d'Or. Barbot.

Les Floupes des environs de la Gambie. Voyage de Brue.

Les Nègres de Juida. Voyage de Philipps.

prouvent qu'il y a des Cannibales : on citera feulement ici le capitaine Cook & MM. Banks & Solander. Sans doute que malgré le rapport de

---

Les Dahomais , les Acquas & les Zamazones. Voyage de Snelgrave.

Les Jaggas Voyage de Battel.

Les Munbos, peuples du Monomotapa. Nation Portugaife , de Faria , vol. II.

On pourroit citer un plus grand nombre d'exemples , mais on ne veut pas être long.

On n'examine pas quel degré de croyance il faut accorder à ces auteurs. Si quelques - uns attribuent légerement le terme d'antropophages aux peuples dont ils parlent, le point capital de la queftion n'en eft pas moins avéré. On peut ranger au nombre des voyageurs indignes de foi Jéremie , qui affure que les fauvages de la baye d'Hudfon, tuent leurs enfans pour les manger lorfqu'il font preffés par la faim. » J'en ai connu un , dit-il , qui après » avoir dévoré fa femme, & fix enfans qu'il avoit d'elle ; » avoua qu'il ne fut attendri qu'au dernier qu'il aimoit » plus que les autres ; qu'il ouvrit d'abord la tête pour » manger la cervelle, mais qu'il n'eut pas la force de caf- » fer les os, afin d'en fucer la moëlle «. Mais les relations Angloifes des mêmes contrées femblent confirmer ce récit.

Lorfque M. Roufleau demande au *premier fang* qu'en veux-tu *faire , bête farouche , le veux-tu boire ?* On pourroit répondre que les Tartares de Kardan boivent le fang de leurs ennemis après les avoir tués , (voyage de Marco polo) & que les Mexicains en arrofoient leur pain facré.

nos obſervateurs philoſophes, on argumentera toujours contre ce fait. » En débarquant dans » le canal de la reine Charlotte, nous trouvâmes » des Zélandois qui faiſoient cuire leurs provi- » ſions; nous apperçûmes des os humains & il » nous parut évident que la chair qui les cou- » vroit avoit été mangée ; car ce qui en reſ- » toit ſembloit manifeſtement avoir été apprêtée » au feu, & l'on voyoit ſur les cartilages, les » marques des dents : cependant pour confirmer » des conjectures que tout rendoit ſi vraiſem- » blables, nous chargeâmes Tupia de demander » ce que c'étoient que ces os, & les Indiens ré- » pondirent ſans héſiter en aucune maniere que » c'étoient des os d'hommes. On leur demanda » enſuite ce qu'étoit devenue la chair, & ils » répliquerent qu'ils l'avoient mangée. Mais, dit » Tupia, pourquoi n'avez-vous pas mangé le » corps d'une femme que nous avons vu flotter » ſur l'eau ? cette femme, répondirent-ils, eſt » morte de maladie ; d'ailleurs elle eſt notre » parente, & nous ne mangeons que les corps » des ennemis que nous tuons dans une bataille. » En nous informant qui étoit l'homme dont » nous avions trouvé les os, ils nous dirent » qu'environ cinq jours auparavant, une pirogue » montée par ſept de leurs ennemis, étoit venue

Tome I.   B

» dans la baye, & que cet homme étoit un des
» sept. Nous leur demandames ensuite, s'ils
» avoient quelques os humains où il y eût encore
» de la chair; ils nous répondirent qu'ils l'avoient
» toute mangée. Nous fîmes semblant de croire
» que ce n'étoient pas des os d'hommes, mais
» des os de chien; sur quoi un des Indiens saisit
» son avant-bras avec une sorte de vivacité, &
» en le portant vers nous, il dit que l'os que
» tenoit M. Banks avoit appartenu à cette partie
» du corps; & pour nous convaincre en même-
» tems qu'ils en avoient mangé la chair, il mor-
» dit son propre bras & fit semblant de manger:
» il mordit aussi & rongea l'os qu'avoit pris M.
» Banks, en le passant à travers sa bouche &
» montrant par signes que la chair lui avoit pro-
» curé un très-bon repas (1).

　　» Dans presque toutes les anses où nous dé-
» barquâmes, nous trouvions des os humains
» encore couverts de chair, vers les endroits où
» l'on avoit fait du feu, & comme nous étions
» curieux d'emporter au vaisseau des os humains
» rongés, les Zélandois nous en offrirent quel-
» ques jours après plusieurs dont ils avoient man-

---

(1) Voyage de Cook en 1770, 1771 &c.

» gé la chair ; & ils voulurent nous les ven-
» dre (1) «.

La chair humaine affecte agréablement le goût
de ces peuples , & cette impreſſion n'eſt dé-
truite , ni par de triſtes réflexions , ni par la
ſenſibilité de leur ame. On chercha donc à la
préparer , de maniere à la rendre plus appé-
tiſſante , & l'on prit pour cela diverſes précautions. Les anciens auteurs aſſurent que les Indiens de Cumana & de la Nouvelle-Grenade ,
préféroient la chair des enfans, & qu'ils les mu-
tiloient pour les attendrir : les Iroquois aimoient
extrêmement le col & tout ce qui enveloppe la
nuque ; & les Caraïbes préféroient le mollet de
la jambe & les cuiſſes bien charnues , parceque
ces morceaux ſont moins coriaces (2) : cependant ils ne mangeoient jamais ni les femmes ni
les filles.

Il eſt fort indifférent de ſavoir s'il y a eu
des boucheries & des marchés de chair humaine,
comme on l'a dit ſouvent des Jaggas , & des
peuples de Macoco. Si l'on en croit pluſieurs auteurs , & Pigafetta , dont les aſſertions ne ſont
pas d'un grand poids , les Anzikos la vendent

---

(1) Ibid.

(2) Petri Mart. *Decades Ocean.*

publiquement, comme on vend du bœuf en Europe, & ils tuent même leurs esclaves, lorsqu'ils les jugent assez gras (1).

Mais il ne seroit pas surprenant que les peuplades établissent des boucheries de captifs, pour entretenir leur férocité ; car on ne conçoit pas quelle est parmi les sauvages, la fureur que fait naître la guerre : on dit en effet que les Otomies (2) sacrifioient leurs captifs , & qu'ils en vendoient la chair.

D'autres firent une fête de ces sacrifices & on mangea solemnellement les captifs. Nous verrons au livre de la guerre comment les Brésiliens immoloient les leurs. Des femmes les coupoient en pieces : elles frottoient leurs enfans de sang pour les accoutumer à la cruauté. On rôtissoit le corps & les entrailles, & tandis qu'on les mangeoit dans un repas public , les vieillards exhortoient les jeunes gens à devenir de bons guerriers, & à se procurer souvent le même festin (3).

Enfin on a prétendu qu'il y a des Nègres à

_____

(1) Rel. de Pigafetta.

(2) Herrera.

(3.) Voyage de Lery, Knivet, &c. J'ai supprimé beaucoup d'autres détails rapportés par ces voyageurs, dont il faut se défier.

physionomie de tigres qui sont antropophages par instinct; & qui déchirent même sur les vaisseaux, les autres esclaves avec lesquels ils se trouvent à bord (1). Cette assertion est dénuée de preuves; mais on a voulu expliquer par la constitution physique de l'homme, pourquoi il y a des antropophages (2), & un auteur a examiné, si l'usage de vivre de chair humaine, est conforme ou opposé aux intentions de la nature.

Plusieurs antropophages, tels que les Zélandois & les Brésiliens ne sont féroces & cruels qu'à la guerre (3), & cette habitude, qui à la vérité conduit à l'insensibilité morale du caractere, n'en est pas toujours une preuve.

_____

(1) Roëmer, description de la Guinée.

(2) Recherch. philosoph. sur les Américains, tome I.

(3) On peut voir dans le voyage du capitaine Cook, combien le caractere des Zélandois est doux d'ailleurs : la plupart des Brésiliens reçevoient humainement les étrangers; ils les pressoient d'entrer dans leurs maisons, & ils leur faisoient toute sorte d'accueil.

CHAPITRE II.

Cérémonies & politeſſe à table. Manieres de manger.

ON ne s'étendra pas ſur toutes les cérémonies qui accompagnent les repas. Quelques-unes ſont relatives à la propreté ; on en inſtitua d'autres pour entretenir l'eſprit de ſociété & ſe donner mutuellement des marques d'amitié : la ſuperſtition établit celles-ci & les idées de politeſſe, ſi diverſes chez les différens peuples, en firent naître pluſieurs, auxquelles, il ne ſemble pas qu'on puiſſe aſſigner d'origine.

Les Indiens du Malabar ne peuvent rien manger, s'ils ne ſe lavent pas le matin & le ſoir, & on regarde comme des impies, ceux qui manquent à cet uſage (1).

Autrefois en Ruſſie, le maître & la maitreſſe de la maiſon, préſentoient aux convives un verre d'eau-de-vie, & la femme les baiſoit enſuite les uns après les autres.

Lorſque les Cyréniens (2) invitoient à un

---

(1) Prevoſt, tome VII.

(2) Anc. peuples du nord de l'Afrique. Athenée, Deipnoſoph. livre XII.

repas un homme de diftinction, il amenoit avec lui un grand nombre d'amis.

Le roi de Commendo voulant donner à boire à des navigateurs Anglois, on verfa d'abord quelques gouttes de la liqueur au milieu d'un trou qu'on fit en terre, & on arrofa de vin divers fagots d'écorce de palmier qui fe trouvoient dans la falle (1) : ces libations font affez communes chez la plupart des Nègres. Voici ce que Philipps apprit au Cap Mefurado, fur une cérémonie pareille à celle qu'on vient de rapporter : on lui dit que le dernier roi étoit enterré dans ce trou, & que fes fujets lui offroient les prémices de tout ce qui devoit fervir à leur nourriture (2) : mais il eft probable qu'ailleurs ces offrandes s'adreffent aux dieux.

Les Juifs chargeoient autrefois de leurs péchés un bouc qu'ils envoyoient au défert : les Juifs modernes les rejettent aujourd'hui fur les poiffons : après les repas, ils vont fouvent au bord de l'eau, & ils y fecouent leurs habits.

L'appareil des repas & la maniere de manger, dépendent en chaque pays, des mœurs, des préjugés, de l'état des arts & des progrès de la civilifation.

_____

(1) Prevoft, tome I.
(2) Voyage de Philipps.

B 4

Maniere de manger.

Sans parler des fauvages qui ne fuivent point en cela de coutume générale, les Lapons mangent à terre, & ils ont les pieds pliés l'un contre l'autre.

Les Gaulois fe couchoient fur des peaux de loups & de chiens : il y avoit à côté d'eux de grands feux, garnis de chaudieres & de broches, où ils cuifoient des quartiers de viande (1) : on offroit aux plus braves les meilleurs morceaux ; & c'eft ainfi qu'Ajax, vainqueur d'Hector, eft récompenfé dans Homère, par les héros de l'armée Grecque.

La plupart des Nègres s'affeyent à terre, les jambes croifées, pour prendre leur repas; ils s'appuyent fur l'un ou l'autre coude, ou bien ils ont le derriere fur les talons (2).

Les arts fe perfectionnerent; *la fociété* (3) fe forma dans les grandes villes ; on inventa les termes de maintien & de décence; & parmi les changemens qui en réfulterent pour les repas, on les prit affis.

Au tems d'Homère les convives s'affeyoient

(1) Diod. de Sic. liv. 5, chap. 20.

(2) Prevoft, tome IV.

(3) C'eft-à-dire, la maniere de vivre & de converfer enfemble dans les pays où les hommes font raffemblés en grand nombre. Voyez plus bas le livre de *la fociété*.

encore (1); le luxe fit des progrès, & l'on imagina des lits. Cette pofition étoit incommode & ne s'accordoit point avec celle de l'eftomac qui ne pouvoit plus recevoir autant d'alimens; mais comme la gourmandife n'étoit pas fatisfaite, on eut recours aux vomitifs.

Les repas de ces majeftueux Romains devoient être fort triftes, & l'œil n'aime pas à fe repofer fur les figures qu'en a donné le pere de Montfaucon. On n'y voit que des animaux étendus pour mieux jouir des plaifirs de la table : ils fe formerent des idées fi bifarres & fi étranges que c'étoit une marque de douleur & de mortification de manger affis. Caton penfant aux maux qu'alloit caufer à la république, la guerre civile de Céfar & de Pompée, ne prenoit plus d'alimens que dans cette pofture (2).

Les peuples d'Orient l'ont confervée, parcequ'ils font indolens & énervés par le climat, & que depuis vingt fiècles ils ne changent pas aux anciens ufages (3) : cette pofture varie cependant dans les différentes contrées, & les Japonois ne

_____

(1) Athenée.

(2) Plutarque.

(3) Cette immutabilité des ufages en Orient fera remarquée fouvent dans ce livre.

mangent appuyés que fur les jambes & les genoux.

La maniere de préparer les alimens eft encore moins uniforme : il paroit que les anciens
ne buvoient que du vin chaud , & qu'ils trouvoient de leur goût cette potion qui eft pour
nous infupportable (1), & on le fert encore
chaud fur les tables des Chinois (2) & de plufieurs Allemands. On croit même que les
Grecs buvoient l'eau chaude , & qu'ils ne mangeoient le pain que lorfqu'il fortoit du four.
Pline affure que les boiffons chaudes ne font pas
naturelles ; d'autres auteurs foutiennent le contraire , & leur difpute n'eft qu'un jeu de mots (3).

Nous parlerons ailleurs de la propreté : on
imagine bien que les fauvages ne la connoiffent
pas plus que les animaux. En mangeant , ils
*s'effuyent les doigts aux cuiffes , à la bourfe des
génitoires & à la plante des pieds,* comme le
dit Montagne.

Il eft aifé de concevoir comment on ordonne

Appareil
des repas.

_____

(1) Hyeronimus Mercurialis *de potionibus ac eduliis
antiquorum.* Baccius *de conviviis antiquorum.*

(2) Chine de Duhalde.

(3) On peut voir là-deffus des faits très-curieux dans
la coll. de Gronovius, tome IX, & fur-tout un ouvrage
intitulé : *Differtatiuncula de calido potu.*

les repas dans chaque pays : je cite trois ou quatre exemples. & je laisse imaginer le reste.

Lemaire vit aux isles de Hoorn un festin de
deux rois. On apporta des civieres de vingt à
trente pieds de long chargées de racines crues
& rôties, qu'on distribua aux personnes de leur
suite : on présenta aux deux princes, seize pourceaux encore sanglans auxquels on venoit d'ôter
les entrailles ; on n'en avoit fait brûler que la
soie sur les flammes, & pour les rôtir, on leur
avoit mis des pierres ardentes dans le corps (1).

Xenophon revenant d'Asie & dirigeant la
fameuse retraite des dix mille, passa en Thrace
avec ses soldats & se mit à la solde de Seuthes,
roi de ce pays ; lorsqu'il eut fait alliance avec
ce prince il fut invité à un grand festin.

» La compagnie étoit composée des plus puis-
» sans d'entre les Thraces qui accompagnoient
» Seuthes, des officiers Grecs & des députés
» des villes ; tous s'assirent en rond & on mit
» devant eux de grands plats à trois pieds qui
» étoient remplis de viandes coupées, & aux-
» quels étoient attachés de grands pains faits de
» pâte levée : il y avoit environ une vingtaine
» de ces plats & la plupart étoient placés auprès

(1) Voyage de Lemaire.

» des étrangers : mais c'étoit une loi chez les
» Thraces, & Seuthes en donnoit l'exemple;
» que chacun servît du plat qu'il avoit devant
» lui : il rompoit les grands pains dont nous
» avons parlé & en jettoit les morceaux devant
» ceux qu'il voulôit honorer par cette politesse:
» il en usoit de même par rapport aux viandes,
» dont il ne gardoit pour lui qu'autant qu'il en
» falloit pour les goûter; les autres convives qui
» avoient des plats devant eux en faisoient de
» même. Les échansons présentoient le vin dans
» des cornes, & c'étoient là ce que les convives
» prenoient pour eux, sans le renvoyer à per-
» sonne.

» Il y avoit quelque tems que l'on buvoit,
» lorsqu'un Thrace qui avoit un cheval blanc,
» prit une corne remplie de vin & se tournant
» vers Seuthes, je bois à ta santé, lui dit-il, &
» te donne ce cheval avec lequel tu échapperas
» à tous les ennemis qui te poursuivront & tu
» atteindras ceux qui prendront la fuite devant
» toi : un autre donna de même un esclave au
» prince; un autre des habits pour sa femme.
» Timasion, en buvant comme les autres, à sa
» santé, lui donna une phiole d'argent avec un
» tapis estimé dix mines. Un Athénien s'étant
» ensuite levé : c'est une ancienne & belle cou-

” tume, dit il, que les riches faſſent des pré-
” ſens aux rois pour les honorer, & que les rois
” faſſent des préſens aux pauvres. En la ſuivant
” vous me mettez en état de vous donner &
” de vous honorer. Lorſque la corne parvint
” à Xenophon, il étoit déja un peu échauffé
” par le vin, & il dit : je me donne à toi, mon
” cher Seuthes, avec mes camarades, comme de
” bons & fidèles amis : tu peux compter ſur eux
” comme ſur moi, & leur aſſiſtance te ſuffira
” pour conquérir un grand royaume qui fut celui
” de ton pere & pour l'aggrandir encore. Tu te
” trouveras auſſi en poſſeſſion d'un grand nombre
” de chevaux, d'hommes & de belles femmes,
” & ce ne ſera point la rapine qui te les don-
” nera, ils viendront d'eux mêmes à toi avec
” de riches préſens.

” Seuthes yvre, bût avec Xenophon, &
” toucha de ſa corne celle de ſon voiſin : en-
” ſuite entrerent des Ceraſurtins qui jouoient
” des airs guerriers & mélodieux avec des flû-
” tes & des trompettes, faites de cuir de bœuf
” cru. Le roi lui-même ſe leva, cria plutôt qu'il
” ne chanta quelque choſe de guerrier, & ſauta
” avec beaucoup d'agilité, comme s'il eût voulu
” éviter des traits (1).

(1) Hiſt. anc. des peuples de l'Europe, par M, le comte
du Buat, tome I.

Le même auteur fait ailleurs une defcription curieufe du feftin que donnoit Attila, roi des Huns, à des ambaffadeurs de l'empire d'Occident (1).

Les tables des Chinois riches, font d'un beau vernis & couvertes d'un tapis de foie très-bien travaillé. On ne s'y fert point de nappes, de ferviettes, de couteaux, de fourchettes, ni d'affiette : chaque convive a deux petits bâtons d'ivoire ou d'ebène, qu'il manie très-adroitement (2).

On ne manque pas d'obferver foigneufement à table les diftinctions d'état, & les prétentions ne tardent pas à s'introduire. Les infulaires des Maldives, ne mangent jamais qu'avec ceux qui les égalent en richeffes, en naiffance, ou en dignité ; & comme il n'y a point de règle pour établir cette égalité, ils ne mangent pas fouvent enfemble (3).

On verra plus bas (4) que des *efclaves* font trop fiers pour manger avec leurs femmes & leurs enfans.

Un Nègre prend fes repas feul : fes femmes & fes enfans mangent loin de lui : d'autres peu-

---

(1) Ibid. tome VII.
(2) Voyage d'Isbrand Ides.
(3) Voyage de Pyrard.
(4) Voyez le livre des femmes.

ples ne mangent jamais feuls, & pour éviter l'ennui, ils fe jettent dans une autre extrémité. Les infulaires des Philippines (1) veulent au moins un compagnon : quelquefois ils courent long-tems fans en trouver; & quand même ils font pourfuivis par la faim, on affure qu'ils n'ofent la fatisfaire que lorfqu'ils ont un convive.

Un fauvage fe cache dans les premiers tems pour manger; il craint qu'un autre ne vienne lui enlever fes provifions : cette habitude de prendre fes repas feul, devient un ufage & fubfifte quelquefois lorfque les peuplades font raffemblées. Des idées fuperftitieufes affermiffent ce préjugé & rien ne peut le détruire.

Les Otahitiens qui aiment la fociété & qui font très-pacifiques, mangent chacun en particulier : tous les membres d'une même famille fe fuyent alors ; deux freres, deux époux, deux fœurs, & même le pere & la mere ont leur panier particulier : ils fe placent à trois ou quatre pas de diftance, fe tournent le dos & prennent leur repas fans proférer un feul mot, & les perfonnes qui apprêtent les alimens des femmes, ne font pas celles qui apprêtent les alimens des hommes (2).

---

(1) Voyage de Gemelli Carery.
(2) Voyage de Cook.

Le tumulte & la foule des convives paſ-
ſerent dans la ſuite pour un ſigne de joie, &
aux grandes fêtes, on célébra de grands feſtins.
Le plus célèbre eſt celui de vingt-deux mille
tables que donna Céſar aux Gaulois. Les grandes pieces parurent auſſi des morceaux de diſtinction ; & on rôtit un bœuf entier pour un
plat du ſouper d'Antoine & de Cléopatre.

CHAPITRE

CHAPITRE III.

Bisarreries dans les Repas.

CHACUN expliquera les bisarreries que contient cet ouvrage de la maniere qui lui paroîtra la plus naturelle : on rendra raison de plusieurs ; & voici des reflexions générales , applicables à toutes. Quel que soit un usage, il eut une cause pour principe ; & s'il s'introduisit par une loi , les législateurs s'applaudirent sûrement d'une si belle découverte. En étudiant les circonstances , on est surpris de la simplicité des coutumes les plus extraordinaires : les unes renferment des allégories grossieres & des moralités que nous n'entendons point, & qui ne seroient plus ridicules à nos yeux , si nous les connoissions ; & d'autres enfin ne nous paroissent étranges que parceque nous n'y sommes point accoutumés. Les voyageurs & les écrivains dénaturent d'ailleurs la plupart des usages , & comme ils n'en cherchent jamais l'origine, ils les alterent par ignorance ou de mauvaise foi, pour les rendre plus piquans : ils leur donnent même une empreinte de ridicule qui s'accroît en passant de livre en livre ; quoiqu'il soit absurde à des

Tome I.   C

hommes policés de traiter de ridicules les actions des barbares.

On proposera par intervalles des explications qui apprendront à être circonspect sur celles qu'on ne devinera point : quant aux usages que fait naître la superstition, elle est inépuisable dans ses extravagances, & puisque l'esprit de l'homme ne peut pas même les connoître toutes, il ne faut pas s'aviser d'en chercher des raisons.

La subsistance est un point très-important dans la vie des sauvages, & le seul dont ils s'occupent. Toute la nation des Canadiens alloit à la chasse comme à la guerre : on s'y préparoit par des jeûnes austeres & en invoquant les dieux, & dès les premiers tems il s'établit une foule de coutumes & de cérémonies singulieres dans les repas.

Les farces amusent les sauvages & même la populace de nos villes, qu'on peut appeller les sauvages des peuples policés, & l'on verra qu'ils mettent les uns & les autres de la folie & de la gaité dans leurs festins.

Lorsque les insulaires des Maldives mangent seuls ; ils se retirent dans l'endroit le plus écarté de la maison, & ils abaissent toutes les toiles pour ne pas être vus (1).— Cet usage est une suite

_____

(1) Voyage de Pyrard.

de l'habitude qu'on contracte dans les premiers tems, comme on l'a dit plus haut : les idées de magie & de forcellerie font d'ailleurs fort répandues chez les barbares, & ils craignent qu'on ne jette un charme fur leurs alimens.

En plufieurs cantons du Malabar chacun a fon vafe pour boire, & l'on ne permet pas à un autre de s'en fervir. — Cette coutume peut être relative à la propreté : mais il eft probable qu'on craint l'application d'un charme, puifque les Indiens quand ils boivent tiennent le vafe fufpendu, fans qu'il touche ni les lèvres ni les dents, & qu'ils verfent d'en haut la liqueur (1).

Lorfque les peuples ont de grandes provifions, à la fin d'une chaffe ou d'une pêche, ils fe raffemblent & mangent en commun ; on fait de ce repas une fête, & la débauche qui fuit toujours les feftins vient s'y mêler : les ictiophages d'Afie pêchoient quatre jours entiers ; ils badinoient, chantoient, & danfoient enfuite autour du tas de poiffons, & après s'être raffafiés, ils s'approchoient des femmes les plus voifines d'eux pour en avoir des enfans. Diodore ajoute, que le cinquieme jour, ils alloient tous

_____

(1) Prevoft, tome VII.

enfemble boire au pied des montagnes, comme des troupeaux ; que les femmes & les hommes y portoient les enfans entre leurs bras ; qu'ils fe rempliffoient tellement d'eau qu'ils devenoient femblables à des gens *ivres* ; que malades & refpirans à peine, ils fe couchoient le refte de la journée, & qu'enfin ils obfervoient toute leur vie le même régime (1).—Ce récit eft probablement exagéré ; les ictiophages manquant de fontaines ou de rivieres, buvoient peut-être rarement, & alloient en troupes faire leur provifion d'eau. On ignore combien de tems un fauvage peut s'abftenir de boire ; mais il eft difficile d'admettre toutes les circonftances qu'on vient de rapporter.

L'ufage de boire, à des heures différentes de celles où l'on mange, fe retrouve chez plufieurs fauvages & fut introduit par la néceffité : il devint enfuite une habitude qui fubfifta lors même qu'on eut des fontaines & des rivieres. Une peuplade tranfplantée, conferve fous un autre climat, une maniere de vivre relative à celui qu'elle habita d'abord : ainfi les Indiens du Bréfil s'abftenoient fcrupuleufement de manger, lorfqu'ils buvoient, & de boire lorfqu'ils mangeoient (2).

(1) Diod. de Sic. liv. 3 , chap. 7.
(2) Voyage de Lery.

Des charlatans, ou le résultat de quelques observations puériles, enfanterent ailleurs des idées qui reffemblent à celle-ci : les Nègres d'Ardra ne boivent jamais qu'après leurs repas (1).

Lorfqu'on ne connoit ni la décence ni la politeffe, l'homme qui donne un repas eft bien embarraffé de témoigner de l'amitié à fes convives, & même de les amufer; car alors on lui impofe cette obligation. Chez la plupart des Indiens de l'Amérique feptentrionale, il les excitoit à manger & il ne touchoit à rien (2) : à la Nouvelle-France, il devoit chanter pour divertir la compagnie (3).

Quand la civilifation eft avancée, on veut montrer de la confiance à fes amis; on les traite comme fes parens, & l'on dit qu'à la Chine, le maître de la maifon s'abfente par bienféance, tandis qu'on fe régale chez lui (4).

Les démonftrations d'amitié ont dans les premiers tems un caractere fauvage & groffier qu'il eft important d'examiner : plufieurs Tartares tirent un homme par l'oreille pour le preffer de boire, & ils le tourmentent jufqu'à ce qu'il ouvre la bouche : alors on bat des mains & on

_____

(1) Voyage d'Elbée.

(2) Mœurs des fauvages Américains.

(3) Ibid.

(4) Traité de l'opinion, tome VI.

danfe devant lui. Si on donne une fête à quelqu'un, deux perfonnes de l'affemblée, prennent
des tafles, & chantent & fautent en les lui
offrant ; mais au moment qu'il tend la main
pour les recevoir, les deux bouffons fe retirent
légerement & reviennent enfuite recommencer
le même badinage. Lorfque le héros de la fête
montre avec un air gai de l'empreffement pour
boire, on chante & frappe des pieds, jufqu'à ce
qu'il ait vuidé les coupes (1).

Un Kamtchadale fe met à genoux devant fon
convive qui eft affis ; il coupe une longue tranche
de graiffe de veau marin, par exemple, & il la
lui enfonce dans la bouche, en criant comme
un furieux *Tana*, (*voilà*) & coupant ce qui dé-
borde des lèvres, il le mange (2).

S'il veut prendre pour ami un autre Kamtchadale, il l'invite à manger ; le convive &
l'hôte fe deshabillent dans la cabane qu'on a eu
foin de bien échauffer. Pendant que le premier
dévore les alimens qu'on lui fert, le fecond
attife le feu : l'étranger doit endurer l'excès de
la chaleur & de la bonne chere. Il vomit dix
fois avant de fe rendre, mais enfin obligé d'a-

_____

(1) Relation de Purchaff.
(2) Hiftoire du Kamtchatka.

vouer fa défaite, il entre en compofition : il
achete un moment de répit, par un préfent
d'habits ou de chiens ; car fon hôte le menace de chauffer la jourte & de le faire manger jufqu'à ce qu'il en meure. L'étranger a le
droit de repréfailles ; il traite de la même
maniere, & il exige les mêmes dons : fi
l'hôte n'acceptoit pas l'invitation du convive
qu'il a fi bien régalé, celui-ci viendroit s'établir dans fa cabane, jufqu'à ce qu'il en obtînt
des préfens (1).

S'il faut chercher une caufe raifonnable à ces
extravagances, on dira que c'eft une façon d'é-
prouver l'homme dont on recherche l'amitié. Le
Kamtchadale qui fait les dépenfes du repas, veut
favoir fi cet étranger aura la force de fupporter
pour lui la douleur, & de lui donner en outre
une partie de fon bien. Tandis que le convive
boit & mange, on échauffe de plus en plus la
cabane, & pour derniere marque de fa conftance & de fon attachement, on exige encore
une partie de fes chiens ou de fes habits. L'hôte
fait enfuite les mêmes cérémonies chez l'étranger, & il va montrer à fon tour, avec combien
de courage il peut défendre fon ami. Ainfi les

_____

(1) Hiftoire du Kamtchatka.

ufages les plus finguliers paroîtroient fimples; s'il étoit poffible au philofophe de les examiner fur les lieux.

Nous parlerons dans le livre de la Société, des ufages de quelques peuples, lorfqu'ils fe choififfent un ami ; & l'efprit de leurs coutumes eft très-conforme à celui qu'on vient d'expofer. On verra plus bas que les Nègres d'Ardra boivent tous les deux à la fois dans le même verre, quand ils veulent fe donner de grandes marques d'eftime.

On ne tarda pas à prendre les repas d'une maniere capable de fortifier & d'endurcir le tempérament : les premieres peuplades font rarement fenfuelles, & les Illyriens ne buvoient jamais fans avoir autour des reins une ceinture qui étoit d'abord affez lâche, & qu'ils ferroient enfuite davantage, à mefure qu'ils fe rempliffoient (1).

La profufion eft une marque de fupériorité & de richeffes : les barbares veulent déja fe diftinguer, & voici comment s'y prennent les rois Nègres : en buvant, ils laiffent toujours tomber le long de leur barbe la moitié de la liqueur; ils aiment à voir autour d'eux des petits ruiffeaux

----

(1) Hift. anc. des peuples de l'Europe, tome IV.

de vin, & cette saleté passe pour de la magnificence (1).

Quelques bisarres que soient les idées de propreté qu'on s'est faites, il en résulte des usages singuliers, & les peuples les plus sales affectent alors la plus grande délicatesse. Les Nègres ne portent jamais les morceaux à la bouche que de la main droite, parceque l'autre est destinée *au travail* ; il seroit indécent, disent-ils, qu'elle touchât le visage (2) & même c'est un sacrilege de blesser ce préjugé. Les habitans du Malabar sont encore plus scrupuleux : c'est un crime énorme de toucher les alimens de la main gauche (3).

On dut imaginer d'étranges superstitions sur les alimens; & un seul fruit qui cause une maladie naturelle, ou qui a été empoisonné par un ennemi, suffit pour corrompre là-dessus toutes les idées, car alors on pense aux charmes & aux sorciers; & il est impossible de rapporter cette foule de coutumes puériles, qu'on retrouve dans tous les pays. Le roi d'Issiny ne mange jamais du riz, du maïs & du millet qui croissent dans ses

___

(1) Descript. de la Guinée, de Bosman.

(2) Prevost, tome III.

(3) Prevost, tome VII. *Voyez* de plus grands détails sur cette matiere dans le livre de la société & des usages domestiques.

champs. Loyer dit qu'une ancienne tradition fait croire au prince que ses terres deviendroient stériles, s'il consumoit les fruits qu'elles produisent (1) : on a peur, sans doute, que des sujets mal intentionnés ne jettent un charme sur les récoltes du souverain.

On fut très-délicat & très-superstitieux sur ce qui regardoit les alimens des princes. A Otahiti on donne à manger aux chefs, comme aux enfans (2) & nous dirons ailleurs que le roi de Loango prend ses repas en deux maisons différentes, qu'il mange dans l'une & boit dans l'autre.

Souvent pour accroître l'éclat de la majesté royale, on relève les festins par une pompe sauvage : lorsque nos anciens rois se mettoient à table après leur sacre, les grands seigneurs les servoient à cheval (3).

Il faut que cette fureur de combiner les nombres & d'en tirer des présages qui deshonora l'école de Pythagore, soit assez naturelle, puisqu'on l'a trouve dès les premiers tems. Chez les Arabes Nabatéens, les convives n'excédoient ja-

---

(1) Voyage de Loyer.
(2) Voyage de Cook en 1770, 1771 &c.
(3) Froissart, tome II.

mais le nombre de treize : il y avoit toujours deux muficiens, & on ne pouvoit y boire plus de douze coupes (1) : on eft furpris que ce préjugé foit encore aujourd'hui répandu chez quelques Chrétiens, à caufe de Judas & des douze Apôtres.

Les Egyptiens dans les grands feftins ou les parties de plaifir, fervoient fur la table un cercueil qui renfermoit une momie, ou comme le difent quelques auteurs, un fquelette de bois peint : on le préfentoit enfuite à chaque convive, en lui difant : *regarde ceci & réjouis-toi ; car voilà ce que tu deviendras , lorfque tu feras mort* (2).

Les Egyptiens devoient avoir un caractere & des ufages très-différens de ceux des autres peuples. L'inondation du Nil , ainfi que les grands phénomènes de la nature , infpire la mélancolie , & ce débordement qui les obligeoit chaque année à déferter leurs habitations pour ne pas être engloutis, fuffiroit feul, pour expliquer tout ce qu'il y a de fingulier dans leurs mœurs. Jamais nation ne fut auffi trifte , & jamais la nature & la politique ne fe réunirent mieux pour maintenir cette trifteffe.

---

(1) Herod. & Diod. de Sic.
(2) Hérodote, livre 2.

Il paroît que plusieurs Egyptiens éprouvoient une jouissance à la vue de cette momie, & l'aspect de la mort qui épouvante tant d'hommes sur la terre, avoit un certain charme pour eux. Tout le monde ne conçoit pas ce genre de plaisir, mais il faut qu'il existe, puisque Horace & Catulle en parlent si souvent, & chacun sait l'heureux effet que produisent ces tristes idées dans les ouvrages d'esprit. Petrone dit qu'au souper voluptueux de Trimalcion on servit un squelette d'argent, afin de mieux exciter les convives à la joie.

Il est probable que la momie ne fut d'abord qu'une maniere touchante de rappeller le souvenir de ses parens & de ses amis, & qu'afin de nourrir la sensibilité des vivans, on admettoit pour ainsi dire les morts dans les repas.

On ajoutera que cette cérémonie fut peut-être instituée par les prêtres & les rois, & elle ressemble assez aux autres règlemens qu'ils firent. Les repas furent tristes, & l'on mangea peu les premiers jours qu'on y vit la momie ; mais bientôt on s'y accoutuma ; & on reprit sa sérénité ordinaire.

Voici un trait qu'il est difficile de lier à ceux qu'on vient de voir. Les Nègres de Rio-Gabon aiment passionnément l'eau-de-vie, mais lorsqu'ils vont à bord des vaisseaux Européens, ils n'en boivent pas une goutte avant de recevoir quelque préfent : ils demandent effrontément fi l'on imagine qu'ils boivent pour rien , & l'on ne doit pas efpérer de faire avec eux le moindre commerce (1) fi on ne les contente point.

CHAPITRE IV.

Raffinemens dans les plaifirs de la table. Gourmandife.

L'HOMME fut bientôt las des plaifirs ordinaires que lui offroit la table, & il voulut en découvrir de nouveaux : l'imagination fit des efforts pour inventer des raffinemens, & la vanité & les autres paffions vinrent les augmenter. L'art des jouiffances fe perfectionna & on le vit arriver en très-peu de tems , au plus haut degré poffible chez les peuples policés. Les fauvages raffinent à leur màniere ; mais ce raffinement tient plus de la groffiereté que de la délicateffe.

On ne s'arrêtera point fur les folies dont parle Suétone , fur ces feftins où l'on fervoit des plats

(1) Bofman.

compofés des foies des poiſſons les plus rares, de
la cervelle des phaiſans & des phœnicoptéros, de
langues de paon & de laites de murene; d'œufs
de perdrix, de têtes de tourterelles & de per-
roquets (1); d'oiſeaux qui avoient appris à chanter & à parler (2) : les ſoupers de Cléopatre,
de Lucullus, de Clodius & d'Apicius ne méri-
tent pas davantage d'attirer les regards : on paſſe
à des faits plus capables de peindre l'homme &
de ſervir à ſon hiſtoire.

Les ſeigneurs du Monomotapa parfument leur
vin, leurs liqueurs & leur mets avec de l'ambre
gris, du muſc & d'autres odeurs (3).

L'aga de Moka donna à Sarris un feſtin : le
capitaine Anglois fut conduit après le repas dans
une chambre où quatre jeunes garçons l'atten-
doient ainſi que le gouverneur : l'un tenoit un
réchaud de charbon allumé ; le ſecond quelques
ſerviettes, & les deux autres un plat couvert
d'ambre gris, de bois d'aloës & de divers parfums. On mit des ſerviettes ſur la tête de Sar-

---

(1) Baccius *de conviviis antiquorum*, & Lampride ſur
les ſoupers d'Héliogabale.

(2) Le comédien Eſopus en fit ſervir un pareil ; & chaque
oiſeau avoit coûté 600 liv.

(3) Sanut. Barboſa. Davity. Dapper.

ris, & par deſſous le réchaud parfumé dont l'o-
deur lui parut fort agréable (1).

Les peuples barbares perfectionnent peu l'art
de la cuiſine ; lorſqu'ils emploient des raffinemens, ils recourent aux parfums, ou aux liqueurs
fermentées : mais dans les grandes nations, on
cherche à préparer les alimens de la maniere la
plus délicate. Les anciens honoroient les cuiſi-
niers, & on remarque qu'excepté Poſidippe, on
n'introduit pas un ſeul *cuiſinier eſclave*, dans les
anciennes comédies (2). Les Sybarites & d'autres peuples de la Calabre propoſerent des prix
pour ceux qui feroient des découvertes en ce
genre. On donnoit de riches couronnes d'or à
quiconque inventoit une nouvelle ſauce ; il jouiſ-
ſoit ſeul d'ailleurs, pendant un an, de ſon ſecret,
& il falloit le payer chérement ſi on vouloit le
ſavoir.

Lorſque le luxe eut tout corrompu, la débauche & la cruauté ſouillerent les repas. Les
Babyloniennes s'y deshabilloient peu à peu, juſqu'à ce qu'elles fuſſent toutes nues : les filles &
les femmes mariées étaloient ainſi tous leurs

---

(1) Relat. de Sarris.

(2) Laurentius *de conviviis veterum.*

charmes; & l'on dit que c'étoit la marque d'une bonne éducation (1).

Enfin pour jouir de tous les plaisirs les convives faisoient battre devant eux des gladiateurs; ceux-ci venoient les amuser (2) en s'égorgeant près de la table.

Gourman-
dise.

Les peuples qui ne peuvent raffiner sur rien, se livrent du moins à la voracité & à la gloutonnerie : sans dire avec le voyageur Durret que les Guanches des Canaries mangeoient dans un seul repas vingt lapins & un chevreau, il est sûr qu'ils prenoient une quantité prodigieuse d'alimens.

Les Groënlandois aiment à voir leurs enfans se remplir le ventre & se rouler sur le plancher, *afin de presser leurs intestins & faire de la place à de nouveaux alimens* (3).

M. Strahlemberg nous apprend que la gourmandise des Jakutes, peuples de Sibérie, est outrée, & que les jours de fête ils se mettent nuds pour se mieux remplir le ventre.

_____

(1) Quinte-Curce, liv. 5, ch. 1.

(2) Pignorius *de Servis*. J'ai d'abord cru que les érudits prenoient un trait de cruauté pour un usage constant : mais j'ai reconnu que souvent on donnoit dans les repas le spectacle de ces meurtres.

(3) Relat. de M. Crantz.

S'il

S'il y avoit des hommes dont l'estomac fût si chaud qu'il digérât les alimens à mesure qu'il les reçoit, il est clair que dans un long repas, ils prendroient beaucoup de nourriture. On rapporte en effet des exemples d'une voracité extraordinaires : ceux que cite Athenée paroissent cependant exagérés. Il parle (1) de l'athlète Theagene & de plusieurs Grecs, qui mangeoient un bœuf en un jour ; de Milon le Crotoniate, qui mangeoit vingt livres de viande, autant de pain & qui buvoit trois conges de vin ; d'Astydamas, qui mangea seul un grand festin ordonné pour huit personnes ; d'une femme nommée Aglaïde qui mangeoit en un repas douze livres de viande, quatre semodios de pain & un conge de vin ; mais l'ouvrage de Musonius (2) contient d'autres faits incontestables, quoique cet érudit compile sans discernement & sans critique la fable & l'histoire.

Tous les peuples ont cherché des moyens de prendre beaucoup d'alimens, & prolonger ainsi le plaisir au-delà du besoin ; les boissons chaudes & les dissolvans ne font pas les plus honteux.

Les Omaguas présentent une seringue à cha-

_____

(1) Athénée, livre 15 des Deipnosophistes.
(2) Musonii philosophi *de luxu Græcorum in quo de helluonibus, de bibacibus* &c.

Tome I.   D

que convive avant de fe mettre à table (1), &
les anciens demandoient fouvent au milieu des
repas des pots-de-chambre (2) : mais l'excès
de l'abrutiffement fe trouve chez les Romains
qui fe faifoient vomir plufieurs fois , afin de fe
remplir de nouveau l'eftomac. Ces maîtres du
monde ne rougiffoient pas d'un pareil ufage , &
telle étoit leur fenfualité , que pour la fatisfaire ,
ils ne craignoient point les effets douloureux des
vomitifs.

On crut qu'en excitant les convives à boire
& à manger au-delà de leurs forces , on leur
donneroit de plus grandes marques d'attachement ; & c'eft ce qui fe pratique encore en Alle-
magne & dans quelques provinces. Il paroît
même qu'au défaut de la perfuafion on em-
ployoit la contrainte , puifqu'on fut obligé d'interdire ces violences. Une loi de Charlemagne
défendit de *contraindre* quelqu'un à boire plus
qu'il ne vouloit : une autre condamnoit les foldats à avaler une certaine quantité d'eau , s'ils
invitoient qui que ce fût à boire (3).

La gourmandife fut bientôt un befoin , & l'on
vit des hommes plus adonnés à ce vice que les

(1) Hift. de l'acad. des Sciences, année 1745.
(2) Laurentius *de prandio & cœnâ veterum.*
(3) Hift. des Celtes de Pelloutier ; liv. 2.

enfans. A la fin du feizieme fiècle on avoit tou-jours plufieurs cornets de dragées ; & on s'en préfentoit les uns aux autres, comme on s'offre aujourd'hui du tabac. Le duc de Guife tenoit fon dragier à la main, lorfqu'il fut tué à Blois : Louis XIII aimoit le pain d'épice ; fous fon règne chacun en portoit dans fa poche & on ne cefloit d'en manger (1).

L'excès du boire & du manger a blafé le fens du goût : les jouiffances communes deviennent infipides & on en cherche d'artificielles : on compofe des potions ou des drogues capables d'émouvoir fortement la machine, & la plupart des peuples ont befoin de ces violentes fecouffes. On peut voir dans Meibomius (2) par com-bien de fermentations diverfes on a fait paffer les liqueurs, & combien on trouva de moyens pour fe donner de l'yvreffe.

Les fauvages ont toujours des herbes, des fruits ou des liqueurs qui les enyvrent, & l'on ne peut trop admirer l'intelligence qu'ils met-tent en ufage afin de parvenir à ces découvertes : à l'aide de ces boiffons, ils fe rempliffent de fureur au moment du combat (3) ; & l'on a peine à

(1) Traité de l'opinion, tome VI.

( ) Meibomius *de cervifiis veterum.*

(3) Voyez plus bas le livre de la guerre.

concevoir dans quelle phrénéfie tombent les Orientaux pour avoir pris de l'opium.

Le goût des fauvages pour les liqueurs fortes, eft infurmontable ; les Indiens du Canada donnent tout ce qu'ils ont en échange d'un verre d'eau-de-vie ; & quand ils font yvres ils fe déchirent avec les dents comme les loups (1).

Les Moxes compofoient une boiffon violente avec des racines pourries qu'ils laiffoient infufer dans l'eau (2), & il n'y a rien de fi dégoûtant que la *chica* que boivent les fauvages d'Amérique (3).

Lorfque les Kamtchadales veulent fe livrer à la joie , ils prennent une efpece de champignon qui leur tient lieu d'opium : ils le mangent plié en rouleaux , ou ils avalent la liqueur qu'ils en expriment. L'ufage modéré de cette boiffon leur donne de la gaieté & du courage ; mais dès qu'ils en boivent trop , ils tombent dans des convulfions fuivies d'un délire. Ils ne ceffent d'accufer ce champignon de tout le mal qu'ils font & de celui qui leur arrive ; mais ils ne le recherchent pas avec moins d'avidité. Les

---

(1) Hift. de la Nouvelle-France du P. Charlevoix.
(2) Lettres édif. tome X.
(3) On peut en voir la compofition dans M. Goguet.

Koriaques qui n'en ont point, reçoivent dans un vafe l'urine de celui qui en a bu, & ils la boivent pour s'enyvrer à leur tour de cette liqueur enchantereffe (1).

Enfin les Myfiens Scythes qui s'abftenoient de vin & de liqueurs fortes, s'enyvroient de la fumée de quelques herbes odoriférantes qui donnoient de la gaieté (2).

---

(1) Hiftoire du Kamtchatka.
(2) Poffidonius *apud Strabonem*, *libri. 7. Çafaubos* Pelloutier, hift. des Celtes.

CHAPITRE V.

*Peines contre les Yvrognes & les Glou-
tons. Prohibitions à table. Abstinences.*

LES liqueurs enyvrantes produisent des effets
terribles : quelques législateurs firent des règlemens pour en arrêter les suites, & d'autres les
proscrivirent absolument, comme un poison qui
abrutit l'homme & le rend furieux : ils virent
que la plupart des affassinats sont commis dans
un moment d'yvresse, & que tant de disputes
qui troublent la société parmi les gens de la
populace, ont la même origine.

Un Mexicain ne buvoit des liqueurs fortes
qu'après avoir obtenu la permission des magistrats ; & on ne l'accordoit qu'aux vieillards &
aux malades. Les jours de fête & de travail public, des officiers en distribuoient à chacun une
petite mesure. Celui qui s'enyvroit étoit rasé
publiquement, & l'on abbattoit sa maison pour
annoncer, qu'il ne méritoit plus de vivre dans
la société, puisqu'il avoit perdu la raison. On
confisquoit d'ailleurs ses biens & ses charges (1).

---

(1) Herrera, Gomara.

Les Tlafçalans étoient encore plus rigides : ils n'accordoient l'ufage des liqueurs fortes , qu'aux vieillards épuifés par les travaux militaires.

Des fociétés plus policées ne voulurent pas forcer toute une nation de renoncer à ces jouif-fances, & on fe contenta d'y mettre quelques reftrictions. Un capitulaire de Charlemagne dé-cerne la peine d'excommunication, contre celui qui s'enyvre à l'armée (1).

Les Danois répandirent en Angleterre un goût fi vif pour l'yvrognerie , qu'on abbatit les ca-barets, & on n'en laiffa fubfifter qu'un dans les gros bourgs & les petites villes : on ordonna même d'attacher à chaque coupe des *cloux & des épingles* , & l'on punit févèrement quicon-que buvoit d'un feul trait au-delà de la dofe fixée par ces marques (2).

Un Athénien qui avoit dîné une feule fois au cabaret , ne pouvoit plus paroître devant l'aréopage (3) ; & les habitans du Malabar ne fervent plus de témoins dès qu'ils ont bu du vin (4).

---

(1) Voyez le 72ᵉ. capit. liv. 3.
(2) Voyez l'hift. d'Angleterre.
(3) Athénée , liv. 12.
(4) Voyage de Marco polo.

Ailleurs on fe contenta de l'interdire aux femmes : les anciens puniffoient quelquefois comme
adulteres, celles qui en buvoient (1) :

Les particuliers prirent eux - mêmes, fans y
être obligés par les loix, des précautions fingulieres contre l'yvreffe. Quand les Scythes buvoient
avec leurs amis, ils tiroient des fons des cordes
d'un arc, pour élever leur ame & ne pas fe
livrer à la crapule (2).

Quelques nations témoignerent d'une maniere
frappante le mépris qu'elles avoient pour les
yvrognes & les gloutons. Les anciens Scots les
laiffoient manger & boire à leur gré & enfuite,
ils les noyoient (3).

Les peines parurent infuffifantes contre cet
abus : on employa des moyens plus violens,
& l'on a vu Decenée, pontife des Gêtes, perfuader à ces peuples, malgré leur goût pour le
vin, d'arracher toutes leurs vignes (4) : l'en-

_____

(1) Laurentius *de prandio & cœnâ veterum.*

(2) Hift. Univ. des Anglois, tome XII où l'on cite les
auteurs originaux.

(3) Hift. générale de l'abbé Lambert, tome IV. On ne
cite ici cette compilation informe que parceque l'auteur a
travaillé fur les mémoires des voyageurs.

(4) Strabon, chap. 11, hiftoire des anciens peuples de
l'Europe, tome IV.

thoufiafme de la liberté eut part à cette révolution ; comme leur pays ne produifoit pas affez
de vin , ils craignirent que cette habitude ne
les entraînât dans l'efclavage.

A côté des peuples policés ou fauvages qui
abhorent les yvrognes & qui féviffent contr'eux ,
il faut en placer d'autres qui n'eftimant que
la force du corps , fe difputent à qui boira le
plus. Des nations Tartares tiroient vanité de
l'yvrognerie (1) & la vingt-cinquieme fable de
l'Edda nous apprend que les Scandinaves étoient
très-fiers lorfqu'ils pouvoient boire beaucoup de
vin. Chardin dit qu'un Georgien qui ne s'enyvre
point à Pâque & à Noël ne paffe pas pour Chré-
tien , & qu'on l'excommunie.

La gloutonnerie & l'habitude de trop manger
qui énervent le courage, ne convenoit pas à une
république militaire & frugale ; & par une loi
de Lycurgue les jeunes Spartiates fe préfentoient
le dixieme mois devant un éphore , pour être
châtiés s'ils étoient trop gras (2).

Des légiflateurs capricieux ou trop prévoyans,
imaginerent que les repas devoient être foumis
a beaucoup de prohibitions : la fuperftition vint

---

(1) Boëmus, *mores gentium.*
(2) Laurentius *de conviviis.*

s'en mêler ; c'est elle qui a produit tant de règlemens bifarres ; & des raifons de fanté établirent d'autres abftinences.

Les Caraïbes ne mangeoient jamais de cochon ;
ils croyoient que cette nourriture leur donneroit
de petits yeux : les hommes & les femmes chez
les Hottentots ne mangent point la chair de
porc ni les poiffons fans écailles ; les lièvres &
les lapins font défendus aux hommes & permis
aux femmes : les hommes fe nourriffent du fang
des animaux & de la chair de taupe, & non
pas les femmes (1).

De très-févères peines défendoient aux Juifs
de manger du fang ou de la chair qui en renfermoit quelques gouttes ; & fuivant Ludolphe
(2), les églifes d'Orient obfervent encore cette
loi.

Les Rabbins parlent d'animaux *ruminans*, &
non *ruminans* ; purs & impurs, comme s'il pouvoit y avoir de l'impureté dans un être de la
création. Ils s'abftiennent auffi de la chair étuvée
à la crême & des cuiffes de lièvre.

On voit par la réponfe du pape Nicolas I que
les Bulgares lui avoient demandé, s'ils pouvoient

---

(1) Kolben.
(2) Hift. Aeth. liv. 3.

manger des animaux facrifiés fans fer (1).

Mais de toutes les prohibitions qu'on a faites voici la plus inconcevable. L'eau de la riviere qui traverfe la ville de Bokhara eft fi malfaine qu'elle engendre des vers longs de quatre pieds aux jambes de ceux qui en boivent. On a foin de les rouler en les tirant ; car s'ils fe rompent, le malade eft en danger de mourir : cependant on ne peut boire que de l'eau , & ceux qui violent cette loi font condamnés au fouet dans la place publique : des officiers vont vifiter les maifons , & ils puniffent les coupables , s'ils y trouvent de l'eau-de-vie , du vin ou du brag. C'eft le chef de la religion qui a établi ce règlement (2).

La fuperftition raifonnant d'une autre maniere imagina de nouvelles extravagances. Un moine foutenoit que le bon gibier a été créé pour les religieux, & que fi les perdreaux , les faifans, les ortolans, pouvoient parler , ils s'écrieroient : » ferviteurs de Dieu , foyons mangés par vous , afin que notre fubftance incorporée à la vôtre , reffufcite un jour avec vous dans la gloire , & n'aille pas en enfer avec celle des impies « (3).

---

(1) Coll. des conciles des PP. Labbe & Coffart.
(2) Hift. des Turcs & des Mongols. Prevoft, t. VII.
(3) Corneille de la Pierre, comment. fur l'Ecrit. Sainte.

Lorſque les gouvernemens voulurent réprimer le luxe, les loix ſomptuaires s'étendirent ſouvent ſur les repas. Jacques I, roi d'Arragon, établit que lui-même ni perſonne ne mangeroient plus de deux ſortes de viande, & que ces viandes ne ſeroient préparées que d'une ſeule maniere ; il en excepte ſeulement les chaſſeurs qui ſe nourriſſent du gibier qu'ils ont tué (1).

Enfin nous trouvons ſur les repas, comme ailleurs, des loix dont il ſeroit difficile de donner une bonne raiſon.

Athénée dit qu'il y avoit chez les Grecs des feſtins, où la loi ordonnoit de changer de propos de table à chaque changement de ſervice.

Un capitulaire de l'empereur Louis, défend aux moines de manger des pommes & des laitues, à moins qu'ils ne prennent en même tems d'autres alimens (2).

La religion conſeilla des abſtinences outre celles que preſcrivoient la fortune & la ſanté, & ces ſortes de pénitences ſont ſi naturelles, qu'on les retrouve chez quelques ſauvages : comme on ſe reprochoit des fautes, on crut que pour

_____

(1) Conſtitutions de Jacques I de l'an 1234, art 6, dans *Marca Hiſpanica.*

(2) In addit. *Capit. Caroli Magni.*

les expier, il falloit sacrifier ses jouissances.

Dans les tems de deuil, la douleur s'abstient de manger, & l'on voit aussi des nations entieres pratiquer des mortifications générales. Les Lacédémoniens resolurent de secourir une place de leurs alliés ; ils ordonnerent un jeûne universel dans toute l'étendue de leur domination, sans en excepter *les animaux domestiques* (1), & les citoyens d'Albe furent un tems considérable sans prendre aucun aliment, après le combat des Horaces & des Curiaces (2)

L'histoire des pénitens qui vivent dans la mortification & qui combattent leur appétits naturels, seroit un peu longue; car ce globe est couvert de gens qui pleurent volontairement, ou par arrêt du sort. Les anciens Brames menoient déja la vie la plus austere : Porphyre dit qu'ils regardoient ce monde comme une prison, qu'ils félicitoient les morts & pleuroient sur les vivans (3). Les Fakirs modernes leur ont succédé, & ils suivent le même exemple depuis deux mille ans sans interruption : des milliers d'hommes

---

(1) Dissert. sur le Jeûne , par M. Morin dans les mém. de l'acad. des Inscript. , tome V , *in*-12.

(2) Denis d'Halycarnasse.

(3) Strabon , liv. 15 , Porphyre de *abstinentiâ.*

chez les Bactriens & les Indiens, s'abstenoient
de viande, de vin & de liqueurs fermentées (1).

En général cependant les anciens jeûnoient
moins que les modernes ; mais ils ne mangeoient pas autant que nous : ils ne prenoient
des alimens qu'une fois par jour ; & c'étoit une
débauche de faire deux répas (2) : Platon traitoit pour cela les Siciliens de gloutons, & Arrien reproche aux Tyrrhéniens cette mauvaise
habitude (3).

Il n'entre pas dans le plan de cet ouvrage de
parler des jeûnes & des macérations ordinaires :
voici des faits par lesquels on pourra juger du
reste.

Mahomet défendit d'abord de boire un verre
d'eau, ni de fumer avant le coucher du soleil,
pendant le ramadan ; mais il fallut apporter des
adoucissemens à cette loi sur-tout à la guerre.
Aujourd'hui même, les Musulmans n'osent durant cet intervalle, ni laver leur bouche, ni ava-

---

(1) Eusebe praep. Evang.

(2) *Prandium apud veteres rarum idque parcum &
plerumque panis cum caricis & palmulis*, Sénéque. Celse
dit : *si prandit aliquis, utilius est, exiguum aliquod &
ipsum siccum sine carne, sine potione sumere.* Voyez la
dissertation sur le jeûne de M. Morin.

(3) Arrien, liv. 4, cap. 16.

ler leur falive; un baifer & le plus petit attou-
chement d'une femme rompent ce jeûne.

Les Abyffins ont un carême de cinquante jours
qui les affoiblit tellement, qu'il leur faut deux
ou trois mois pour réparer leurs forces : & les
Turcs ne manquent pas de les attaquer lorfqu'ils
font dans cet état (1).

Catherine de Cardonne prit un habit d'her-
mite, & fe réduifit à paître comme une bête au
milieu des déferts; il y avoit des tems de jeûne
où elle paiffoit moins qu'à l'ordinaire (2) , &
les Feuillans de la premiere réforme imaginerent ce genre de mortification : ils mettoient
fur leurs tables des têtes de mort qui leur fervoient de taffes.

Des médecins voulurent déterminer pendant
combien de jours l'homme peut s'abftenir d'alimens; mais ils ont mal connu les forces de la
nature & l'expérience eft contraire à leurs déci-
fions. On a parlé plus haut des ictiophages d'A-
rabie, & l'on raconte d'autres traits encore plus
merveilleux.

On a droit de faire des reproches à M. le Gen-

_____

(1) Recueil des voyages qui ont fervi à l'établiffement
de la comp. des Indes, tome IV.

(2) Hift. dogmatique & morale du jeûne.

dre (1) qui donne une longue énumération de faits finguliers & qui admet ceux-ci. Une femme d'Alface n'a pris aucune nourriture jufqu'à trente ans , & un Suiffe a paffé vingt-deux ans fans manger (2).

En 1601 une fille du Poitou avoit déja vécu trois ans fans prendre d'alimens ; un jeune garçon avoit même pouffé cette diète jufqu'à quatre ans & onze mois , &c. &c. &c.

Si ces fables font abfurdes , on peut croire que des hommes ne mangeoient que le fixieme jour de la femaine (3) , qu'un fou d'Harlem vécut quarante jours fans manger , qu'il fe contenta de fumer & de laver fa bouche avec de l'eau fans l'avaler (4) : qu'un Vénitien a paffé le même tems fans ufer de nourriture , comme le dit Bocace.

Enfin l'on affure qu'un Bénédictin n'a bu ni mangé pendant plus de quinze carêmes , & l'on raconte la même chofe de faint Simon Stilite tant qu'il fut fur la colonne (5).

---

(1) Voyez le traité de l'opinion , tome III livre de la médecine.

(2) Agrippa phil. ocul. liv. 1 , chap. 58.

(3) Tome I , coll. des conciles du P. Labbe.

(4) Bayle , rép. des lettres , Fév. 1685.

(5) Hift. Eccl. de l'abbé Fleury , liv. 29.

CHAPITRE

CHAPITRE VI.

Hôtelleries. Folie de la régénération.

NE demandez point ce qu'est devenu l'hofpitalité des anciens patriarches ; les mœurs font
changés : cette antique vertu qui tenoit à l'enfance des fociétés, ne pouvoit régner qu'un inftant & l'état actuel fera plus durable. Depuis que
les peuples ont étendu leur communication jufqu'aux contrées les plus éloignées ; depuis que
les habitans des nations policées mènent une vie
plus ambulante que celle des fauvages, on a
rempli les routes d'hôtelleries ; mais ils n'ont
pas tous adopté une inftitution fi utile &
fi fimple en apparence ; & la politique en eft
la caufe principale. Il eft important pour un
maître que fes efclaves reftent attachés au
fol qui les nourrit : ils font bien plus foumis,
lorfqu'ils ne connoiffent que la terre qui les
a vu naître, & qu'ils n'ont point de commerce
entr'eux.

La néceffité oblige cependant de faire quelques voyages ; les Abyffins manquent d'hôtelleries & on les contraint à nourrir les voyageurs.

Tome I. E

Si des étrangers arrivent dans un village & qu'ils y restent plus de trois heures, la bourgade les nourrit, & s'ils se plaignent, les habitans sont condamnés à payer le double de ce qu'ils devoient leur donner (1).

En terminant ce livre, on ne doit pas oublier une folie remarquable dans l'histoire de l'esprit humain. On s'est occupé long-tems de la régénération matérielle de l'homme, & l'on a vu des spéculateurs faire de bonne-foi des raisonnemens sur cette chimère. L'homme, disoient-ils, est une machine vivante ; pourquoi ne viendroit-on pas à bout de la régénérer ?

C'est sur-tout en Perse que ce système fit des progrès : on crut que les planètes, le soleil & toute la nature étoient sujets à des déclins & des renaissances ; les hommes, & en particulier les initiés aux mysteres de Mythras, travaillerent à se régénérer comme les astres : ils employoient pour cela d'étranges moyens ; ils prenoient le nom des constellations ; ils imaginoient des vêtemens particuliers pour mieux leur ressembler ; ils pratiquoient même des austérités excessives, & malgré l'affoiblissement de leurs forces, ils se croyoient après ces cérémonies ressus-

---

(1) Relat. de Lobo.

cités comme Mythras, regénérés comme le foleil & revivifiés comme la nouvelle année (1).

Nous parlerons au pénultieme livre de la fontaine de Jouvence, des elixirs de vie & des breuvages d'immortalité.

---

(1) Antiquité dévoilée par fes ufages, tome II.

LIVRE SECOND.

Des Femmes.

CHAPITRE PREMIER.

On les regarde comme profanes & comme impures. Purifications auxquelles on les foumet.

QUEL fpectacle je vais retracer aux yeux des lecteurs! je préviens les hommes fenfibles qu'ils auront beaucoup à fouffrir en parcourant ce traité; ils verront la tendreffe & la beauté accablées fous les outrages les plus indignes. Les femmes pouvoient fur toute la terre adoucir la rudeffe de l'homme & confoler fes chagrins : voici comment il a traité cet être charmant qui devoit le rendre heureux.

Impures.   Parceque les femmes font foumifes à des infirmités que ne connoit point notre fexe; quelle raifon y a-t-il d'attribuer à leur caractere cette impureté corporelle ? & comment ce préjugé a-t-il pu fe répandre jufque chez des peuples qui n'ont aucune idée de la propreté ?

Pline fait un tableau effrayant des effets que produifent les menftrues : » ce venin , dit - il , aigrit les liqueurs, & fait perdre aux grains qu'il touche leur fécondité , il fait périr les entes ; il brûle jufqu'à la racine les plantes des jardins ; il abbat les fruits des arbres , ternit l'éclat des miroirs, émouffe la pointe d'un fer, efface le poli de l'ivoire , tue les effaims d'abeilles , rouille le cuivre & le fer : les chiens qui en avalent quelques gouttes deviennent enragés & font des morfures incurables. Le bitume qu'on recueille fur le lac Afphaltite fe diffout malgré fon extrême tenacité , dès qu'on y plonge un fil enduit de fang menftruel : on dit même que les fourmis fentent cette odeur , & qu'elles s'enfuyent aux approches d'une femme qui a fes règles » (1). Sans examiner ce qu'il y a de faux dans cette defcription, il fuffit que les fauvages apperçoivent quelques-uns de ces effets pour traiter les fem-

(1) Hift. nat. de Pline , liv. 7 , chap. 15.

(1) M. de Bordeu a vu une femme qui dans le tems de fes règles cailloit le lait qu'on lui fervoit , pourvu qu'elle l'expofât à fon atmofphere. *Voyez* les recherches fur les maladies chroniques.

mes avec la derniere rigueur. Si par exemple, les chiens s'attachent à fuivre celles qui font mal-propres, & qu'une peuplade faffe cette obfer-vation, on imagine aifément quelles conféquen-ces elle peut en tirer.

Rien de fi touchant & de fi puérile que l'aban-don où on les laiffe pendant leurs règles, & l'on eft indigné à la vue des précautions humiliantes que prennent certains peuples pour les écarter de la fociété.

Les Nègres, les naturels de l'Amérique, les Infulaires de l'Afie ou de la mer du Sud conf-truifent des cabanes particulieres où ils les relè-guent avec le plus grand foin, & même chez les Iffinois (1) on leur fait jurer dans la cérémonie du mariage d'avertir leur mari dès qu'elles s'ap-percevront de l'écoulement, & de fe rendre fur-le-champ au *burnamon* (2) : celles qui man-quent à cette promeffe font punies très-févère-ment, & il eft difficile d'imaginer combien on en a mis à mort pour ce crime.

Afin de connoître mieux toutes les filles qui

---

(1) Voyage de Loyer.

(2) Dans chaque village on trouve à cent pas de la der-niere maifon un bâtiment féparé, appellé *burnamon,* où les femmes & les filles fe retirent pendant leurs infirmités lunaires.

sont en âge de puberté, on oblige les Négresses du royaume de Loango de s'arrêter à l'endroit où elles se trouvent lorsque la nature rend ses premieres fleurs, & d'attendre qu'il arrive quelqu'un de leur famille pour les reconduire dans la maison paternelle (1).

On les traite ailleurs de la même maniere que les pestiférés ; sans oser les approcher, on leur jette des alimens comme aux animaux : on diroit qu'elles vont empoisonner la contrée, & qu'une seule suffit pour répandre partout la contagion. Il est défendu à celles de Juida d'entrer alors au palais du roi ou dans la maison des grands (2) ; on les contraint même à quitter la maison de leur pere ou de leur mari, & à rompre tout commerce avec les autres hommes (3).

Celles de Loango ne peuvent paroître aux yeux de leurs maris, ni toucher aucun mets, & elles ne se présentent devant le reste de la famille qu'avec un cordon autour de la tête (4).

L'Eglise a fait aussi sur cette matiere des règle-

(1) Voyage de Merolla.
(2) Bosman.
(3) Voyage de Desmarchais, vol. 2.
(4) Voyage de Merolla.

mens qui ne font pas obfervés. Le concile de Nicée en 325 leur défend d'entrer dans l'églife.

On conçoit aifément pourquoi les hommes fauvages ou policés n'approchent point alors des femmes, puifque le contact du flux eft dangereux, & que l'inftinct fuffit d'ailleurs pour infpirer cette retenue. Mais pourquoi les fuir ? une pareille maladie n'étant point contagieufe pour les mâles, malgré tout ce qu'en dit Pline, cette prétendue délicateffe ne fait pas honneur à leur jugement.

Des Négreffes cependant s'en prennent à la lune plutôt que de rejetter la faute fur nous. Battel en a connu *qui tournent le derriere à cette planète* dès qu'elle entre en fon premier quartier, pour lui marquer la haîne & le mépris qu'elles ont pour elle (1).

La purification eft une fuite de la fouillure, & puifqu'on les difoit impures, il falloit bien qu'elles fubîffent une ablution légale : malgré l'importance qu'on attache à la population en certains pays, malgré les fignes de joie qu'on fait éclater au moment où une fille donne des preuves de fa puberté, on n'en exige pas moins cette ablution. Autrefois lorfqu'une habitante

(1) Pilgrimage, of Purchaff, vol. V.

de l'ifle d'Amboine atteignoit l'âge nubile &
qu'on en voyoit des marques, on l'annonçoit
dans le voifinage & on préparoit un grand repas; fur ces entrefaites la fille demeuroit enfermée fans ofer fe lever ni manger des viandes cuites, mais feulement des fruits crus : les
jeunes gens alloient enfuite au fon des inftrumens lui préfenter quelques noix de cocos fraî-
ches, & une troupe de femmes la conduifoient à
la riviere; après l'avoir purifiée long-tems, on la
ramenoit parée mais couverte d'un voile; on lui
jettoit des fruits fur fon paffage, & à fon retour
on commençoit un feftin accompagné de danfes
& de chants qui duroient plufieurs jours (1).

Les Caciques de la Guyane examinoient le
tems où chaque fille de leur diftrict fentoit pour
la premiere fois la crife de fon fexe, & cette
recherche étoit comptée parmi les affaires férieufes de leur adminiftration : on pratiquoit alors
plufieurs cérémonies & on finiffoit par expofer
la patiente à la morfure des fourmis qui, en lui
piquant tout le corps tenoient lieu d'une ablution
légale; car dit M. de Paw, que peut-on foup-
çonner de moins abfurde touchant les motifs
d'un pareil ufage (2).

(1) Relat. de Valentyn.
(2) Rech. philofoph. fur les Américains, tome II.

Cette fouillure ne s'eft pas bornée aux tems des règles ; les accouchemens n'ont pas paru moins impurs , & il a fallu alors de nouvelles purifications. Puifque la plupart des hommes regardent la vie comme un fi grand bien , puifque tous les gouvernemens excitent les peuples à couvrir cette terre de victimes dévouées à la mort, quelle tache peuvent contracter les femmes qui donnent la vie à une créature humaine ? & il eft bien étonnant que ces contradictions ne changent pas les idées des nations, auxquelles la religion laiffe en ce point une pleine liberté. Les femmes de Loango font obligées au commencement de leur groffeffe de fe lier depuis les reins jufqu'aux genoux d'un cercle d'écorce, pour annoncer à tout le monde leur impureté (1)

Un Hottentot ne peut approcher fa femme que long-temps après fes couches ; il eft impur s'il enfreint cette loi, & pour fe purifier il doit préfenter un bœuf au kraal.

La purification de la femme tient au caractere de ce peuple dont on parlera fouvent. Après s'être frotté le corps de fiente de vache, elle s'oint de graiffe & va s'accroupir auprès de fon mari, elle lui dit des chofes tendres, & ils fu-

---

(1) Voyage de Merolla.

ment enfemble jufqu'à ce que la vapeur du tabac
les jette dans le fommeil (1.

N'a-t-on pas pouffé la bêtife & la cruauté
jufqu'à fuppofer que les femmes n'étoient pas
moins indignes de parler à Dieu qu'aux hommes, comme fi les ouvrages fortis des mains du
Créateur pouvoient paroître impurs à fes yeux,
& comme s'il avoit des organes qui foient affec-
tés comme les nôtres de la malpropreté.

La loi défend aux Bukarriennes jufqu'aux prieres de la religion pendant les quarante jours qui
fuivent l'accouchement (2) ; il paroit même
qu'autrefois elles n'avoient pas la permiffion d'aller au temple durant cette époque, ni quarante
jours auparavant (3).

Il ne faut pas croire que cette fouillure s'efface
promptement. Les Nègres de Burré n'ont point
de commerce avec les femmes pendant leur
groffeffe, ni quatre ans après qu'elles ont ac-
couché (4).

Elle s'accroît auffi par le nombre des couches,
& on n'a imaginé nulle part que ces raifons

---

(1) Kolben.

(2) Hift. des Turcs & des Mongols, &c.

(3) Cenforinus *de Die natali* & Coelius Rhod. liv.
16, chap. 21.

(4) Voyage de Labat.

duſſent proſcrire le mariage. Lorſqu'une Négreſſe
du pays d'Anta a eu dix enfans, on l'oblige de
paſſer deux années entieres dans la hute des in-
commodités lunaires : après l'expiration de ce
terme e lle retourne avec ſon mari. Boſman dit
que cet uſage eſt propre à cette contrée (1), &
qu'il ne l'a point retrouvé ailleurs.

Les Moſcovites allerent encore plus loin : tout
ce qui étoit égorgé par la main d'une femme,
devenoit impur & ſouillé ; lorſqu'elles ſe trouvoient ſeules & qu'elles vouloient apprêter une
volaille, n'oſant point la tuer, elles ſe tenoient
à la porte un couteau & la volaille à la main,
& elles imploroient le ſecours du premier paſſant.

Profanes.   Il paroit que chez tous les peuples, les femmes ſont regardées comme profanes, par la nature même de leur ſexe. Elles ne prennent point
de part aux cérémonies de la religion, & il a
fallu une combinaiſon de circonſtances qui n'é-
toient pas naturelles pour donner lieu à l'établiſ-
ſement des chanoineſſes. L'intérieur des temples
leur eſt ſouvent interdit : il y a dans les égliſes
de Laponie des portes par où elles ne paſſent
point (2) : à Maroc elles font leur priere chez

---

(1) Boſman.

(2) Deſcript. de la Laponie Suédoiſe de M. Haëgſtrem.

elles ou auprès des tombeaux. On croit que Dieu les a créées uniquement pour propager fur la terre, qu'elles ne font propres qu'à infpirer aux hommes des penfées impures, & on ne leur permet pas d'entrer dans les mofquées (1) : ailleurs elles n'obtiennent cette permiffion qu'après qu'elles font excifes.

Dans l'enfance des fociétés on les méprife, mais on ne penfe pas encore qu'il foit important de les fuir. Elles paffent enfuite pour des êtres dangereux & on les évite comme des tentatrices fufcitées par les typhons. On croit alors la féparation des fexes néceffaire au falut du genre humain; mais comme les légiflateurs s'intéreffent toujours davantage aux hommes, on les abandonne à elles-mêmes. Une condamnation auffi générale doit bien étonner celles qui réfléchiffent & fi elles avoient l'empire que donne la force, elles ne manqueroient pas de dire la même chofe de nous. A l'époque où ces préjugés s'introduifent, les femmes par les progrès de la fociété ont obtenu de la confidération; mais telle eft la fatalité de leur fort qu'elles rentrent d'un autre côté dans l'aviliffement.

Qui pourroit imaginer les injures qu'on a

(1) Hift. of Barbary. St. Olon.

vomies contre elles pour en infpirer l'horreur?
on a employé toute forte de déclamations : je
renvoye dans la note deux citations que je n'ai
pas le courage de traduire (1).

Quelques paffages de l'Ecriture mal interpré-
tés par les docteurs, femblent confacrer les défauts qu'on leur reproche , & delà tant de dé-
fenfes de communiquer avec elles. Mais pour
ne rien négliger de ce qui fert à l'hiftoire de
l'homme, on obfervera que la civilifation étant
trop avancée, les femmes font fort répandues
dans le monde où elles ont de l'influence, &
qu'il feroit fi difficile de s'en féparer que les
habitans des villes oublient entierement les dé-
fenfes qu'on leur a faites.

On impofa d'autres gênes au clergé qui par
état & par décence, doit avoir encore plus de

_____

(1) Innocent III dans le difcours qu'il prononça au cinquieme concile de Latran dit , en parlant des femmes,
>> *mulierem femper præcedunt ardor & petulantia , femper
commitantur fætor & immunditia , femper fequuntur
dolor & pœnitentia.*

Saint Chryfoftôme étoit un peu plus modéré, mais on
voit qu'il étoit animé du même zèle : il dit >> *quid eft
mulier nifi amicitia inimica , ineffabilis pœna , neceffa-
rium malum , naturalis tentatio , defiderabilis calamitas ,
domefticum periculum , delectabile detrimentum , mali
natura boni decore depicta* ‹‹. Hom. II.

réserve que les laïcs : ces prohibitions trouverent
dabord un peu moins de prévaricateurs, mais
bientôt ne pouvant arrêter le torrent de la fociété ni opérer une rétrogradation dans fa marche, on ne parla plus des anciens canons. Si
l'on veut rapprocher des règlemens la vie des
eccléfiaftiques ; en voici quelques-uns :

Le premier concile de Mâcon en 581, défend aux femmes d'entrer dans la chambre d'un
évêque fans être accompagnée de deux prêtres
ou au moins de deux diacres.

Le pape Grégoire I, leur défend par une de
fes lettres d'habiter les environs des couvens
des moines, & le quatrieme concile de Tolède
ordonne aux évêques d'enlever & de vendre
celles qui vivent avec les clercs.

Des hérétiques cependant ont formé des ré-
clamations en leur faveur : les Montaniftes les
admettoient à la prêtrife & à l'épifcopat. Dieu,
difent-ils, communique également fes dons à
l'un & à l'autre fexe, pourquoi ne monteroient-
elles pas en chaire ? ont-elles moins d'efprit, de
prudence & de courage que nous ? Ce fyftême
eut des partifans, parceque le fanatifme & l'enthoufiafme font toujours bien accueillis du genre
humain ; mais Montan fe conduifit comme tous
les réformateurs : les femmes étoient oppri-

mées, il voulut en être le vengeur, & au lieu de s'arrêter quand il le falloit, il passa toutes les bornes.

CHAPITRE II.

Peu de respect; vénération profonde qu'on a pour les Femmes.

AVANT de rapporter des usages très-bisarres, on va poser des principes qui serviront à les expliquer.

Pour juger de la condition des femmes dans chaque pays, il faut examiner à quel point se trouve la civilisation de cette contrée. Depuis le degré où l'on vit quelques naturels de l'Amérique lors de la découverte du Nouveau-Monde, jusqu'à celui où sont parvenues les nations les plus policées, il y a une foule de gradations intermédiaires qui influent diversement sur leur sort & sur l'estime qu'on a pour elles. Les peuples les respectent plus ou moins, suivant qu'ils s'éloignent plus ou moins de la vie sauvage; & la politique & la religion mettent rarement des exceptions à ce principe.

Ce besoin impérieux qui rapproche les deux
sexes

fexes, ne fuffit pas pour attirer aux femmes des égards, & en général elles font très-maltraitées par ceux qui ne cherchent qu'à fatisfaire des defirs du moment. Les fauvages n'ont aucune idée de ce qui fait le mérite & le charme de leurs compagnes; ils ne connoiffent que le phyfique de l'amour, & leurs mœurs trop libres & trop franches nuifent beaucoup à la dignité des femmes; il n'y a parmi eux d'autre diftinction que celle du courage & des exploits guerriers, & dèslors elles doivent être comptées pour rien: elles font en effet dégradées au-deffous du dernier des hommes, & foumifes à tous les caprices qu'exerce la force fur la foibleffe. Pour être mieux convaincu de cette vérité, il fuffit d'examiner avec combien plus d'égards on les traite à la ville que dans les hameaux.

A mefure que l'homme fe police & fe perfectionne, il fent plus fes malheurs & fes chagrins, il a plus befoin d'être confolé; il connoit mieux le prix d'une compagne, & l'on peut dire que les peuples les plus éclairés & les plus honnêtes favent le mieux aimer. L'affection, le fentiment, la tendreffe, ce charme imperceptible que répand la beauté fur tout ce qui l'environne; l'enjouement & l'aménité que produit le commerce des femmes, enfin cette douce émo-

Tome I. F

tion de l'ame qui fubfifte encore après que celle des fens eft paffée, & tant d'autres plaifirs fi purs & fi vifs n'ont de prix que pour les cœurs à qui l'éducation a donné de la délicateffe.

Ainfi donc pendant que l'homme en quittant la vie agrefte, perd fa liberté & fon empire, la femme fe délivre alors de la fervitude & obtient de la confidération & des hommages.

On n'a parlé que des deux extrémités de la chaîne fociale ; le lecteur fuppléera aux développemens.

Mépris.   On a porté le mépris pour les femmes auffi loin qu'il pouvoit aller, & on leur a difputé le rang de *créatures humaines*.

Un évêque foutint dans un concile de Mâcon, qu'on ne pouvoit point & qu'on ne devoit pas les qualifier de *créatures humaines :* la queftion fut agitée pendant plufieurs féances, mais après de très-vives altercations les partifans du beau fexe l'emporterent (1).

La propofition folle de cet évêque ne fit

----

(1) Grég. de Tours, liv. 8.

L'homme paroit un être fi fublime qu'on a eu toutes les peines du monde à laiffer les Américains partager cette qualité : on déclara d'abord que c'étoient des finges, ce qui mit fort à l'aife les confciences des meurtriers Efpagnols.

pas beaucoup de profélytes , mais des nations
entieres regardent aujourd'hui les femmes comme
des êtres d'une nature inférieure à celle de
l'homme ; & comme fi la Providence ne les
avoit créées que pour nous fervir d'amufement
fur la terre, des Turcs commentateurs de l'alcoran croient qu'elles font anéanties au moment
de leur mort.

On voit dans le chapitre précédent comment
les traitent les nations qui les croient nuifibles
à la perfection évangélique ; mais quel mal n'a-
t-on pas dit contre elles chez les peuples qui
n'avoient pas les mêmes idées fur la vertu ? &
des hommes refpectables d'ailleurs , autorifent
ces déclamations.

„ Si le monde étoit fans femmes , difoit Caton, les hommes converferoient avec les dieux «.

Un magiftrat, un cenfeur Romain commence
ainfi une harangue en plein fénat : » Meffieurs ,
s'il nous étoit poffible de vivre fans femmes ,
nous nous épargnerions très-volontiers ce fâcheux
embarras (i) «. Il falloit que ces idées fuffent
bien affermies dans la Grece , puifque Melpo-
mène fur le théâtre prenoit fon accent plaintif
pour faire aux dieux les mêmes reproches , &

_____

(1) Hift. critique du célibat.

F 2

que les fpectateurs ne s'avifoient pas de rire.

» Celui des dieux qui a mis la femme au monde, dit Euripide, (fi toutefois c'eft l'ouvrage d'un dieu) peut fe vanter d'avoir produit la plus mauvaife de toutes les créatures, & la plus fâcheufe pour l'homme «.

» O Jupiter! s'écrie ailleurs le même poëte, qu'elle raifon a pu t'obliger de créer les femmes? s'il ne falloit que conferver le genre humain, il étoit aifé d'imaginer des moyens plus fimples & de donner aux hommes des enfans tout faits pour l'or, l'encens & les facrifices, &c. qu'on te prefente «.

Il parut fi clair que notre fexe eft fort au-deffus du leur, qu'en plufieurs contrées l'excès du mépris fut de comparer l'homme à une femme. Charondas condamna les Thuriens qui abandonnoient leurs drapeaux, ou qui refufoient de prendre les armes pour la patrie, à être traînés dans les places publiques trois fois par jour revêtus d'habits de femmes (1); & les Chinois appellent l'Europe le royaume des femmes parcequ'elles y fuccèdent au trône.

Les ufages & les coutumes montrent mieux encore quelle diftance l'homme a mife entre fa

_____

(1) Diod. de Sicile.

compagne & lui. La chasse est absolument défendue aux Lapones : les maisons ont toujours deux portes, elles n'osent jamais passer par celle qui est destinée au pere de famille (1).

Les Eskimaus compatissent naturellement aux maux de leurs semblables, mais on les accuse d'être impitoyables pour les femmes qui sont *d'une espece infiniment moins noble qu'eux ,* & les sauvages de la baye d'Hudson ne boivent jamais dans le même vase que leurs femmes (2) quoiqu'ils n'aient pas une grande quantité de meubles.

La servitude qui anéantit les distinctions , qui d'un homme fait un automate, & un esclave qui n'existe que par les caprices de son maître n'a pu détruire ces préjugés. Les Nègres des colonies traitent leurs femmes avec hauteur. » Je fis un jour, dit Labat, des représentations à un des miens qui mangeoit seul , & qui après ses repas disoit gravement à sa femme & à ses enfans , *vous pouvez aller manger vous autres :* je lui citois l'exemple du gouverneur qui mangeoit tous les jours avec sa femme ; il me répondit que le gouverneur n'en étoit pas plus sage,

---

(1) Hist. gén. de l'abbé Lambert, tome I.

(2) Rel. d'Ellis.

qu'il favoit bien que les blancs ont leurs raifons,
mais qu'ils avoient auffi les leurs.; & que fi l'on
veut confidérer combien les femmes blanches
font orgueilleufes & peu foumifes à leurs maris,
on avouera que les Nègres qui tiennent toujours
les leurs dans la foumiffion, ont pour eux la
raifon & la juftice (1) «.

Les loix permirent aux enfans de manquer de
refpect à leur mere; en cas d'adultère ils devinrent leur accufateur (2); & des fils dénaturés
demandoient à grands cris la mort de celle qui
leur avoit donné le jour.

Dans le royaume de Juida elles ne parlent
qu'à genoux à leurs maris; & les loix qui impo-
fent la même obligation aux enfans envers le pere
les en difpenfent à l'égard de la mere (3).

Le dira-t-on, un fils leve quelquefois la
main contre fa mere ? & les Hottentots autorifent le plus monftrueux outrage qu'on puiffe
faire à la nature : après la cérémonie qui les déclare parvenus au rang d'*homme*, ils maltraitent
& battent leurs meres, & c'eft un honneur de
ne pas les ménager. Kolben voulut repréfenter

_____

(1) Voyages de Labat.

(2) Une loi de Receffuinde leur accordoit cette permiffion. Voyez le code des Wifigoths, liv. 3 , tit. 4 , par. 13.

(3) Voyage de Defmarchais.

que cette coûtume a quelque chose de révoltant, on lui répondit que *c'est l'usage des Hottentots* (1). — Je veux croire que c'est une simple cérémonie qui annonce qu'ils sortent de tutelle : les coups sont alors un signe de leur affranchissement, comme autrefois les esclaves en recevoient quelques-uns de leurs maîtres lorsqu'ils obtenoient leur liberté (2).

Si le lecteur fatigué s'écrioit que ces derniers traits portent à leur comble l'avilissement auquel on a réduit les femmes, le lecteur se tromperoit. De jeunes Rhodiens s'emparerent du gouvernement de leur l'isle ; parmi les violences dont on les accuse , ils inventerent un jeu qui fut nommé le jeu *d'hegesilocus* ; la convention obligeoit celui qui perdoit à livrer la femme que souhaitoit le gagnant , & s'il rencontroit des obstacles , les autres devoient lui prêter main-forte (3).

On assure que plusieurs Koreishs Arabes enterroient leurs filles au moment de leur nais-

_____

(1) Relat. de Kolben.

(2) Il eût été plus naturel que l'esclave qu'on affranchissoit chez les Romains, donnât des coups à son maître ; mais cela auroit blessé leur dignité, & jusque dans l'acte qui rendoit la liberté il fallut intervertir l'ordre naturel.

(3) Athénée Deipnos. liv. 10 , cap. 12.

fance fur une montagne auprès de la Mecque, parce qu'un *fexe auffi vil leur paroiffoit indigne de voir le jour* (1).

Quelle opinion doit-on avoir d'une femme lorfqu'on lui propofe d'être l'époufe d'un ferpent ? Ce reptile eft adoré au royaume de Juida. Les prêtres demandent pour lui en mariage les filles les plus jeunes & les plus belles : les Négreffes ne refufent pas un fi grand honneur. On les fait defcendre dans un caveau où elles reftent deux ou trois heures, & lorfqu'elles en fortent on les proclame époufes du *grand ferpent*.

Dans l'ifle d'Umanak, découverte par les Ruffes, les femmes font la monnoie du commerce ; le prix des ventes & des achats fe calcule en femmes, on donne une, deux, trois ou quatre femmes d'un tel effet.

Enfin ce qui prouve combien le mépris pour les femmes eft naturel, elles gouvernent depuis cinquante ans la Ruffie & elles n'y ont aucune confidération (2).

Nous allons jetter les yeux fur des nations où les femmes offrent un fpectacle plus confolant.

_____

(1) Si jamais cet ufage a fubfifté, c'étoit parmi des brigrands dont la race ne fe perpétua point.

(2) Voyage de l'abbé Chappe.

On a déja dit que par les progrès de la civi- Respect,
lisation elles acquièrent de l'empire, & leur auto- vénération.
rité fait oublier alors la servitude qu'elles endu-
rent dans l'enfance des sociétés. A cette époque
on recherche les agrémens de la vie, & qui peut
plus y contribuer que les femmes aimables ? on
n'expliquera point tous ces contrastes en particulier, après quelques préliminaires chacun en
verra la raison.

On s'égare souvent lorsqu'on recherche l'origine des faits dont on n'a pas été le témoin,
& il est difficile de former des conjectures,
exactes, parcequ'on ne donne pas d'affez petites causes aux grands évènemens. La superstition
d'ailleurs a tant d'influence, elle se déguise sous
tant de formes imperceptibles, qu'elle se mêle
à tout, & que du fond de l'obscurité qui la cache
elle dirige les choses qui ne semblent pas être
de son ressort. Qu'une femme enthousiaste ou
vaporeuse monte sur un trépied & rende des
oracles, voilà une Pytonisse ; que sa folie soit
un peu longue & qu'elle attroupe des curieux,
on parlera de ses merveilles, bientôt on fera
des systêmes, & bientôt on croira que la Divinité se communique plus aisément aux femmes
qu'aux hommes.

Il est toujours facile de séduire les femmes

dont l'imagination fenfible embraffe tout ce
qu'on lui préfente ; leur zèle eft plus vif ; elles
prêchent hardiment parcequ'elles font ferme-
ment perfuadeés ; elles travaillent avec ardeur à
faire des profélytes ; elles annoncent fans rougir
des impoftures & des erreurs , & la fourberie
des prêtres idolâtres ou héterodoxes en a fu profiter : il eft de l'intérêt de ces prêtres de donner
une grande idée des femmes ; rien ne s'oppofe
à ce projet & on a pour elles de la vénération.
La plupart des hérétiques employerent cette
méthode qui leur a très-bien réuffi , & voilà
pourquoi on les voit jouer de fi grands rôles
dans l'hiftoire des fchifmes.

On feroit trop long fi l'on parloit en détail
des circonftances diverfes qui peuvent les mettre
au-deffus des hommes, ou du moins fur le même
niveau : on n'oubliera pas cependant les caprices des fultans ou des princes qui , d'un mot
adouciffent le fort de toutes celles de leur
empire ; & parmi cette foule immenfe de peuples qui ont couvert la furface de la terre,
pourquoi n'en trouveroit-on pas qui par raifon
& par fentiment, rendent aux femmes ce que
la tyrannie & l'abùs de la force leur ont enlevé?

On a difputé pour favoir fi elles font des
créatures humaines : voici des peuples qui pen-

fent qu'elles ont en elles quelque chofe de divin : cette croyance étoit jadis très-répandue.

Les anciens Germains difoient que la Divinité s'incarnoit (1) de tems en tems dans quelques femmes de leur nation qu'ils adoroient de bonne foi (2).

Elles rendoient les oracles chez les Grecs & les Romains , & les Hébreux avoient le plus grand refpect pour les Sybilles & les Pythoniffes. Les femmes Gothes difoient la bonne aventure & annonçoient les évènemens futurs : chez les Scandinaves elles exerçoient la magie : les Germains , fuivant Tacite , n'avoient pas d'autres médecins qu'elles , & ces trois profeffions font toujours refpectées dans les tems de barbarie.

L'homme eft moins crédule , & il ne croit pas fi aifément aux infpirations ; il fut en effet un tems où les fourbes n'ofoient pas encore dire que la Divinité leur parloit immédiatement ; ils adoptoient volontiers l'entremife d'une nymphe qui annonçoit aux peuples la volonté de l'Etre fuprême ; & les anciens légiflateurs religieux &

_____

(1) On peut voir dans l'ouvrage éloquent & profond, de M. Thomas fur les *Femmes* , les conjectures qu'il forme fur l'origine de cette idée.

(2) *Tac. de morib. Germ.*

civils employoient fouvent ce ftratagême : on eft
devenu plus effronté depuis, & dans les révéla-
tions on a ôté aux femmes l'avantage d'en être
les organes.

On a même penfé que les hommes étoient
moins propres qu'elles au commandement : on
ne parle pas des monarchies héréditaires où la
couronne eft quelquefois portée par des femmes,
mais des nations barbares croient voir dans leur
caractere une modération plus capable de gouverner un peuple ou d'en choifir le chef.

La dignité de chef eft héréditaire par les
femmes chez plufieurs Hurons ; & fi la branche
régnante vient à s'éteindre, la plus *noble matrone
de la tribu eft maitreffe du choix* (1) : cet ordre
de fucceffion eft établi en plufieurs contrées, &
on a imaginé cet expédient afin que l'empire
paffe fûrement à un héritier du fang royal (2).
Cette crainte de voir le gouvernement envahi
par une autre race, eft une fuite naturelle des
préjugés que contractent les nations lorfqu'elles
oublient la forme primitive des élections ; mais
il faut que les dangers de l'anarchie faffent bien

---

(1) Voyages de l'Efcarbot & de Champlain.
(2) On donnera dans le livre 5 une autre explication de
cet ufage.

de l'impreſſion ſur des peuples à demi ſauvages qui adoptent une pareille idée.

Rien de ſi dur & de ſi cruel que les ſauvages à qui on donne de l'autorité ; & pour ſe délivrer de leur tyrannie, d'autres crurent que la domination des femmes naturellement douces ſeroit plus ſupportable : elles ſont ſouveraines chez les peuples de la langue Huronne, à l'exception du canton Iroquois d'Onneyout, où l'adminiſtration eſt alternative entre les deux ſexes (1). Mais cet arrangement qui n'a pu s'introduire que par haſard dans une ſociété ſi peu avancée, devoit être contrarié lorſqu'il s'agit de l'exécution. Les hommes ne laiſſent en effet aux femmes que l'ombre du pouvoir ; quoique tout ſe faſſe en leur nom, & que les chefs eux-mêmes ne ſoient que leurs lieutenans, on leur communique rarement les affaires importantes.

Battel rapporte un uſage qui paroît incroyable ; le roi de Loango a mille femmes, il choiſit la plus grave & la plus expérimentée qu'il honore du titre de ſa mere : cette matrone jouit dès lors d'une grande autorité & le prince eſt obligé de prendre ſes conſeils ; s'il l'offenſe, ou s'il lui

_____

(1) L'Eſcarbot, Champlain.

refufe ce qu'elle defire elle a le droit de lui *ôter la vie de fes propres mains.*

Les mœurs & la conftitution d'un pays peuvent changer abfolument le caractere des femmes, & fouvent elles exercent les emplois qui femblent appartenir le plus exclufivement à l'homme ; car Tacite nous apprend que les Bretonnes commandoient les armées (1).

Les Gaulois fi farouches & fi groffiers confierent l'adminiftration à un fénat de femmes ; les divers cantons en choififfoient un certain nombre ; c'eft par leur ordre qu'on faifoit la paix ou la guerre : elles jugeoient elles-mêmes les différends qui furvenoient entre les particuliers (2), & voici une claufe d'un traité de paix. » Si quelque Carthaginois fe trouve lefé par un Gaulois, l'affaire fera jugée par le confeil fuprême des femmes de la Gaule (3). « Le préfident Fauchet nous apprend l'origine de ce refpect. Il s'éleva parmi les Gaulois une fédition que les femmes vinrent à bout d'appaifer, & depuis cette épo-

----

(1) *Solitum quidem Britannis fœminarum ductu bellare ,* ann. lib. 14 , *neque enim fexum in imperiis difcernunt ,* dit-il ailleurs.

(2) Plut. *de claris mulieribus.*

(3) Dans le traité d'Annibal avec les Gaulois.

que on les chargea d'une partie de l'adminiftration (1).

Les Druides mécontens abolirent leur tribunal :
ces prêtres s'emparerent du pouvoir & fe ven-
gerent du fexe qu'ils ont toujours perfécuté. On
remarquera que les Gaulois fous le gouvernement des femmes prirent Rome & firent trem-
bler l'Italie , & que fous celui des prêtres ils
furent fubjugués par les Romains.

La province de Patane qui dépend du royaume
de Siam , eft fous la domination d'une femme
que le peuple élit dans une même famille ; on
la choifit toujours veuve & vieille , afin qu'elle
n'ait pas befoin de mari (2).

L'empereur de Java n'employe jamais que
des femmes dans les ambaffades , & choifit
ordinairement des veuves : on croit qu'accoutu-
mées dès l'enfance à diffimuler & à fe contraindre , elles font plus propres aux négociations
que les hommes. Les Javans d'une naiffance
libre font obligés , par une loi , de donner à
chacune de leurs femmes dix efclaves pour les
fervir (3).

---

(1) Voyez les antiquités Gauloifes.
(2) Relation de la Loubere.
(3) Prevoft , tome I.

Les coutumes qu'on vient de citer ne font relatives qu'à des femmes en particulier, & n'influent qu'indirectement fur les femmes en général; il faut examiner chez quels peuples on les accueille dans la fociété.

Lorfque les Troglodites fe difputoient & qu'ils en venoient à un combat, les femmes âgées s'avançoient au milieu de la mêlée, après les premieres bleffures; (car il étoit défendu de les attaquer en aucune maniere) les combattans ceffoient de fe frapper dès qu'ils les voyoient paroître (1).

Il règne encore aujourd'hui à Malthe un pareil ufage, perfectionné par les mœurs galantes de la chevalerie. Le duel eft autorifé dans cette ifle, mais les combattans font obligés de mettre bas les armes lorfqu'ils en reçoivent l'ordre d'un prêtre, d'un chevalier ou d'une *femme* (2).

Les femmes font très-refpectées au Monomotapa & fi le fils aîné du roi en rencontre une, il eft obligé de lui accorder le pas & de s'arrêter jufqu'à ce qu'elle ait paffé (3).

Les Francs buvoient beaucoup & au milieu

---

(1) Diod. de Sic. liv. 3 , chap. 17.

(2) Voyage en Sicile & à Malthe, traduit de l'Anglois de M. Brydone.

(3) Prevoft tome I.

de

de leurs feſtins, ils s'exprimoient très-librement ſur la conduite des adminiſtrateurs, mais il n'é-toit pas permis de parler mal des femmes; & ils chaſſoient des aſſemblées & des tournois ceux qui leur manquoient de reſpect.

Un des articles de la loi Salique condamne à une amende de quinze écus d'or, celui qui ſerroit la main d'une femme libre.

Cependant le dédain qu'ont pour elles la plupart des nations perce encore à travers les égards qu'on affecte de leur marquer, & ce qu'on raconte de l'iſle de Ceylan nous montre clai-rement que partout elles paſſent leur vie entre la ſoumiſſion & la contrainte. On y a pour elles une extrême vénération ; elles ſont exemptes des droits de douane dans les ports & ſur les paſſa-ges : les terres dont elles héritent jouiſſent du même privilege ; & par une loi qui eſt ſans exemple, ce que porte une bête *de charge, fem-melle*, ne paye rien ; cependant pour *conſer-ver la ſubordination de la nature*, on défend à toutes les femmes, ſans aucune diſtinction de naiſſance & de qualité, de s'aſſeoir ſur un ſiege en préſence d'un homme (1).

On a ſouvent interprété en faveur du ſexe

---

(1) Relation de Knox.

des coutumes auxquelles on pouvoit donner une
autre origine, & l'on ne diftingue pas affez celles
qui font particulieres aux ifles de celles qu'on
trouve fur les continens. Un peuple placé au
milieu des mers n'a pas la même politique ni
les mêmes befoins qu'une nation entourée de
tous côtés par des voifins ; & de cette différence
il réfulte une foule d'ufages qui paroiffent bifai-
res, parcequ'on veut juger fur un feul principe
des chofes qui n'ont point entre elles de rapport. Cette obfervation eft importante & on y
reviendra plufieurs fois. Des infulaires, par exemple, qui n'ont pas affez de femmes feront
obligés de les racheter fort cher, fi par hafard
on les leur enleve : il n'eft donc pas furprenant
que les habitans des ifles Baléares donnaffent
trois ou quatre hommes pour la rançon d'une
femme enlevée par les Corfaires (1) : d'ailleurs
dans un cas particulier on avoit peut-être livré
trois ou quatre hommes pour racheter une
femme, & les voyageurs & les écrivains dont
le premier défaut eft de tout généralifer, fuppo-
fent que c'étoit une coutume univerfelle ; & en
tranfmettant ainfi comme des ufages conftans
des faits qui ne font arrivés qu'une fois, on a
fort embrouillé l'hiftoire de l'homme.

----

(1) Diod. de Sic. liv. 5, chap. 12.

L'exercice du cheval affoibliffoit tellement plufieurs Scythes qu'ils ceffoient d'être propres à la génération, & alors ils prenoient des habits de femmes, & devenoient des objets de vénération aux yeux du peuple (1) : on a conclu que les Scythes révéroient les femmes, mais ils refpectoient feulement les vétérans qui avoient perdu leurs forces à la guerre.

J'ignore à quelle époque de l'hiftoire d'Athènes on inftitua ces combats en l'honneur de la beauté, dont parle un ancien auteur (2) : les Grecs drefferent, il eft vrai, des ftatues à leurs courtifanes, ils les placerent quelquefois dans les templés, mais la fervitude domeftique de leurs femmes n'en fut pas moins humiliante.

Jamais les femmes n'ont été plus refpectées qu'au tems de l'ancienne chevalerie, & on n'a-

***

(1) Hift. univerfelle des Anglois, tome XIII, où l'on cite les auteurs originaux.

(2) Deipnof. livre 13.

C'eft une chofe connue de tout le monde, dit Athénée, qu'il y eut autrefois des combats folemnels en l'honneur de la beauté des femmes, comme Nicias le rapporte dans fes Arcadiques ; ces fêtes fe font célébrées jufqu'à nos jours. Le prix du vainqueur étoit ordinairement une armure qu'on confacroit à Minerve.

joutera rien à ce que nous apprennent les favans mémoires de M. de Ste. Palaye.

L'enthoufiafme de la beauté tourna bientôt la tête de nos galants chevaliers. Comme l'homme ne fait pas éviter les excès, il déprave dans peu de tems l'inftitution la plus fage, & la conduite de ces preux fut à la fin fi extravagante qu'on ne peut l'appeller que du nom de folie. On vit des champions qui non contens de foutenir dans leur patrie que leur maitreffe étoit la plus adorable de toutes les femmes, appellerent les étrangers eux-mêmes en duel pour les en convaincre à la pointe de l'épée.

Le duc Jean de Bourbonois, en 1414, fit publier dans toute l'Europe que fon deffein étoit de paffer en Angleterre avec feize chevaliers, pour combattre un égal nombre de chevaliers Anglois, en l'honneur de la dame qui régnoit fur fon cœur.

Les peuples de l'Europe étoient alors trop barbares pour honorer la beauté d'une maniere délicate. Le luxe & la tranquillité des monarchies ont enfin opéré dans les mœurs la révolution la plus favorable aux femmes : on n'effaiera point de dire quels font les hommages qu'on leur rend aujourd'hui dans toute l'Europe : elles en jouïront tant qu'il ne furviendra pas de grands changemens dans les états.

CHAPITRE III.

Servitude, Retraite des Femmes ; dures conditions qu'on leur impose ; Droits qu'on leur accorde.

Les femmes ne sont que les valets des hommes chez des sauvages trop voisins de la nature pour connoître l'esclavage ; on les charge des travaux les plus pénibles ; elles obéissent à tous les caprices de l'époux qui les traite comme un maître brutal & dur : mais elles sont de véritables esclaves dans quelques contrées où la civilisation est plus avancée, & où l'on distingue la liberté de la servitude ; le mari usurpe sur elles jusqu'au droit de vie & de mort ; il les vend, il les chasse, il en fait ce qu'il lui plaît.

Dans les républiques les ames aggrandies par le patriotisme dédaignent ces charmantes bagatelles, que des peuples asservis sont trop heureux de trouver pour se distraire : la rudesse & la force semblent être les sauves-gardes de la liberté & du salut public. On redoute l'influence des femmes dans les affaires de l'état, & l'on entretient avec elles le moins de communication qu'il est possible.

G 3

Sous le joug du defpotifme il ne doit pas refter l'ombre de la liberté, même dans les mœurs; la fociété des femmes rend les hommes entreprenans & audacieux, elle donne d'ailleurs de la pétulance & de la gaieté, & les tyrans ne veulent point de ces caracteres : il faut donc enfermer les femmes & bâtir des ferrails.

Dans les monarchies tempérées la nation ne fe mêle point des adminiftrateurs; à quoi s'occuperoient les oififs & comment rempliroient-ils le vuide des momens que laiffent les affaires particulieres, fi l'on ne vivoit pas avec les femmes? il eft bon que les fujets ne penfent qu'aux amufemens & au plaifir; & ce fera le comble de la politique fi, fans rien connoître des dangers de l'anarchie, ils regardent en pitié les républicains. Les femmes feront donc plus libres dans les monarchies tempérées que dans les autres gouvernemens.

Les femmes d'Amboine fervent en efclaves leurs maris, & n'ofent jamais manger avec eux (1) : celles des Caraïbes ne pouvoient pas manger en leur préfence (2), & fur la côte du Sénégal (3) elles fe couvrent le vifage & paroif-

(1) Rel. de Valentyn.
(2) Voyages de Labat.
(3) Voyage de Brue, tome II.

fent à découvert dès qu'ils font abfents. Le dernier degré de la fervitude eft de ne pas même prononcer le nom de fon maître, & c'eft à quoi font réduites les femmes du Maduré : lorfqu'elles veulent en parler il faut qu'elles fe fervent de périphrafes, & de circonlocutions qui expriment leur profond refpect.

Ailleurs fur un fimple foupçon d'infidélité le mari eft le maître de vendre fa femme, & cette atrocité eft très-commune dans les pays où les Européens établiffent le commerce des noirs. Brue raconte qu'ayant acheté une de ces malheureufes, les parens vinrent le folliciter d'accepter en échange une efclave beaucoup plus jeune & dont il auroit plus de profit à tirer ». J'y confentis, dit le voyageur, & celle que je rendis fut menée fecretement hors des états du Damel ; car on l'auroit fait mourir, fi la police s'en fût apperçue «.

Dans la plupart des royaumes d'Afrique les femmes s'achetent par quelques préfens du mari : fouvent il arrive au Congo qu'un Nègre eft mécontent de la fienne ; mais comme il n'eft pas difpofé à perdre ce qu'elle lui a coûté ; il la vend au même prix à un jeune homme de fa famille (1).

_____

(1) Voyage de Merolla.

G 4

Broeck a vu fréquement au Cap Verd des Négreffes enceintes, chargées de cinq ou fix cuirs de bœufs fur la tête & d'un enfant fur le dos, tandis que leurs maris ne portoient que des armes (1).

Lorfqu'un Mandingos rentre dans fa maifon après une abfence de deux ou trois jours, fa femme fe met à genoux pour le faluer, & elle prend toujours la même pofture quand elle lui préfente à boire (2).

Des maris indignes de commander en maîtres, & à qui la naiffance & l'éducation ont refufé toute efpece de fupériorité, prennent encore fur elles de l'afcendant. Un payfan d'A-fem a fouvent quatre femmes : il dit à l'une en l'époufant, *je te deftine dans mon ménage à tel emploi :* à une autre, *tu feras cet ouvrage &c.* chacune connoit ainfi fon devoir, & dès-lors il n'y a pas, dit-on, le moindre débat (3).

Mais lorfque les hommes élevent une des femmes au-deffus de fes compagnes, la jaloufie ne connoit point de bornes & la fervitude eft

---

(1) Voyage de Broeck.
(2) Jobfon Golden Trade.
(3) Rel. de Tavernier.

alors infupportable. La premiere concubine du roi d'Ardra jouit d'une extrême autorité ; toutes les autres concubines font fes efclaves, elle peut les vendre aux Européens , & d'Elbée en vit huit qu'on vendit ainfi (1).

Aux différentes efpeces de fervitudes dont on vient de parler, il faut ajouter celles qu'invente la tyrannie des fouverains, & montrer les femmes opprimées fous un efclavage politique qu'elles ne peuvent adoucir, ni par les prieres ni par les larmes. Le roi d'Achem hérite de tout ce qui appartient à fes fujets lorfqu'ils ne laiffent point d'enfans mâles. Un pere qui a des filles peut les marier pendant fa vie, mais s'il meurt avant leur établiffement elles deviennent la propriété du roi qui fe faifit des plus belles & les entretient dans fon ferrail (2) ; le roi de Bantam a le même droit, & pour fouftraire leurs filles à l'efclavage , les peres les marient quelquefois à l'âge de huit ou dix ans (3).

Il y a même des pays où elles font, pour ainfi dire les efclaves du public, & où par conféquent

---

(1) Voyage d'Elbée.
(2) Rel. de Beaulieu.
(3) Rel. d'Houtman.

leur pudeur se trouve à la merci du premier venu ; c'est ce qu'on voit au royaume de Loango , suivant Merolla : celles qui reçoivent des étrangers dans leurs maisons, sont obligées de passer avec eux les deux premieres nuits.

Les Tartares du Dagheftan prennent des femmes comme des valets par faste , plus on en a & plus on est estimé.

Par une loi de Romulus , un mari répudioit sa femme & même il la punissoit de mort lorsqu'elle étoit convaincue d'adultere , d'empoisonnement, *d'avoir fait des fausses clefs & d'avoir bu du vin* ; mais sous quelque prétexte que ce fût , elle ne pouvoit jamais (1) quitter son époux : elle devint par la suite son esclave ; il la vendoit & d'un seul mot la faisoit mettre à mort : elle étoit en même-tems l'esclave de sa famille ; car un pere obligeoit sa fille à répudier (2) son mari quoiqu'il eût consenti à ce mariage. Soit que les anciens Gaulois voulussent imiter les Romains , soit qu'ils imagi-

_____

(1) Dio. Halycar. liv. 2, chap. 25.

(2) Voyez la loi 5 , au code *repudiis & judicis de moribus sublato*.

naſſent de leur côté que l'autorité des hommes eſt ſans bornes, Céſar nous apprend qu'ils
avoient auſſi puiſſance de vie & de mort ſur
leurs femmes.

Le nom de celui qui inventa chez les Romains cette légiſlation ſauvage ne nous eſt pas
parvenu ; il falloit qu'il y eût en outre des loix
qui les contraignoient au mariage. Comment
auroient-elles oſé ſe mettre à la merci d'un brutal ? la nation entiere étoit familiariſée avec cette
idée : » Les hommes les plus groſſiers , les hommes de la plus vile populace peuvent ſans raiſon
aſſaſſiner leurs femmes : « On n'a trouvé aucun
ſauvage qui eût le droit de faire mourir ainſi
ſa compagne : quelques-uns la vendent comme
les Samoyedes lorſqu'ils commencent à s'en
dégoûter , mais on ne les autoriſe pas à en
verſer le ſang,

On pourroit s'étendre beaucoup ſur les ſer-
rails & ſur le trafic qu'on fait de la beauté chez
tant de peuples ; mais on ne veut pas répéter ce
que tout le monde ſait : l'Afrique & l'Aſie ſeront
à jamais célèbres par les outrages qu'y reçoivent
les deux ſexes. Parmi cette multitude d'uſages
cruels qui ſe préſentent à l'eſprit, on eſt obligé
de choiſir les plus piquans & de négliger le reſte.

Les femmes du ferrail du roi d'Achem doivent être circonfpectes, car la faute la plus légère eft quelquefois punie de mort : une efclave ne peut être reçue parmi les concubines du roi, fi elle a été expofée en vente à d'autres yeux que les fiens, & le marchand qui oferoit la préfenter perdroit la tête. Les enfans font élevés loin d'elles, & ils ne revoient jamais leur mere (1).

Le premier eunuque de l'impératrice, femme de Juftinien, la menaça, dit l'hiftoire, du châtiment dont on punit les enfans dans les écoles.

Quand une femme du roi de Loango eft enceinte, quelle que foit la fageffe de fa conduite, le tyran redoute l'infidélité ; il fait avaler le bonda (2) à une efclave; fi cette efclave fuccombe à la violence du poifon on l'enterre vivante, & la femme eft condamnée au feu (3).

---

(1) Prevoft, tome I.

(2) Le bonda eft une liqueur violente qu'on fait avaler aux accufés : elle caufe une fuppreffion d'urine & répand à la tête des vapeurs qui renverfent celui qui l'avale, à moins qu'il ne foit d'un tempérament très-robufte. Nous en parlerons au livre des épreuves.

(3) Battel dans Prevoft, tome I.

Des princes chargent de la fonction de bour-
reaux ces mêmes femmes qu'ils admettent dans
leur lit : le roi de Juida en détache trois ou
quatre cens pour exécuter ses ordres : elles pil-
lent & détruisent de fond en comble les maisons.
Comme il est défendu, sous peine de mort de
les toucher, elles remplissent tranquillement leurs
commissions (1) : d'autres fois elles partent en
troupe armées chacune d'une longue gaule, &
elles portent les édits du roi fort loin de la
capitale. Dès qu'un grand n'est pas assez soumis,
deux ou trois mille de ces femmes ravagent ses
terres, & comme on ne peut les toucher sans se
rendre coupable d'un nouveau crime, on vient
à bout de réduire ainsi les rebelles.

Si l'on jette ensuite les yeux sur la phrénésie de
ces despotes, on verra les serrails innondés de
sang, & ces asyles d'un grossier amour souillés
par le meurtre. Abdelkan, général des troupes du
royaume de Visapour, las du métier de la guerre,
se retira dans son serrail où il avoit rassemblé
douze cens belles femmes : il y jouissoit de toute
sorte de plaisirs, quand le souverain lui ordonna
de reprendre le commandement d'une armée contre Sevagy. Sa jalousie devient alors furieuse ; il

(1) Voyage de Desmarchais, vol. 2.

s'enferme une femaine entiere au milieu de fes concubines, il fe livré à des réjouiffances continuelles, & au moment de fon départ il fait égorger toutes fes femmes en fa préfence (1).

Qui pourroit peindre la dureté de ces infâmes marchands qui approvifionnent les harems ? & quel lecteur auroit affez de courage pour s'arrêter fur les détails d'un pareil commerce ? Carré raconte une hiftoire touchante qui fera plus d'impreffion. » Je rencontrai, dit-il, dans un défert d'Arabie un homme accablé de chagrin, & qui paroiffoit fi plein de fes malheurs que j'avois grande envie de le foulager. Je lui demandai quel accident lui étoit arrivé, & il me répondit avancez, vous & votre guide derriere cette colline; vous verrez alors la fituation où je me trouve, & vous travaillerez peut-être à m'en tirer ».

» A peine eus-je monté la colline que nous découvrimes bientôt une caravane, compofée d'une foule de valets & d'environ cent chameaux qui portoient deux cens filles fort belles âgées de douze à quinze ans. L'état de ces malheureufes infpiroit la compaffion, elles étoient couchées par terre les yeux baignés de larmes, &

---

(1) Voyage de Carré.

le défefpoir peint fur le vifage. Les unes jettoient des cris pitoyables & d'autres s'arrachoient
les cheveux. Jamais fpeétacle ne m'a ému fi profondément ».

» Lorfque mon premier accès de douleur fut
paffé, je priai le marchand Turc de m'apprendre
d'où venoient les lamentations de tant de miférables : il me dit en Italien, je fuis ruiné & plus
défefpéré cent fois que toutes ces créatures enfemble. Il y a dix ans que je les élève dans Alep
avec des foins & des peines infinies, après les
avoir acheté fort cher. C'eft ce que j'ai raffemblé
de plus beau dans la Grece, la Circaffie & l'Arménie, & quand je les mène au marché de Bag-
dad, où les Perfans, les Arabes & les Mogols
s'en fourniffent, je les vois périr faute d'eau pour
avoir pris le chemin du défert que je croyois le
plus fûr «.

» Ce récit m'infpira de l'horreur, & je déteftai
fa perfonne & fa profeffion, mais comme j'étois
curieux de favoir le refte de fon aventure, je
feignis de prendre part à fon fort, il continua
ainfi : regardez ces foffes que voilà, j'ai déja
fait enterrer plus de vingt femmes & dix eunuques qui font morts pour avoir bu de l'eau des
puits : elle eft remplie de fauterelles pourries
dont l'odeur eft capable de tout infeéter. C'eft

un poifon mortel pour les hommes & les animaux. Nous fommes réduits à vivre de lait de
chameaux, & fi le hafard ne m'apporte point
de fecours, je laifferai ma fortune dans ces
déferts «.

» Je ne pus retenir mes larmes lorfque neuf ou
dix de ces infortunées expirerent à mes yeux, &
que fur leurs beaux vifages j'apperçus les convulfions de la mort ».

» Je m'approchai de l'une d'entre elles qui
étoit à l'agonie, je rompis la corde qui attachoit
nos outres & je me hâtai de lui donner à boire.
Alors mon guide Arabe fe mit en fureur, & je
jugeai par fes emportemens de la férocité de fa
nation : il prit fon arc & d'un coup de flèche il
tua la jeune femme que je voulois fecourir, &
il jura qu'il traiteroit de même toutes les autres
fi je m'avifois de partager avec elles nos provifions. Ne vois-tu pas, me cria-t-il, d'un ton
brutal que fi tu prodigue le peu d'eau qui nous
refte nous ferons bientôt réduits à une pareille
extrémité ?

» Cependant il confeilla au Turc d'envoyer
quelques-uns de fes gens aux marais *de Taïba* qui
ne devoient pas être fort éloignés, & il lui dit
que peut-être il y trouveroit des fources qui ne
feroient pas corrompues : mais la crainte que les

Arabes

Arabes de cette ville ne vinſſent enlever ce qui lui reſtoit de ſa marchandiſe, l'empêcha de ſuivre cet avis, & nous laiſsâmes la caravane ſans ſavoir ce qu'elle eſt devenue «.

» Ces victimes innocentes perdirent alors l'eſpérance qu'elles avoient eu de ſoulager la ſoif qui les conſumoit, & quand nous les quittâmes elles pouſſerent des cris plaintifs qui retentiſſent encore dans mon cœur (1) «.

. Enfin on n'imagine pas à quel prix on a mis leur beauté. Chardin nous apprend que les belles filles de Mingrélie d'entre treize & dix-huit ans ne coûtent que vingt écus, & que les femmes n'en coûtent que douze.

Il ſemble à ces maîtres de ſerrail que les femmes ne doivent avoir des beſoins qu'au gré de leurs caprices; ils leur font un crime des paſſions qu'elles ont reçu de la nature, & on veut qu'elles ſoient chaſtes & fidèles à un tyran que ſouvent elles ne voyent point. Quelques rois Nègres épouſent ſeize femmes qui s'occupent uniquement des plaiſirs de ces princes (2); le nombre des concubines qu'ils peuvent avoir n'eſt

---

(1) Voyez le voyage de Carré.
(2) Jobſon Golden-Trade.

pas fixé; mais on les punit de mort dès qu'on les foupçonne de la moindre infidélité.

C'eft le fort de l'efclave de ne point avoir de propriété , & d'appartenir tout entier à fon maître. En plufieurs contrées les femmes font incapables de poff: der aucun bien , & elles n'héritent jamais au Cap de Bonne-Efpérance , dans le royaume de Benin , & en général fur toute la côte occidentale de l'Afrique (1). On trouve une loi femblable chez les Tartares & les anciens habitans de la Chaldée & de l'Arabie (2). La fameufe décifion de Moyfe nous apprend que jufqu'alors les femmes n'avoient jamais fuccédé, & il ne leur accorde le droit d'hériter dans la fuite qu'au défaut de mâles au même degré (3).

On acquiert la jouiffance & la poffeffion d'une femme comme celle des biens - meubles. Chez les Romains , dès qu'elle avoit demeuré un an avec un homme , elle étoit cenfée lui appartenir (4).

Enfin, lorfque le mari mouroit , on ordonnoit que cet efclave iroit le fervir dans l'autre monde;

_____

(1) Kolben. Hift. univerfelle Mod. tome XVII.
(2) Hift. gén. des Voyages, tome IX. Perizonius *de Leg.*
(3) Nombre, ch. 27.
(4) Macrobe & Aulugelle.

& une loi si contraire aux vues des gouvernemens sur la population a été adoptée par un très-grand nombre de peuples.

On déclaroit infâmes les femmes des Hérules qui ne s'étrangloient pas sur le tombeau de leurs époux. Les Danois ordonnèrent par une loi qu'à la mort d'un mari, ses femmes seroient brûlées & enterrées avec lui (1).

On s'apperçut ailleurs que la servitude des femmes n'est pas une raison suffisante de les immoler aux mânes de leur maître. On voulut colorer ce sacrifice d'une apparence raisonnable, & l'on dit que toutes les femmes devoient par attachement accompagner leurs maris dans l'autre monde. Si l'on eût essayé seulement de répandre ce préjugé, en laissant à chacune la liberté de le braver ou de le suivre, il n'y auroit que la moitié du mal : mais il fallut bientôt s'y conformer, si l'on ne vouloit pas encourir le déshonneur ; & l'artifice & la ruse des Prêtres ôterent tous les moyens de s'y soustraire. C'est ce qu'on verra au Malabar & en d'autres contrées de l'Orient, lorsque nous parlerons de ces malheureuses qui se jettent elles-mêmes au milieu du bûcher de leurs époux.

_____

(1) Procope.

La fervitude eft proprement l'abnégation de foi-même, dont on a tant parlé; & l'on peut dire que chez la plupart des peuples la vie des femmes fe paffe dans l'exercice continuel de cette vertu. Outre les règlemens généraux qu'on fait partout contr'elles, on les a chargé d'une foule de prohibitions particulieres. Quelques-unes, il eft vrai, font relatives à la forme du Gouvernement, au climat & au caractere des différentes Nations; mais la fantaifie des hommes fut communément la mefure des abftinences qu'on leur impofa. On n'en citera qu'une feule, pour ne pas être diffus. Les anciens Marfeillois défendoient aux femmes de boire du vin (1).

Les Romains furent plus féveres : celle qui en buvoit étoit punie comme une adultere, & l'adultere étoit puni de mort (2).

Retraite. Ce qu'on vient de lire fur l'efclavage des femmes conduit naturellement à la vie retirée qu'elles mènent en tant de pays. On les voit emprifonnées tour-à-tour par la politique, la décence & la jaloufie, & cette prifon a été fouvent plus gênante que la fervitude. Si l'on confulte la nature, il paroît qu'il n'y a point d'être plus fait

(1) Valere-Maxime.
(2) Boemus, *mores gentium.*

qu'une femme, pour la fociété ; mais , en lifant l'hiftoire des Nations , on s'apperçoit que les inftitutions des hommes ne font pas fondées fur ce principe.

La Grèce étoit remplie de courtifanes ; toutes les villes fe livroient à un amour contre nature , & par un faux-femblant de vertu , on relégua les femmes dans une retraite humiliante. Les Grecques ne fortoient jamais de leurs maifons fans être couvertes d'un voile , & on ne leur permettoit d'affifter à aucun fpectacle public (1) ; elles ne pouvoient pas, fans permiffion , aller d'une chambre à l'autre ; & , qui le croiroit, on entretenoit de gros chiens autour de la maifon , pour écarter les adulteres (2). » Pour vous, ô femmes, dit Périclès, dans un difcours cité par Thucidide, le but conftant de votre fexe doit être d'éviter que le public ne parle de vous ; & le plus grand éloge que vous puiffiez mériter, c'eft de n'être l'objet ni de la cenfure ni des applaudiffemens (3) «. Dans l'Andromaque d'Euripide, une dame qui s'eft montrée hors de chez elle effuye des reproches amers. Lyfias introduit dans une de fes Ha-

---

(1) *Corn. Nep. præf. Cic. in verrem.*
(2) Archaeologie Grecque de Potter.
(3) Thucid. liv. 2.

rangues une veuve, mere de plufieurs enfans, qui parle de paroître en public comme de l'extré-mité la plus cruelle où puiffent la réduire fes malheurs. Solon fit des loix pour empêcher les femmes de manquer aux bienféances qu'on leur impofoit. Il ordonna qu'aucune matrone ne forti-roit de chez elle avec plus de vêtemens ni avec une plus grande quantité de provifions qu'on en pouvoit acheter pour une obole : il régla auffi qu'elle ne quitteroit jamais la maifon fans avoir une fuivante qui portât devant elle un flam-beau (1).

Les Romains fe conduifirent fur les mêmes principes, & employerent encore de plus grandes précautions. Non-contens de retenir les femmes au fein de leurs familles, ils les foumirent à une tutelle qui ne finiffoit qu'avec la vie ; & leur caractere ardent & jaloux l'emporta bientôt fur la févérité des Grecs. Ils inventerent une chaife fer-mée & vitrée ; les dames travailloient dans ces chaifes, & de là elles parloient à ceux qui venoient les voir (2). Ils les admirent, il eft vrai, à table ; mais elles étoient affifes & non couchées, & les filles non mariées en

_____

(1) Potter. Plutarque.
(2) Remarq. de Dacier fur Hor. liv. 1, fect. 2.

étoient exclües (1) .La retraite des femmes fut
l'effet ou la caufe de cette corruption de l'a-
mour dont les anciens Auteurs parlent avec tant
d'impudence.

Après la deftruction de ces deux peuples , on
retrouve leur police & leurs loix dans les pays de
l'Europe qui étoient bien éloignés d'avoir les
mêmes conftitutions. C'eft probablement pour
cela que les femmes d'Angleterre , jufqu'au tems
de la révolution , ne paroiffoient jamais dans les
rues fans mafque (2) ; & il n'y a pas quarante
ans que les Écoffoifes ne fortoient que la tête
couverte d'un voile.

Les femmes mènent encore aujourd'hui , en
Angleterre , une vie plus retirée que dans les
autres pays de l'Europe , parce que la forme du
gouvernement a prévenu la liberté que le progrès
des lumieres devoit donner au fexe. Tous les
Anglois s'occupant de l'adminiftration de l'E-
tat , vivent moins avec leurs femmes, qui font
plus modeftes & plus timides qué chez les peuples voifins.

Autrefois les femmes, en Sicile, ne pouvoient

---

(1) Laurentius *de conviviis veterum.*

(2) *Sketches of the hiftory of Man ,* t. I. Les femmes
de condition de l'Arabie Heureufe, ne paroiffent que maf-
quées. *Voyez* de Van-den-Broeck.

loger dans les auberges, à moins qu'elles n'euffent des atteftations & des certificats authentiques, ou qu'on ne les connût particulièrement. Des gardes alloient la nuit vifiter les lits des hôtelleries. Alors les Siciliens fe croyoient libres ; ce qui confirme mes principes.

En d'autres pays la jaloufie traite les femmes plus mal encore que le patriotifme, & cela eft fort naturel.

Il étoit défendu, fous peine de mort, aux cordonniers de l'Egypte, de faire aucune chauffure pour les femmes (1) ; & le Calife Hakim, troifieme des Fathimites & fondateur de la religion des Drufes, remit par la fuite cette ancienne coutume en vigueur.

Les Chinois ne trouverent pas cette précaution fuffifante, & ils écraferent les pieds des femmes, pour qu'elles fuffent moins expofées à fortir de leur maifon.

Qui pourroit le croire, fi l'on n'avoit Hérodote pour garant ? La jaloufie redoutoit en Egypte jufqu'aux embaumeurs ; & de peur que ces hommes n'infultaffent aux cadavres des femmes, on ne les leur confioit que lorfqu'ils commençoient à tomber

_____

(1) Rech. philof. fur les Egyptiens, tome I.

en pourriture. On ne fait pas, en Perfe, où l'on enterre les concubines du Schah : on garde ce fecret, dit la Boulaye, pour que l'Empereur n'ait point de jaloufie.

On a craint ailleurs que les fils n'attentaffent à la pudeur de leurs meres, & on défend à celles-ci de les recevoir dans leur chambre. Les dames de Bantam font gardées fi étroitement, que leurs enfans eux-mêmes ne font pas admis auprès d'elles (1). A la Chine, les amis & les alliés d'une femme ne peuvent jamais l'entretenir fans permiffion : on ne l'accorde qu'aux coufins qui font plus jeunes qu'elles ; & depuis le premier jour du mariage, un beau-pere ne revoit pas le vifage de fa fille (2). Enfin les Chinois fe défient tellement du fexe en général, qu'ils ne permettent pas aux freres & fœurs de converfer enfemble.

Une ancienne loi des Perfes défendoit aux femmes de fe montrer à des hommes étrangers (3) ; & on en retrouve une pareille chez les peuples à demi-barbares qui inonderent l'Europe au quatre ou cinquieme fiècle.

Les Vifigoths s'établirent en Efpagne, où la

---

(1) Rel. d'Houtman.
(2) Rel. de Navarette.
(3) Jofeph, liv. 3. des antiquités, chap. 9.

chaleur du climat rend les hommes plus jaloux, & ils ordonnerent à leurs Médecins de ne saigner une femme qu'en présence de son mari, de son frere, de son fils, ou de son oncle (1).

Dans ces contrées de l'Orient où le despotisme a tout corrompu, les maris redouterent *les êtres invisibles*; & les femmes furent outragées plus d'une fois, parce qu'on avoit inventé des sylphes & des génies dans les fables. On ne voit pas du-moins d'autre raison de ce qui se passoit jadis au Mogol. Lors même qu'elles étoient dans leur maison, elles gardoient sur leur tête un voile de gaze fine, & elles ne pouvoient sortir du lit qu'en présence de leur mari, de leurs enfans, de leur pere, de leur mere, ou d'une personne de confiance.

Tavernier dit qu'elles sont si bien enfermées dans l'Arménie, que plusieurs maris n'ont jamais vu le visage de leurs épouses. — Sans doute qu'il y a de riches Arméniens qui remplissent leurs harems de plus de concubines qu'il ne leur en faut, & qu'en achetant cette marchandise de leurs pourvoyeurs, ils ne daignent pas l'examiner. En Perse, on ne leur permet pas plus qu'aux enfans

---

(1) Voyez le code des Wisigoths.

de choisir leurs habits : aucune d'elles ne fait le matin la robe qu'elle portera dans la journée (1).

L'éducation dispose d'ailleurs à cette puérile servitude. En plusieurs endroits, on n'apprend aux jeunes filles ni le chant, ni la musique, ni la danse ; ces talens sont réservés aux courtisanes : on ne leur enseigne point à écrire, mais seulement à lire, afin qu'elles aient la consolation de lire l'alcoran, qu'elles n'entendent pas. La jalousie ne fut pas toujours aussi prévoyante, & on fut encore plus rigide sous Henri VII. On défendit aux femmes d'Angleterre de lire le Nouveau Testament en langue vulgaire (2).

Il faut exposer enfin les derniers excès de la jalousie, & parler de la maniere dont on traite, en Orient, les femmes malades. Quelquefois les Chinois passent sur leurs mains un fil de soie, dont le Médecin tient l'extrémité, & il juge de l'état du pouls par les vibrations qu'il éprouve, & il ordonne au hasard des remèdes (3). Cet-expédient est très-propre à connoître le degré de la fièvre.

---

(1) Voyage de Chardin.

(2) Sketches of the history of Man.

(3) Rech. philos. sur les Egypt. & les Chinois.

Quand M. de Tournefort fut introduit dans le ferrail du Grand-Vifir, à Conftantinople, il ne put ni voir les malades, ni leur parler ; il en étoit féparé par une muraille dans laquelle on avoit pratiqué des trous, & les femmes de ce Miniftre lui tendirent leurs bras à travers ces ouvertures. — Dès qu'une femme eft abattue par la maladie & qu'elle porte fur fon vifage la pâleur de la mort, il femble que la jaloufie la plus effrénée devroit fouffrir la préfence d'un Médecin; mais ces defpotes finiffent par croire que les regards des étrangers fouillent une femme, & qu'elle eft indigne de leur lit fi elle a été vue une feule fois par d'autres hommes.

Tant qu'il reftoit un moyen phyfique d'enfreindre la chafteté, la jaloufie ne fut pas en repos. Pour que les jumens ne conçoivent pas, on a inventé une forte d'infibulation qu'on appelle, en terme propre, *boucler les cavalles* ; & l'on ne rougit point de faire aux femmes la même opération. On les a infibulé de diverfes manieres; les unes font fanglantes & douloureufes, les autres ne font qu'outrageantes : voici celle qu'on pratique communément ; on leur met une ceinture treffée de fils d'airain, & cadenacée au-deffus des hanches par le moyen d'une ferrure compofée de cercles mobiles où font gravés un certain nombre de caracteres ou de chiffres. Parmi les chiffres, il n'y a qu'une seule combinaison possible pour comprimer le ressort du cadenat, & cette combinaison est le secret du mari (1). On accuse les Italiens modernes de faire usage de cet instrument.

Quoique les femmes ne soient pas tout-à-fait esclaves de leurs époux, on ne laisse pas de communication entre les garçons & les filles qui se recherchent pour se marier; & sans s'embarrasser des convenances de caractere & de figure, on les contraint de faire l'amour par Procureur. Chez les Grecs modernes, les jeunes personnes du sexe ne sortent point de la maison avant le jour de leurs noces, & les galans sont réduits à envoyer un émissaire auprès d'elles.

En voyant combien le sort des femmes est moins dur en Europe qu'en Afrique & dans l'Asie, on ne peut s'empêcher de remarquer que le Christianisme a contribué à cet heureux changement. Cette Religion, qui prêche la charité uni-

---

(1) Rech. philos. sur les Amér. t. I. On parle plus au long de ces infibulations dans le livre 9e de la beauté & de la parure.

verfelle , compte du-moins les femmes pour
quelque chofe , & le Divin Légiflateur leur
adreffe les mêmes préceptes & leur promet la
même récompenfe : elles participent aux Sacre-
mens : les devoirs du culte les mettent en liaifon
avec. les Miniftres de l'Evangile ; & parmi les
cérémonies de l'Eglife , il en eft plufieurs , telles
que la confeffion auriculaire & l'extrême-onction,
que les Orientaux ne fouffriront jamais. Une nation prend dès-lors des mœurs & des manieres d'où il réfulte pour le fexe une plus grande
liberté ; & , s'il eft permis de parler un langage purement humain , il doit abhorrer à tous
égards la religion de Mahomet , & préférer
celle de Jefus-Chrift, malgré la rigueur de fes
préceptes (1).

Droits
qu'on leur
accorde.

Les femmes recouvrent quelque fupériorité
dans les pays où elles font en moindre nombre
que les hommes : ceux-ci font obligés de plaire
pour obtenir les préférences qui dépendent d'elles. On a vu fouvent des contrées de terre-
ferme , & fur-tout des ifles , où elles prennent plufieurs maris ; & cette coutume , qui
paroît fi étrange à bien des voyageurs , n'a pro-

_____

(1) Ce n'eft pas ici le lieu d'examiner jufqu'où le Chriftianifme a introduit la politeffe , & formé les mœurs douces & libres des peuples de l'Europe.

bablement pas d'autre origine que la rareté des femmes (1).

Si la licence des mœurs eſt parvenue à un certain degré, des femmes riches pourront entretenir en public pluſieurs amans qu'ailleurs elles entretiennent quelquefois en ſecret, & des écrivains ſans réflexion confondent le concubinage avec la pluralité des maris (2) comme on le dira dans la ſuite

Si une femme ſur le trône ſentoit profondément tout ce que les hommes ont fait contre ſon ſexe, & que pour le venger, elle voulût à ſon tour abuſer de la force, elle établiroit des loix ſur ce principe & ces loix ſeroient exécutées. Si elle raiſonnoit ainſi; pour ſatisfaire de prétendus beſoins il a fallu aux hommes pluſieurs épouſes, les femmes ont les mêmes beſoins, il leur faut donc auſſi pluſieurs maris; & ſi elle étoit dans des circonſtances aſſez heureuſes pour dire : j'autoriſerai la pluralité des maris ou

---

(1) En général la nature crée plus de femmes que d'hommes, mais les maladies habituelles auxquelles elles ſont ſoumiſes & la délicateſſe de leurs organes en diminuent bientôt le nombre, & communément il y a plus d'hommes de vingt-cinq ou trente ans que de perſonnes du ſexe du même âge.

(2) Voyez le livre du Mariage.

du moins je la tolérerai dans mes états , les femmes ne manqueroient pas d'en profiter. Ces règlemens ne tarderoient pas à tomber; les femmes rentreroient bientôt dans la fervitude, & en effet lorfqu'elles ont eu plufieurs maris, cette permiffion n'a pas duré long-tems.

Enfin fans imaginer d'autres conjectures, on paffe fur-le-champ à des faits plus ou moins douteux.

Des femmes Medes prenoient un certain nombre de maris, comme en d'autres pays les hommes ont un certain nombre de femmes ou de concubines (1); Strabon dit même que celles qui n'en avoient que cinq paffoient pour mal pourvues.

Céfar nous apprend (2) qu'il régnoit en Angleterre un pareil ufage, mais nous verrons ailleurs que la communauté des femmes y étoit établie, & l'on a peut-être conclu que les loix permettoient la pluralité des maris.

Parmi les caftes nobles des environs de Calicut les loix accordent plufieurs maris à une femme ; quelques-unes en ont jufqu'à dix à la

---

(1) Strabon , livre II. On parle de cet ufage au livre 3ᵉ.

(2) Céfar de bell. Gall. liv. 5.

fois ;

fois, qu'elles traitent comme autant d'esclaves, soumis à leurs charmes (1) : suivant les usages anciens les femmes des Gentils en prennent autant qu'elles veulent : les Nambouris, les Bramines & les Naïres les engagent par des libéralités & des carresses à se contenter d'un seul, mais ils ne peuvent les y contraindre (2) : Dellon ajoute que jamais cette multitude de maris ne produit aucun désordre ; celui qui est auprès de la femme commune laisse à la porte ses armes, & ce signal en éloigne les autres. Il ne faut plus s'étonner que les enfans soient exclus de la succession de leur pere ; outre qu'il seroit difficile de les reconnoître on croit qu'ils appartiennent uniquement à la mere.

Il est probable que tous ces hommes auxquels on donne mal-à-propos le nom de maris, ne vivent point dans la maison de la femme, & qu'ils n'habitent pas ensemble : peut-être même ne lui sont-ils attachés par aucun engagement ; ils ne demandent les uns & les autres que des faveurs, & après les avoir obtenues ils ne s'embarrassent pas de la vie qu'elle mene.

Si cette observation est applicable à quelques

(1) Lett. Edif. tome I. Lett. du P. Tachard.
(2) Voyage de Dellon.

Tome I. I

contrées de l'Orient, les missionnaires Jésuites disent qu'au Tibet les loix permettent véritablement
la pluralité des maris (1). Les femmes y épou-
sent plusieurs hommes qui font presque toujours
parens & quelquefois freres. Le premier enfant
appartient au mari le plus vieux, & ceux qui
naissent ensuite reconnoissent les autres pour
peres suivant le degré de l'âge. Lorsqu'on reproche cet usage aux Lamas, ils disent qu'ils
n'ont *pas assez de femmes*.

Voici une nouvelle remarque qui répandra
du jour sur tout ce qu'on vient de dire : les préjugés sur la distinction des castes sont consacrés
par la religion dans l'Indostan. Les nobles n'approchent point des femmes d'un rang infé-
rieur ; si celles de leur caste ne suffisent pas pour
que chaque homme en ait une, il faut bien
alors que plusieurs fréquentent la même.

L'on peut dire en général que les peuples des
isles s'écartent moins de la nature que les peuples
des continens, ou que les Insulaires forment plus
souvent des tentatives pour s'en rapprocher. Une
femme des isles Marianes commande dans la
maison, & le mari n'y peut disposer de rien sans
son consentement. Si sa conduite n'est pas ré-

---

(1) Prevost, tome VII.

gûliere, s'il eſt de mauvaiſe humeur, s'il n'a pas
touté la déférence qu'exige ſon épouſe, elle le
maltraite & l'abandonne : celle qui ſe ſépare
ainſi emporte toujours ſes biens : ſes enfans la
ſuivent, & s'attachent au nouvel époux qu'elle
prend, comme à leur propre pere. Le mari eſt
ſoumis à ſes caprices ; & ſi elle eſt infidèle il
ne peut ſe venger que ſur l'amant : une épouſe
au contraire qui eſt trahie en informe les femmes
de l'habitation, elles s'aſſemblent la lance à la
main, elles ravagent les terres du coupable &
tout ce qui lui appartient, arrachent ſes arbres
& ſes grains, les foulent aux pieds ; elles l'atta-
quent enſuite lui-même & le chaſſent igno-
minieuſement de ſa maiſon (1). — Un pareil uſage a pû s'établir très-facilement : qu'une
femme outragée d'une maniere trop cruelle ameu-
te ſes voiſines, elles forment une conſpiration
pour la venger, elles châtieront ſon époux
d'une maniere éclatante, & le ſouvenir de cet
exploit les fera craindre pendant pluſieurs ſiè-
cles. On n'a qu'à voir avec quel acharnement
elles s'attroupent dans les diverſes provinces de
l'Europe, pour monter ſur un âne le mari qui
bat ſa femme.

(1) Hiſt. des Iſles Marianes.

I 2

Charondas permit aux femmes de renoncer à leur mari & d'en épouser un fecond. On leur défendit dans la fuite d'en prendre un plus jeune que le premier (1) : — lorfqu'une ordonnance n'eft que bifarre, il n'y a pas d'inconvénient à croire que des raifons de politique ont pu l'établir, & les intérêts de l'état font foumis à tant de circonftances qu'on a grand tort de juger les légiflateurs fur des maximes générales.

---

(1) Diod. de Sic. livre 12, chap. 7.

CHAPITRE IV.

Occupations & travaux auxquels on assujettit les Femmes.

APRÈS ce qu'on a dit de la condition des femmes dans les différens pays ; il est aisé d'imaginer quels sont les travaux auxquels on les assujettit dans chacune de ces contrées. Quand elles ne sont que des esclaves ou des servantes, on les charge de tout ce qu'il y a de pénible, & le mari paresseux ne s'occupe qu'autant qu'il lui plaît. Le sexe est alors tellement avili qu'on oblige les jeunes Canadiennes de pourvoir tout-à-la-fois aux besoins de leurs maris & de leurs parens (1). On voit souvent des Nègres assis nonchalamment au milieu de leurs femmes qui veillent à les garantir des mouches, & qui leur servent la pipe & le tabac. Si les Groenlandois construisent des cabanes elles font tout l'ouvrage de maçonnerie ; celui de la charpente est exécuté par les hommes qui les regardent froidement lorsqu'elles portent des grosses pierres sur le dos (2):

(1) Rel. de la Hontan.
(2) Rel. de M. Crantz.

I 3

elles fréquentent feules les marchés de l'ifle Macaffar; un mari n'ofe y paroître; il feroit infulté
par les enfans qui croient déja que les hommes
font refervés pour des occupations plus férieufes
& plus importantes (1).

Dès que les caravanes arrivent aux environs
de Patane & dans beaucoup d'autres cantons
de l'Inde, les femmes & les filles portent les
négocians, leurs marchandifes & leurs provifions entre des précipices qu'on ne franchit
qu'après neuf à dix jours de marche : elles ont
fur les épaules un bourlet & fur le dos un couf-
fin qui fert de fiege à l'homme dont elles fe
chargent (2).

Les Négreffes du Loango enfemencent les terres du roi & des feigneurs; elles font entourées
d'hommes armés qui les excitent au travail, &
qui les garantiffent contre la violence : elles ne
peuvent travailler pour elles - mêmes qu'après
avoir fatisfait à ce devoir public (3).

Il ne fera pas difficile de rendre raifon d'un
ufage de Bantam qui eft fort fingulier. Si le feu
prend à une maifon les femmes font obligées

_____

(1) Hift. de Macaffar.
(2) Voyages de Tavernier.
(3) Rel. d'Ogilby.

de l'éteindre fans le fecours des hommes qui fe mettent feulement fous les armes pour empêcher qu'on ne les vole (1). — Comme on les a chargé de l'intérieur des maifons & des foins domeftiques, on veut qu'elles réparent feules la faute qu'elles ont faites.

La févérité des hommes engage quelquefois les femmes à prendre une précaution curieufe dont il faut parler ici. Les Négreffes de la riviere de Gambie font très-appliquées à leurs ouvrages, & afin d'éviter la médifance & les difcours inutiles elles fe rempliffent la bouche d'eau pendant qu'elles font au travail (2).

Celles d'Angola achetent, vendent & font au-dehors tout ce qui eft ailleurs du reffort des hommes ; & les maris gardent la maifon & s'occupent à filer & à fabriquer des étoffes (3).

La fuperftition peut fans doute intervertir tous les rapports, & établir la même coutume chez un peuple dont elle choqueroit cependant les mœurs & le caractere ; ainfi que dans un climat chaud où la jaloufie a introduit la clôture des

(1) Rel. d'Houtman.
(2) Voyage de Brue.
(3) Voyage de Merolla.

I 4

femmes, des hommes qui adoroient des légumes
& les plus vils animaux accordent aux femmes,
par refpect pour Ifis, une fupériorité contraire
à la nature du gouvernement, on ne voit rien
là d'impoffible ; mais s'il y a des contradictions
dans ce qu'on rapporte des Egyptiens, il vaudra
mieux adopter l'explication raifonnable qu'en
donne M. de P.

» C'eft pour ne pas diftinguer des chofes qu'il
ne faut jamais confondre, je veux dire, les
mœurs du petit peuple d'avec les mœurs des perfonnes élevées au-deffus du peuple par leur fortune ou leur naiffance, qu'on a tiré des conféquences ridicules d'un paffage d'Hérodote répété prefque mot à mot dans la Géographie de
Mela (1). En Egypte, dit-il, les hommes reftent
dans l'intérieur du logis & travaillent à faire des
toiles tandis que les femmes, fortent, vendent,
achetent & font les affaires du dehors. Comment ne s'eft-on pas apperçu qu'il n'eft queftion ici
que des tifferans & des bas ouvriers qui attachés,
comme eux, à des métiers fédentaires ne pouvoient fe charger des affaires du dehors, & qui
ne renferment leurs femmes ni en Turquie ni
en Perfe, ni à la Chine où la clôture eft néan-

_____

(1) Livre 1 , chap. 9.

moins plus févère qu'en aucun pays du monde? ...
Ils envoyoient en Egypte leurs femmes échanger
des toiles contre de la coloquinte ; car tout ce
négoce fe bornoit aux fruits & aux étoffes, comme
les auteurs Arabes qui ont parlé de cet ancien
ufage en conviennent généralement (1) «. Il
ajoute ailleurs, » on avoit vu des Egyptiennes
fe préfenter avec indécence en public ; & des
Grecs ont imaginé que la liberté du fexe n'y
avoit point de bornes : c'eft comme fi l'on jugeoit
des mœurs des Chinoifes & des Indiennes par
la licence des bonfeffes & des filles publiques
qui parcourent les fauxbourgs de toutes les villes
de la Chine, ou par les danfeufes de Surate dont
les relations des Indes Orientales ne ceffent de
parler (2) «.

Lorfque les fociétés fortent de la barbarie elles

---

(1) Recherches philofophiques fur les Egyptiens & les
Chinois, tome I.

(2) Ibid. On dit même qu'en Egypte les hommes portoient les fardeaux fur leurs têtes & les femmes fur leurs
épaules. On remarquera que les femmes ont la nuque du
col beaucoup plus foible que les hommes, & par conféquent fujette à être dérangée, quand elles portent fur
leurs têtes de trop grands poids. Nymphodorus, liv. 13,
rerum Barbaricarum parle d'un autre peuple qui avoit le
même ufage.

s'éloignent si fort de la nature qu'on en vient jusqu'à répandre du deshonneur sur le travail: parmi les nations trop amollies par le luxe, on en trouve quelques-unes où l'occupation la plus honnête est regardée comme le partage des esclaves.

Des femmes emprisonnées pendant leur vie dédaignent d'employer leur mains à aucun travail. Le conquérant de Macédoine avoit dans son camp deux reines de Perse prisonnieres; comme il vouloit qu'elle ne manquassent de rien, on leur fournit les meubles nécessaires aux ouvrages que font ordinairement les princesses : mais elles verserent des pleurs, & jetterent des cris parce qu'on les traitoit en esclaves. Alexandre va les consoler, il dit pour s'excuser que les dames Grecques ne rougissent pas de travailler, & qu'il porte une robe brodée par sa mere Olympias (1).

Sans compter les chagrins domestiques que ces femmes avoient à souffrir, le désœuvrement devoit les rendre fort malheureuses. Le despotisme de l'Orient est bien terrible; sa maxime fut toujours la même; il permet à peine de

---

(1) Quinte-Curce.

lire les livres facrés, & ce n'eft affûrément pas un grand moyen de fe defennuyer. Les arts agréables & quelques livres d'imagination pour-roient amufer fans danger, & même nourrir la molleffe de ces peuples énérvés : mais les lu-mieres font ce que les tyrans redoutent le plus.

CHAPITRE V.

Réserve, Pudeur, Coquetterie, Frivolité, Intrépidité, Courage des Femmes.

Réserve, pudeur.

PUISQUE les femmes vivent dans une servitude plus ou moins rigoureuse, comment leur ame auroit-elle de l'audace & de l'élévation ? on les voit par-tout réservées & timides; partout on outrage insolemment leur pudeur, & partout on leur fait un crime de succomber à la ruse ou à la force : elles doivent donc être modestes & prendre les dehors de la décence, lors même qu'elles n'en ont point : enfin ces observations doivent se vérifier chez les sauvages & les peuples les moins policés.

Les Indiennes de l'Amérique Septentrionale s'emportent lorsqu'on leur dit qu'on les aime, & qu'on leur parle de galanterie pendant le jour: les jeunes sauvages s'introduisent la nuit dans les cabanes qui sont ouvertes, ils mettent le feu à une petite allumette & s'approchent des femmes, ils se retirent sans bruit s'ils sont mal reçus (1).

_____

(1) Voyage de la Hontan.

Les femmes Samoyedes ont tant de pudeur qu'il faut ufer d'artifice pour les engager à découvrir quelque partie de leur corps (1).

Telle eft la retenue d'une Groenlandoife qu'elle n'a jamais de converfation particuliere avec un homme , & qu'elle regarde comme une injure l'offre qu'on lui fait d'une prife de tabac (2).

Les femmes Arabes porterent cette modeftie jufqu'à l'extravagance , elles fe voilerent tout le vifage à la réferve d'un œil , & elles ne croyoient pas encore être affez cachées (3) : les Chinoifes ne laiffent pas même paroître les mains au bout de leurs manches : fi elles préfentent quelque chofe à leurs proches parens , elles fe contentent de le pofer fur une table (4).

Rien ne peut arrêter la force du maître , rien ne peut apprivoifer ce tyran que les carreffes & la coquetterie , & quand la nature n'infpireroit

Coquetterie, frivolité.

***

(1) Mém. fur les Samoyedes & les Lapons, dans l'hift. des Voyages.

(2) Rel. de M. Crantz.

(3) Tertul. *De virgine velanda ,* & ce qui prouve bien la ftabilité des coutumes en Orient, M. Niebuhr dit que les femmes Arabes obfervent encore le même ufage.

(4) Le Comte.

pas aux femmes ces deux expédiens, elles devroient les employer par politique. Qu'y-a-t-il de plus déraisonnable que de leur reprocher d'être coquettes ?

On renvoie au livre de la Parure & de la Beauté une partie de ce qu'on pourroit dire ici; & l'on ne s'arrêtera qu'un moment sur le commencement & la fin de la civilisation. Chez les Tartares de la Petite Bukarie l'habit des femmes est exactement le même que celui des hommes ; mais le goût de la parure leur est si naturel qu'elles enrichissent leurs bonnets de petites pieces de monnoie ou de perles Chinoises (1).

Cependant il est un terme où la frivolité & la magnificence deviennent puériles. Les dames Japonnoises ne paroissent jamais dans les rues sans être suivies d'une troupe de femmes superbement vêtues qui portent des mules de pieds, des mouchoirs & toute sorte de confitures dans de grands bassins ; d'autres environnent leurs maitresses avec des éventails & des parasols (2).

Courage, Intrépidité.

Si les femmes n'ont pas communément ce

(1) Hist. des Turcs & des Mongols.

(2) Le P. Charlevoix.

courage qui affronte les dangers & brave les me-
naces; elles ont au moins celui de souffrir & de
dévorer en silence leurs chagrins : mais chez les
nations sauvages qui s'occupent beaucoup de
la guerre ; ou même chez des peuples paisibles
dans ces momens de crise où l'enthousiasme &
le fanatisme mettent tout en fermentation, elles
deviennent guerrieres & on leur attribue des
exploits éclatans.

Les Ethiopiens sauvages menoient leurs femmes à la guerre, & on les obligeoit de combattre (1) chez les Tonguses, tributaires du Czar,
elles montent à cheval & se servent d'arcs &
de flèches avec autant d'adresse ques les hommes (2).

Les Gothes se distinguoient autant que leurs
maris par la bravoure.

Marius vainquit les Gaulois; les femmes prirent les armes en apprenant cette défaite, & de-
manderent aux Romains d'être libres & qu'on
respectât leur chasteté; Marius rejetta ces conditions, on les trouva pendues le lendemain à

---

(1) Diod. de Sic. liv. 3.
(2) Hist. génér. de l'abbé Lambert.

des arbres & baignées dans le fang de leurs enfans qu'elles avoient égorgés.

On laiffa à des Germaines prifonnieres, le choix d'être vendues publiquement ou maffacrées, elles choifirent la mort; on les mit cependant à l'encan, mais elles fe tuerent elles-mêmes (1).

Arduba (2) fut affiégée par Germanicus; les habitans de la ville vouloient fe rendre; les tranffuges dont elle étoit remplie s'y oppofoient; les femmes réfolues de périr ou de conferver leur liberté fe battirent contre leurs maris : fur le point de fuccomber elles fe précipiterent avec leurs enfans dans les flâmes ou au milieu d'un fleuve (3).

Ce que racontent tant d'auteurs des Amazones n'eft pas bien éclairci. Quand on auroit exagéré la bravoure des Gorgones & des

---

(1) Plut. *in vit. Mar. & Cæf. Dion Caffius. Appien.*

(2) Ville de la Dalmatie.

(3) Dion Caffius, liv. 16, cap. 12; Hift. anc. des peuples de l'Europe, tome IV. — On peut voir dans le *Caffé*, feuille périodique Italienne du marquis de Beccaria & du comte Very, beaucoup d'autres exemples, & dans l'abbé Prevoft, tome II, les exploits des Portugaifes. On pourroit citer auffi d'autres traits des femmes Suiffes, de celles d'Iftrie, d'Illyrie, d'Efpagne, &c.

autres

autres femmes guerrieres qui habitoient les bords du Thermodon & de l'Amazone en Amérique ; quand on conviendroit que ces prétendues républiques n'ont jamais exifté, il eft du moins probable qu'en différens pays des femmes fe font révoltées, & qu'elles ont vécu quelque tems dans l'indépendance.

Chacun fait que la guerre eft un befoin pour certains peuples, & les nations barbares qui inonderent fi long-tems l'Europe, entroient en campagne & donnoient des combats par défœuvrement. Lorfque l'activité des peuples n'eft pas tournée vers l'agriculture & les arts, il faut bien qu'ils fe battent. Le tumulte des armes, le mouvement des foldats & l'appareil militaire forment un fpectacle qui amufe l'imagination. Herodote cite des femmes qui prenoient de femblables divertiffemens, & qui même après avoir verfé du fang dans l'arêne en tiroient des conféquences terribles pour la vertu.

Les Aufes (1) célébroient toutes les années une fête en l'honneur de Minerve : les filles divifées en deux troupes fe battoient avec des pierres & des bâtons : celles qu'on tuoit paffoient pour ne pas être vierges.

---

(1) Herodote, liv. 4.

Tome I.   K

Elles s'excercent ailleurs à supporter la douleur, & cette noble émulation est répandue parmi les Iroquoises, c'est une injure de dire à l'une d'entre elles, *tu as crié lorsque tu étois en travail d'enfant* (1).

---

(1) Voyage de la Potherie tome III.

CHAPITRE VI.

Conditions pour être mariés. Sort des vieilles Femmes.

Lorsque la femme est une esclave, le mari doit l'acheter de ses parens plutôt que d'en recevoir une dot. Il la regarde donc comme sa propriété puisqu'il la paye, & indépendamment du peu d'égard qu'on a d'ailleurs pour elles, cette circonstance suffiroit pour leur attirer du mépris ; si elles ne vouloient pas se marier le pere ou la mere les vendroient : elles ne sont enfin que des concubines esclaves, & il n'y a point de mariages.

Il n'est pas question d'humeur, de caractere ou de rapport entre la fille & l'homme à qui on la vend, mais bien de richesses. Quiconque en donne le plus est sûr d'avoir la préférence, comme il se pratique dans toutes les ventes. En effet il y a des peuples où on les mène pour ainsi dire au marché. » Nous parlâmes, dit M. Gmelin, à une jeune Tscheremisse (1) que son pere venoit

(1) Peuple de Sibérie.

de mettre en vente : perſonne n'avoit voulu en donner plus de cinq roubles, & le pere qui en demandoit dix la garda pour une meilleure occaſion (1).

Des Tartares montent à l'âge de douze ans leurs filles ſur des chariots couverts ; elles n'oſent en deſcendre qu'après qu'on eſt venu les demander en mariage.

Quelques peuplades chercherent du moins à adoucir la miſere des femmes, mais voici toutes les précautions qu'on a priſes. Un Oſtiaque ſe défait ordinairement de ſa fille dès l'âge de huit à neuf ans, afin qu'elle puiſſe mieux s'accoutumer à l'humeur de ſon mari : celui-ci conſomme ſon mariage lorſque la nature le permet (2).

Alors on ne prend une femme que pour en exiger des ſoins domeſtiques, & ſur-tout pour en jouir ; mais comme la jouiſſance amène bientôt la ſatiété, le mari s'eſt arrogé le droit de la chaſſer s'il n'en eſt pas content : ces répudiations doivent être fréquentes ; car enfin pourquoi ne ſe donneroit-il pas le plaiſir de changer auſſi ſouvent qu'il lui plaira ?

_____

(1) Voyage de Gmelin.
(2) Relation de Muller.

Les Samoyedes redemandent les cent ou cent cinquante rennes qu'ils ont donné dès qu'ils veulent la renvoyer. Comme leurs femmes accouchent presque sans douleur, ils les soupçonnent d'infidélité, s'ils voyent le contraire, & ils ne manquent pas de les battre & de les (1) revendre.

On dira dans le Livre suivant que si le mari fait des présens le jour des noces, ce font des marques d'esclavage & non pas des marques d'amitié. En général ce Livre des femmes est intimement lié avec celui du mariage & de la naissance des enfans, & l'on prie le lecteur de les rapprocher : on y parlera des peines de l'adultere & de l'atrocité avec laquelle on punit les femmes sans presque jamais punir les hommes.

Des sauvages qui ne connoissent que les combats ou des peuples guerriers employent différens moyens pour inspirer de la bravoure aux femmes, & leur mariage est assujetti à des conditions très-étranges.

Par une loi particuliere des anciens Indiens les filles qui se battoient le mieux à coup de poings se marioient les premieres (2).

(1) Mém. sur les Samoyedes & les Lapons.
(2) Hist. univ. des Anglois, tome XIII.

Une autre loi des Scythes interdifoit le mariage aux filles qui n'avoient pas tué un ennemi. Un celibat trifte & honteux étoit le partage de celle qui ne rempliffoit pas ce devoir (1).

Quelque bifarre que foit le goût des maris on a contraint les femmes de s'y conformer; des peuples ne peuvent pas fouffrir le poil fur le corps, & elles font forcées de l'arracher avec le plus grand foin.

Un Samoyede eft en droit de renvoyer la fienne & de fe faire rendre le prix qu'il en a donné s'il lui en trouve ailleurs qu'à la tête. On regarde apparemment cette végétation naturelle, comme une grande imperfection (2).

Sort des vieillesfemmes. La derniere époque de la vie des femmes répond à ce qu'on a dit plus haut, & c'eft fur la fin de leur carriere qu'elles fentent toute la dureté de leur fort. La vieilleffe infpire du refpect, le grand âge donne un air vénérable; mais la plupart des peuples méprifent les vieilles femmes.

Un Oftiaque n'approche point de fon époufe dès qu'elle a quarante ans; il la garde cependant

---

(1) *Herod. Plat. de Legib. lib.* 7. *Hypocr. N. Damafcen. Juftin &c.*

(2) Mém. fur les Samoyedes & les Lapons.

pour avoir soin du ménage & pour servir la jeune femme qu'il choisit (1) en sa place.

Les Nègres de Juida les vendent dès qu'elles n'ont plus de beauté, & ils achetent avec l'argent qu'ils en tirent des jeunes filles plus jolies (2).

Les vieilles femmes de quelques autres contrées de l'Afrique sont assujetties à une chasteté rigoureuse, & on les punit par le glaive & par le feu au moindre désordre (3).

---

(1) Relation de M. Muller.
(2) Voyage de Desmarchais.
(3) Voyage de Merolla.

K 4

LIVRE TROISIEME.

Du Mariage.

CHAPITRE PREMIER.

Essais avant le Mariage , Age & Conditions néceffaires pour fe marier.

IL faut un certain efpace de tems avant que le mariage s'établiffe, & les voyageurs citent une foule de peuples dont la race fe perpétue fans connoître cette inftitution. Quoiqu'il naiffe un enfant du commerce accidentel de deux individus, l'homme & la femme ne forment pas encore une union durable, afin de veiller à fa fubfiftance ; la mere refte communément feule chargée du dépôt, & le pere n'a pas affez de tendreffe pour en avoir foin. Tel eft le développement des inftitutions fociales dans la plupart des nations : les Otahitiens, il eft vrai, vivent indifféremment avec toutes les femmes, & lorfqu'une d'entr'elles devient groffe ils font obligés de l'épouser (1); mais ces insulaires se trouvent dans des circonstances particulieres , & quoiqu'ils ne connoissent point les arts, ils ont quitté, depuis long-tems, le premier degré de l'état de nature.

On ne sait quel nom donner à ces premieres unions ; l'amour n'y a presque point de part, & l'on pense à peine à procréer des enfans. Quand les sauvages d'Amérique prenoient une femme, ils ne formoient cet arrangement que par des raisons d'intérêt. Les parens choisissoient cette compagne à leurs fils ; ceux-ci ne montroient aucune préférence & ils n'alloient pas même la voir (2).

Les mariages se célebrerent dabord sans contrat & sans cérémonies ; la volonté seule des époux fut le sceau de cette union ; mais on en fixa bientôt les conditions d'une maniere plus expresse. On les astreignit à diverses formalités : ils devinrent perpétuels ou passagers ; on laissa aux contractans la ressource du divorce & de la répudiation, ou bien on les enchaîna d'une maniere irrévocable. Les magistrats furent les

(1) Voyage de Cook.

(2) Voyez Lafiteau , l'abbé Prevost & les voyages des Jésuites.

vengeurs de la foi violée. Enfin les peuples, les gouvernemens & la religion établirent là-deſſus une foule de règlemens & d'uſages dont on va tracer l'hiſtoire.

La loi naturelle eſt la même pour tous les hommes, mais il y a ſi long-tems que les peuples ne la conſultent point dans leurs inſtitutions, qu'on eſt réduit à prendre le parti de Monteſquieu : il cherche les raiſons des loix les plus abſurdes & les plus cruelles, & d'après les plans de politique qu'on a imaginé, il donne quelquefois des leçons de tyrannie aux deſpotes. On examinera ſur ce principe tout ce qu'on a fait relativement au mariage, & on dira quelles circonſtances ont donné lieu aux diverſes coutumes.

Epreuves, eſſais.   Avant de s'unir par les liens du mariage on a fait ſouvent des eſſais ; l'homme & la femme paſſent quelque tems enſemble pour s'étudier, & voir s'ils ſe conviennent. Cette eſpece d'épreuve tient à l'enfance des nations. Chaque ſauvage vit dans ſa cabane occupé de ſes travaux ; les deux ſexes ſe fréquentent peu, & pour ne pas conclure leur marché à l'avanture, on ſe prend à l'eſſai.

Lorſqu'un Indien de la Nouvelle-France vouloit ſe marier, il paſſoit quelques jours avec une femme ; il la quittoit s'il n'étoit pas content, &

il s'adreſſoit à une autre juſqu'à ce qu'il trouvât celle qui lui convint : les femmes jouiſſoient du même droit ; & la plupart avoient ainſi dans leur jeuneſſe un grand nombre de maris (1).

Les Otomies (peuple du Mexique) qui connoiſſoient librement toutes les femmes avant de ſe marier, paſſoient une nuit avec celle dont ils vouloient faire leur épouſe, & ils pouvoient enſuite la renvoyer ; mais ils n'avoient plus droit d'en prendre une autre s'ils la gardoient le lendemain (2).

Cette épreuve dure un peu plus long-tems au Congo ; un Nègre jouit quelques ſemaines de tous les droits du mariage avant de ſe lier par un nœud indiſſoluble. L'homme & la femme ſe quittent s'ils ſe déplaiſent, & cette ſéparation ne fait tort ni à l'un ni à l'autre (3).

Les Calmouks ou Tartares qui habitent le pays ſitué entre le Don & le Volga, prolongent cette épreuve juſqu'à une année. Le mariage eſt

---

(1) Voyage de Champlain.

(2) Herrera. Alors l'époux faiſoit pénitence des libertés qu'il avoit priſes avec les autres femmes, il s'abſtenoit vingt ou trente jours des plaiſirs de la chair ; il ſe purifioit par des bains & ſe tiroit du ſang des oreilles & des bras : la femme de ſon côté pratiquoit les mêmes mortifications.

(3) Labat.

declaré légal fi la femme accouche pendant cet efpace de tems. Si elle n'a point d'enfant les époux font l'épreuve d'une feconde année ou ils fe féparent, & la femme alors n'en trouve pas moins un autre mari (1). Muller raconte la même chofe des Wotaikes, peuples de la Sibérie.

De pareilles épreuves feroient fort dangereufes dans les fociétés poliés, quand même elles ne blefferoient pas les idées qu'on y prend de la chafteté. Les paffions ont alors un caractere d'inquiétude qui ne fe calme point; on eft plus mécontent de ce qu'on poffede; la jouiffance enfin éteint le defir, & il fe feroit très-peu de mariages. Il n'en eft pas ainfi des peuples barbares: ils fe dégoûtent plus tard de leurs femmes parce qu'ils n'ont point d'amour pour elles, & les inconvéniens politiques de cet ufage ne font pas fort grands.

Conditions qu'on impofe pour le mariage. Les loix civiles firent bientôt aux femmes un devoir de la continence; la plupart defirent le mariage parce que cet état les tire de l'abandon où les met la nature, & dans leur maître elles trouvent au moins un défenfeur: mais on crut

_____

(1) Travels through the Ruffian empire and Tartary, by D. J. Cook, vol. I.

devoir punir ou renvoyer l'épouse qui n'auroit pas été chaste tandis qu'elle étoit fille. La loi de Moyse (1) ordonne de la lapider ; nous dirons tout-à-l'heure que plusieurs peuplades Nègres portent en procession les draps de son lit, afin de montrer au public des marques de sa virginité, & les maris chassent ignominieusement celles qui l'ont perdue.

Une Sabienne (2) lors des fiançailles, jure aux pieds des autels en présence d'un prêtre & de plusieurs matrones qu'elle a passé sa vie dans une chasteté inviolable ; & une Chinoise qui se marie sans être vierge est impitoyablement vendue au marché.

Ces principes cependant ne s'appliquent pas à toutes les sociétés ; & des peuples qui n'estiment point la continence se forment un autre système. Une fille qui a du mérite, disent-ils, doit être souvent recherchée, & si elle a inspiré beaucoup de desirs elle ne doit pas être vierge. Ainsi des naturels de l'Amérique Septentrionale renvoyoient leur femme s'ils pouvoient croire qu'on l'eût dédaignée (3).

_____

(1) Deuter, chap. 22.

(2) Les Sabiens sont des Chrétiens schismatiques qui habitent les confins de la Perse & de la Turquie.

(3) Voyage dans l'Amérique Septentrionale.

Ce préjugé se retrouve au Kamtchatka, & l'on joindra cette raison à celles qu'on employe pour prouver que ces deux pays ont une origine commune (1).

Il est absolument impossible d'imaginer tous les maux que la guerre fait au genre humain; non plus que l'atrocité des moyens qu'employent certains peuples pour se donner de la férocité. Un Alfourien ne peut couvrir sa nudité, se cons- truire une cabane, *se marier* ni travailler au *ba- leou* (2) s'il ne présente une tête d'ennemi pour chacune de ces opérations : celui qui en rapporte le plus est réputé le plus noble, & il a droit d'aspirer aux meilleurs partis. Lorsque les jeunes Alfouriens vont chercher des têtes ils battent la campagne en petites troupes de huit ou dix, ils se couvrent le corps de mousse, de verdure & de branchages & on les prend facilement pour des arbres : s'ils voient passer un ennemi ils lui lancent une zagaye par derriere. Ils font ensuite une entrée solemnelle dans la bourgade, au mi- lieu des femmes & des jeunes filles qui dansent & célèbrent cette victoire (3).

---

(1) Hist. du Kamtchatka.

(2) Le baleou est la maison d'assemblée.

(3) Relation de Valentyn, Prevost, tome XVII.

Les Bréfiliens au rapport de Lery ne fe marient qu'après avoir rempli la même condition.

En traitant de l'infociabilité des peuples on parlera des idées morales qu'on s'eft formé fur le vol à l'égard des étrangers. Chez les Korekis, voifins des Kamtchadales, une fille ne peut fe marier qu'après avoir prouvé fon adreffe en volant des meubles ou des provifions aux habitans d'une autre tribu (1).

Dans l'ifle de Samos on ne marie les garçons que lorfqu'ils plongent fous l'eau à huit braffes au moins (2).

Si l'on examine enfuite à quel âge le mariage Age confut permis, on verra que les peuples guerriers dition. frappés des inconvéniens des mariages prématurés, & de la foibleffe des enfans, firent des loix pour les prévenir. En Egypte on ne pouvoit pas fe marier avant trente ans, & à Lacédémone avant trente-cinq. Il étoit honteux pour un Gaulois de connoître une femme avant vingt (3), & à Rome il fut un tems où l'on ne fe marioit qu'à quarante ans (4): dans la fuite on

---

(1) Hift. du Kamtchatka.
(2) Voyage de Thevenot, tome I.
(3) Aulugelle, liv. 6.
(4) Cafalius de *ritu Nuptiarum.*

défendit à un fexagénaire d'époufer une femme de cinquante ans. Céfar Claude crut qu'à cet âge on étoit encore capable d'engendrer , & comme il vouloit avoir beaucoup de fujets, il abolit l'ancienne loi.

On ne permettoit pas aux Germains de fe marier jeunes ; & ils faifoient cas de ceux qui gardoient le plus long-tems le célibat, parce que la continence eft un moyen de grandir & d'ac- quérir des forces (1).

Pour qu'on ne devance point l'âge de la pu- berté on exige ailleurs des preuves juridiques. Les peres du royaume de Sofala qui marient une fille font obligés de conftater qu'elle a fes règles (2).

Dans les pays chauds le befoin des fens eft très-ardent ; comme il eft fort difficile aux jeunes perfonnes de conferver leur chafteté on marie les enfans. On les engage l'un à l'autre par un contrat, & la confommation fe fait lorfque la nature peut la fupporter. Les parens de l'époux veillent de plus près une jeune fille mariée, & elle parvient plus aifément au tems de la puberté fans perdre fon innocence.

_____

(1) Céfar Coment. liv. 6.
(2) Marmoll.

Mahomet

Mahomet épousa Cadifga à cinq ans, & il entra dans son lit lorsqu'elle en eut huit : les femmes de l'Arabie, de quelques contrées de l'Inde & du royaume d'Alger accouchent à neuf ou dix ans (1).

Les habitans de Golconde marient leurs filles dès l'âge de trois ans (2) : Moore assure que les Nègres forment ces mariages aussi-tôt que leurs enfans sont nés ; la fille n'est pas libre de prendre un autre mari sans le consentement du premier, mais l'homme n'est point lié par cet engagement.

Les intérêts des familles, des règlemens sur la propriété & le partage des terres établirent ailleurs ces mariages. Les grands de Hongrie marient leurs enfans à la mamelle pour contracter des alliances. Les Wisigoths marioient des filles de vingt ans à des enfans au berceau, & une loi défendit à une femme d'épouser un homme qui ne seroit pas plus âgé qu'elle (3) : — Ainsi pour guérir un abus on se jetta dans une autre extrémité ; car un homme de trente ans ne pouvoit plus épouser une fille qui en avoit trente-deux.

---

(1) Voyez Prideaux, vie de Mahomet : Laugier de Taffy, hist. du royaume d'Alger.

(2) Voyage de Methold.

(3) Liv. 5, codicis *Visigothorum.*

Tome I. L.

Il y eut jadis en Angleterre une loi très-fin-
guliere pour un climat froid, & dont on n'a
jamais cherché la caufe; elle permettoit à une
fille de fept ans de fe choifir un mari (1).—
Les légiflateurs frappés des mauvaifes alliances
que faifoient les paffions, imaginerent peut-être
que la fimple droiture d'un enfant eft plus capable d'un bon choix que des femmes raifonnables
aveuglées par l'amour.—Deux familles qui trouvoient leur intérêt à unir leurs enfans craignent
que le mariage n'ait pas lieu fi on le diffère;
elles ont de l'influence fur le légiflateur, & il
paroit une ordonnance qui accorde à une fille en
bas âge le droit de fe choifir un époux.

Lorfque la politique eut une fois diftingué
l'état & le nom des contractans, on vit paroître
fans ceffe de nouveaux règlemens fur le mariage,
& il eft impoffible de fuivre tous ceux qu'on a
fait. Fohi, par exemple, défendit à tout Chinois d'époufer une femme qui avoit le même
nom que lui quand même elle n'étoit pas fa
parente (2).

A Ceylan où la diftinction des rangs eft
facrée c'eft un crime de fe méfallier. Une

_____

(1) Voyez Montefquieu, Efprit des lois.
(2) Hift. univ. moderne des Anglois, tome XII.

fille qui se laisse séduire par un homme d'une extraction plus basse que la sienne est impitoyablement mise à mort. L'homme qui se trouve dans le même cas est chassé de sa famille, & réduit à l'ordre de la femme qu'il a pris en mariage : cependant on ne lui fait point un crime d'avoir un commerce d'amour avec son inférieure pourvû qu'il ne l'admette point à sa table ; car alors il est puni par le magistrat qui lui impose une amende ou le met en prison (1).

_____

(1) Voyage de Knox.

CHAPITRE II.

Prohibitions du sang dans le Mariage.

CET éloignement qu'on a pour les personnes qui nous sont liées par le sang lorsqu'il est question du mariage, est-il un instinct de la nature? & en suivant les progrès de la civilisation peut-on établir pour maxime générale que deux peuples dans les mêmes circonstances auront là-dessus les mêmes idées? M. de Montesquieu (1) a fait sur cette matiere un chapitre admirable & l'on y renvoye les lecteurs, mais comme il n'a discuté que la question de droit, qu'il soit permis de rapporter les faits en historien.

Rien de moins uniforme que les idées des nations, & pour ne pas s'égarer on ne doit jamais tirer des conclusions que des exemples particuliers. On prévient de nouveau que les anciens auteurs & les voyageurs modernes regardent souvent comme un usage habituel ce qui n'en est pas un, & comme autorisé par les loix ce qui n'est que toléré. On ne cessera de répéter cette réflexion.

_____

(1) Esprit des Lois, liv. 26, chap. 14.

Les Parthes & les Perfes époufoient leurs propres meres (1) : les anciens Irlandois prenoient leurs meres & leurs fœurs pour femmes aufli aifément que d'autres (2) : & même chez les Arabes, le fils aîné, en vèrtu d'un droit héréditaire montoit dans le lit de la veuve de fon pere, ou fi l'aîné étoit marié l'un des freres puînés remplifloit ce devoir en fa place (3).

Attila époufa fa fille Efca, & ces unions étoient permifes aux Tartares & aux Scythes, dit Prifcus.

Les Coucous, habitans du Chili époufent la mere & la fille tout enfemble (4) ; & les Caraïbes n'étoient pas plus délicats.

Par une loi fondamentale de l'empire, l'Inca du Pérou devoit époufer fa fœur ou fa plus proche parente, comme on le verra au Livre des chefs. Ulloa femble contredire ceci, mais la loi dont il parle eft peut-être relative à une autre époque de l'hiftoire du Pérou.

M. Muller nous apprend que les degrés de

---

(1) Juftin. Agath. l. 2 , *philo. de fpecial. Leg. Tertull.* in apologet. Strabon.

(2) Strabon.

(3) Hift. univ. des Anglois qui citent les auteurs originaux, tome XII.

(4) Supplément au voyage d'Anfon.

parenté ne mettent aucun obstacle aux unions conjugales chez les Ostiaques, & le roi de Siam qui régnoit dans le tems que la Loubere a écrit la relation de son voyage, avoit épousé sa sœur. La fameuse Cléopatre épousa son frere Ptolomée *Dyonisius*. Le roi d'Egypte, par une ancienne loi épousoit sa sœur (1), & un comte d'Armagnac en 1454 épousa publiquement la sienne.

Ce qui se passe à Ceylan est plus contraire aux passions de l'homme, l'usage y permet à deux freres qui veulent vivre ensemble de n'avoir qu'une femme : les enfans les reconnoissent tous deux pour peres & leur en donnent le nom (2).

Quelques Tartares employent une bonne méthode pour ne point avoir de marâtres : le plus proche parent d'un mari qui meurt est obligé d'épouser sa veuve (3).

L'Inca Manco veut éviter le mêlange des lignages, & il ordonne à chaque Péruvien de se marier dans sa famille (4). — Il crut que cette politique entretiendroit plus d'union

---

(1) C'étoit peut-être comme au Pérou, parce qu'il n'y avoit pas dans le royaume de femme digne d'épouser le souverain.

(2) Relation de Knox. Voyage de Van-Den-Broeck.

(3) Voyage de Carpinba.

(4) Ulloa.

parmi fes fujets, & elle eft très-conforme à leur vie douce & pacifique.

Théodofe par la fuite fit brûler les coufins qui fe marioient entre eux, il confifqua les biens des enfans & les déclara (1) bâtards. C'eft qu'alors les idées étoient bien changées : ces fortes de mariages bleffoient la religion & l'on puniffoit le facrilège.

Les Hurons & les Iroquois ne peuvent pas époufer une femme qui leur eft unie par le fang, & l'adoption même eft comprife dans cette loi; mais dès qu'elle meurt, le mari eft obligé de reprendre fa fœur ou à fon défaut celle que la famille lui préfente. La femme a les mêmes devoirs à remplir à l'égard des freres & des parens de fon (2) mari : — parce qu'il eft utile pour la tranquillité générale de former des alliances avec les familles étrangeres, on a peut-être défendu de fe marier dans la fienne.

Les Samoyedes évitent fcrupuleufement les degrés de confanguinité ou de parenté; un homme n'époufe jamais une femme qui defcend comme lui d'une même famille à quel-

_____

(1) Cod. Theod. leg. 9. tit. 1 , leg. 15.

(2) Lafiteau mœurs des Américains.

. L 4

que degré d'éloignement que ce soit (1).—Les peuples froids en amour ont des raffinémens de délicatesse, dont on ne doit pas chercher la raison ; les idées de prohibition & de décence naissent en foule parmi eux , & ils ont une pudeur extrême, indépendamment de celle que prescrit la religion.

---

(1) Mémoire sur les Samoyedes & les Lapons.

CHAPITRE III.

Cérémonies qui précèdent, qui accompagnent ou qui suivent le Mariage.

ON ne répétera point dans quelles contrées les maris achetent leurs femmes, & quels peuples ne permettent aucune entrevue avant le mariage. On sent qu'alors il n'y a ni connoissance, ni préparatifs, ni préliminaires. Chez quelques sauvages le garçon va s'asseoir à côté de la fille, & si on le souffre le mariage passe pour conclu sans aucune autre formalité (1).

Les coutumes & les cérémonies qui précèdent le mariage sont sans nombre, lors même qu'on voudroit se contenter de celles qui intéressent le philosophe : il faut parler avant tout de celles qu'inventa la superstition.

Cérémonies qui précèdent le mariage.

Quand il est question de mariage à Siam, les parens prennent l'heure de la naissance de la fille & du garçon, & l'on s'adresse aux devins pour savoir si le mariage subsistera sans divorce jusqu'à la mort. S'ils répondent que non, le mariage ne se fait point.

(1) Voyage de la Hontan.

La coutume des Indiens de terre ferme eſt analogue à la condition des femmes chez les naturels de l'Amérique. Dès que les filles ſont nubiles on les enferme dans leur famille, & elles reſtent empriſonnées & couvertes d'un voile de coton qu'elles portent même devant leur pere, *juſqu'à ce qu'on les demande en mariage* (1) : — Mais il doit arriver une époque où elles reparoiſſent en public pour y travailler, & ſi on les condamne à toujours porter ce voile comme une marque d'ignominie on les tire du moins de priſon lorſqu'il eſt probable qu'il ne viendra plus de galans.

Si l'on en croit Labat, une fille du Congo ſe retire un mois dans une cabane obſcure, où elle a ſoin de ſe parfumer & de ſe peindre en rouge: les prétendans viennent la voir tous les jours & lui apportent du gibier, de la volaille ou des fruits : elle choiſit celui qui la ſert le mieux ou dont elle eſt plus contente (2). — Cela eſt contraire à la vie que mènent les femmes au Congo, & ce voyageur a pris vraiſemblablement des faits particuliers pour un uſage univerſel.

---

(1). Voyage de Labat.
(2) Voyage de Waffer.

Les Gaulois accorderent aux femmes plusieurs priviléges, comme on l'a dit. Dès qu'une fille étoit nubile, son pere invitoit à dîner les jeunes gens du canton : elle choisissoit celui qu'elle aimoit le plus, & pour annoncer sa préférence elle lui présentoit de l'eau : — Les Gaulois sans doute se rendoient librement à ces repas, & même leur fierté ne devoit pas trop se plier à un usage humiliant pour ceux qu'on dédaignoit. Celles qui étoient distinguées par leur rang & par leur autorité avoient peut-être le droit de jetter *ainsi le mouchoir* : mais les femmes du commun n'étoient probablement pas dans le même cas.

Il est à craindre qu'on ne veuille jouir des droits du mari, dès l'instant qu'une fille est promise, & aux Moluques & à Madere les hommes n'ont pas la liberté de la voir avant que les conditions du contrat ne soient remplies. La loi défend aux Bukkariens de lui parler depuis le jour où s'est fait la promesse jusqu'à celui de la célébration (2).

Un Hotentot va trouver les parens de la fille qu'il a dessein d'épouser, & il présente à la com-

_____

(1) Strabon, liv. 4.
(2) Hist. des Turcs & des Mongols, &c.

pagnie une grande quantité de tabac. Tous les
affiftans fe mettent à fumer, & il n'eft queftion
du fujet qui les raffemble que lorfqu'ils font
étourdis par la vapeur du tabac. Alors le pere
du garçon demande à celui de la fille s'il veut
s'en défaire en faveur de fon fils. Il eft rare de
recevoir une réponfe négative ; mais fi la jeune
fille n'a point de goût pour le mari qu'on lui
préfente, voici la reffource qui eft en fon pouvoir : comme la premiere nuit eft employée, dit
Kolben, *à fe chatouiller & à fe pincer*, elle
eft libre fi elle vient à bout de réfifter à cette
épreuve; fi le jeune homme l'emporte, ainfi qu'il
arrive prefque toujours, elle eft obligée de l'é-
poufer (1). —— Pour acquitter la parole du
pere, ils accordent une nuit ; mais afin de ne
pas bleffer entierement la liberté de la femme,
on ne la force point fi elle peut défendre fa
pudeur.

Les conditions du mariage chez les Lapons
ne fe traitent jamais qu'avec des bouteilles d'eau-
de-vie. Après bien des cérémonies & bien des
lenteurs le jeune homme aborde enfin la fille.
L'entrevue commence par un baifer fur la bouche
& une forte application de fon nez contre le

---

(1) Relation de Kolben.

ĥen, fans quoi la falutation paſſeroit pour
très-froide : l'homme offre des préſens & demande à *connoître* la belle, ſi elle n'en veut point
elle jette les préſens à terre , & cela marque
ſon refus.

Quand un Oſtiaque eſt convenu du prix de
ſa femme qui coûte ordinairement cent roubles,
il propoſe d'acquitter cette ſomme en donnant,
par exemple , ſon bâteau pour trente roubles,
ſon chien pour trente & ſes filets pour le même
prix juſqu'à ce que ſes eſtimations atteignent ce
qu'on lui demande (1).

La maniere dont les Tſchouwaskis, peuples de
Sibérie , réglent la ſomme de ce marché n'eſt pas
moins ſinguliere. Le pere du garçon va chez la fille
où l'on a préparé différens pots de biere ; il fait la
demande , & au premier coup qu'ils boivent enſemble il gliſſe quelques roubles dans la jatte de
bois qui ſert de vaſe au pere de la fille. Quand
celui-ci a trouvé l'argent il remercie l'autre, &
le marché eſt conclu ſi la ſomme lui convient :
ſi non il remplit la coupe & boit à la ſanté
du pere du garçon qui remet encore des roubles
juſqu'à ce que le premier ſoit content (2).

_____

(1) Voyage de Muller.

(2) Voyage de M. Deliſle. Ordinairement les deux
peres s'enyvrent ſi bien qu'ils ne ſavent ce qu'ils font.

Ce qu'il y a de plus étonnant ce font les enlevemens qu'on trouve chez tant de peuples : quelquefois un mari eft obligé de conquérir fa femme les armes à la main, & de vaincre fa répugnance par des careffes ou des brutalités.

Quand un Tartare Eluth a conclu avec les parens le marché d'une fille, celle-ci fe retire chez fes amis pour s'y cacher ; le garçon vient la demander au pere qui lui répond, ›› elle eft à vous : allez la prendre où vous pourrez la trouver «, il la cherche à l'aide de fes camarades, il s'en faifit & la mène chez lui comme une conquête qu'il doit à la force (1).

Les Négreffes qui ont plus de tempérament font les mêmes fimagrées, mais elles fe rendent plus aifément : le mari accompagné de quelques hommes de fon âge, s'approche le foir au clair de la lune de la maifon de la femme qui lui eft promife & cherche le moyen de l'enlever : celle-ci fe réfugie vers les jeunes filles du village ou de la ville, & toutes enfemble elles font de la réfiftance & pouffent des cris : l'air retentit de leurs gémiffemens ; mais comme cette farce n'a rien de férieux, elle fe termine toujours heureufe-

_____

(1) Prevoft, tome VII.

ment & la femme tombe entre les mains de son
époux (1).

Une Kamtchadale, s'entoure de tant de cami-
soles, de caleçons, de filets, de courroyes & de
vêtemens qu'à peine peut-elle se remuer. Le pere
dit au galant : *touche-la si tu peux*. La fille est
gardée par des femmes : l'amant guette une occasion favorable ; s'il la rencontre seule ou peu
environnée, il se jette sur elle avec fureur, arrache
& déchire ses habits & ses liens. S'il vient à bout
de porter la main à l'endroit qu'on lui a indiqué ;
elle lui appartient : & il l'emmene dans son habitation. Souvent il n'obtient ce triomphe qu'a-
prés des assauts très-meurtriers, & il y a telle
fille, dit-on, » qu'on attaque sept ans sans pouvoir s'en rendre maître. Les femmes qui la défendent tombent sur l'assaillant & quelquefois le
jettent du haut des baleganes : Le malheureux
estropié, meurtri, couvert de sang & de contu-
sions va se faire guérir, & se mettre en état de
recommencer ses assauts. Mais quand il est assez
heureux pour arriver au terme de ses desirs, sa
maitresse a la bonne-foi de l'avertir de sa victoire,
en criant d'un ton de voix tendre & plaintif,
ni , ni. C'est le signal de la défaite. Il doit

---

(1) Jobson *Golden Trade.*

acheter par des travaux longs & pénibles la
permiſſion de livrer ces combats. Il va ſervir
quelque tems la famille de celle qu'il recherche;
ſi ſes ſervices ne plaiſent pas, ils ſont entiére-
ment perdus, ou foiblement récompenſés; s'il
convient-aux parens de ſa maitreſſe il demande,
& on lui accorde la permiſſion de la toucher
(1) «. — Les Kamtchadales veulent découvrir ſi
l'homme qui recherche une fille l'aime véritablement; ils mettent ſa conſtance à l'épreuve, &
ils jugent par ſon courage s'il deſire de l'épouſer; & pour livrer ces aſſauts, on lui en fait
acheter le droit par un long ſervice dans la
famille du pere. Ceci eſt très-conforme au caractere des Kamtchadales & à l'explication qu'on
a donné plus haut de la maniere dont ils ſe
choiſiſſent un ami. Les Kamtchadales ſont ſouvent en guerre; & ils s'enlevent continuellement des femmes & des proviſions : un mari
doit être le protecteur de ſa femme, & il faut
qu'il ſache la défendre (2).

---

(1) Hiſtoire du Kamtchatka. On regrette que le tra-
ducteur Anglois de cet ouvrage ſe ſoit aviſé d'abréger le
chapitre des mœurs & des uſages, parce qu'ils lui *ont paru
trop extraordinaires.*

(2) Pour m'inſtruire encore davantage j'ai lu le traduc-

Lorſqu'on

Lorfqu'on demande une Groenlandoife en mariage, fouvent elle s'évanouit; elle s'enfuit enfuite dans les montagnes ou fe coupe les cheveux, & après ce dernier acte de défefpoir, il
n'eft plus permis de la pourfuivre; mais des
femmes vont la chercher, elles la careffent
& l'amènent de gré ou de force chez le garçon : fi elle réfifte encore aux confeils qu'on lui
donne, on employe la violence & les coups;
fi elle s'échappe une feconde fois, on l'engage
malgré elle par des nœuds indiffolubles (1).—
Les femmes font très-malheureufes au Groen-
land, & elles ne defirent point de fe marier : un
pere eft intéreffé à vendre fa fille, & l'on ne doit
pas s'étonner qu'au défaut de la perfuafion il
emploie la contrainte. Il femble que ces malheureufes s'efforcent d'échapper à l'efclavage.

Peut-être a-t-on fait d'une fimple cérémonie
une fête & un amufement. Les peuples barbares

---

teur Anglois fur lequel M. Eidous a fait fa verfion : il femble dire que le mari livre ces combats, lorfqu'après avoir
demeuré dans une tribu étrangere il veut y époufer une
fille. Cela feroit alors moins furprenant, car les villages
voifins fe déteftent les uns les autres, & les femmes s'attroupent pour défendre ce rapt.

(1) Rel. de M. Crantz.

Tome I. M

toujours defœuvrés convertiffent volontiers en
farces leurs ufages civils. Ces farces deviennent
fanglantes fans qu'on les aboliffe : les hommes
aiment tous les fpectacles de combats, & cette
circonftance feule fuffit pour leur donner un
nouveau degré d'intérêt.

Voici une troifieme réflexion. Les infulaires
fort éloignés des autres nations, ou les peuples
placés à l'extrémité d'un continent, communiquent
peu avec les autres pays, & ils ont un caractere
de bifarrerie & d'extravagance dont il eft inutile
de chercher la raifon : car de quoi n'eft pas
capable l'efprit des fauvages abandonné à fes caprices? telle eft la pofition des Kamtchadales &
des Groenlandois.

Dans le royaume de Futa, lorfqu'on a conclu
les conditions du marché, les deux peres & le
jeune homme fe rendent chez le prêtre *fans la fille,*
& on la marie quoiqu'elle ne foit pas préfente à
la cérémonie : le mari doit la tirer enfuite de la
maifon paternelle : les coufins de la femme s'affemblent pour en difputer l'entrée ; un ami de
l'époux vient les féduire par des préfens, & il
met la jeune fille en croupe derriere lui, tandis qu'on s'efforce envain, par des lamentations,
& des cris de l'arrêter. Elle arrive fans être
vue de fon mari, aux yeux duquel la loi,

dit-on, veut qu'elle paroiſſe voilée pendant *trois ans* (1), & ce n'eſt qu'après cet intervalle qu'il eſt permis à ces viles eſclaves de ſe découvrir devant leurs maîtres.

La ſuperſtition établit des uſages encore plus ſinguliers, & qu'il faut rapporter ſans en rendre raiſon. Un Izcatlan avertiſſoit le college des prêtres lorſqu'il vouloit ſe marier : il montoit au ſommet du temple ; un pontife lui coupoit des cheveux, & crioit : *un tel veut ſe marier.* On l'obligeoit à deſcendre avec précipitation ; il s'emparoit de la premiere femme qu'il rencontroit ſur ſon chemin, & elle devenoit ſon épouſe.

Après ces cérémonies ridicules ou puériles on en trouve de touchantes. Les adieux de l'épouſe, le ſort qui l'attend, ſi l'union qu'elle forme n'eſt pas heureuſe, les allarmes de la pudeur & d'autres circonſtances inſpirent de la triſteſſe aux ames bien nées.

Chez les Indiens de terre ferme, le pere ou le plus proche parent de la fille s'enferme pendant ſept nuits avec elle, pour lui marquer le regret qu'il a de la quitter (2).

Les femmes & les filles des environs de Tobolsk ſe raſſemblent chez la fiancée, la veille

(1) Prevoſt, tome III.
(2) Voyage de Waffer.

du mariage & pleurent fa virginité (1); cet ufage s'obferve en quelques cantons de la Ruffie.

Sur la côte de Tranquebar les époufes fe rendent au mileu d'une campagne inculte , elles y déplorent pendant une heure la perte qu'elles vont faire de leur chafteté.

Cérémonies qui accompagnent le mariage.
Dans cette foule immenfe de cérémonies diverfes qui accompagnent les mariages on diftingue celles qui font allégoriques ou morales, de celles qui font religieufes ou relatives à la pudeur ; on en remarque plufieurs qui font des fignes d'efclavage , & d'autres qui manquant de but déterminé ne peuvent fe rapporter à aucune de ces divifions.

Cérémonies morales ou allégoriques.
Les allégories dont on parlera , font plus ou moins heureufes , & leur caractere tient à l'état de la nation qui les invente.

Les Tlafcalans rafoient les époux pour leur dire qu'il faut déformais renoncer aux amufemens de l'enfance.

Avant l'introduction du Chriftianifme les Lapons ne fe préfentoient point aux prêtres ; ils fe marioient eux-mêmes dans une cabane : toute la cérémonie confiftoir à tirer quelques étincelles d'un caillou ; ce qui repréfentoit

_____

(1) Voyage de Gmelin.

le but du mariage : ainfi qu'une pierre donne du feu, lorfqu'on l'approche d'une autre pierre, il y a dans les deux fexes un principe de vie qui fe développe par leur union (1).

Chez les habitans de Nicaraguas, un prêtre conduifoit par le doigt les époux vers un grand feu : il leur adreffoit un difcours, & dès que le feu s'éteignoit la cérémonie étoit finie.

En Suede & en Danemarck on fait préfent à la femme d'un porc, d'une brebis & d'une vache ; & au mari d'un poulain, d'un chien, d'un chat ou d'une oie. Un porc eft mal-propre, une brebis indolente, une vache pareffeufe, un poulain étourdi, un chien hargneux, un chat traître, une oie ftupide ; on veut probablement avertir les époux de ne point avoir ces défauts.

Les Beotiens menoient les femmes chez leur mari fur un chariot dont on brûloit le timon, afin qu'elles appriffent qu'il n'y a plus moyen de retourner dans la maifon de leurs parens (2).

Les gouvernemens exciterent à la population, & anciennement la mariée fe tenoit à cheval fur le membre très-gros d'un priape, en implorant

---

(1) Voyage de Regnard.
(2) Paufanias.

fon fecours (1) : les femmes facrifioient auffi au Dieu Tetinus pour le même objet. Cette allégorie ne parut pas encore affez expreffive : les Indiennes des environs de Pondicheri adorent une idole de bois ; elles vont lui facrifier leur virginité le jour du mariage (2), comme on le dira plus bas.

Ailleurs on faifoit des facrifices à Junon, & l'on n'offroit point à la déeffe le fiel & les entrailles des animaux, parcequ'il ne doit y avoir ni fiel ni amertume dans le mariage (3). Les époux touchoient de l'eau & du feu comme les deux élémens les plus néceffaires à la vie (4) : on les paffoit fous un joug, de-là eft venu le mot *conjugium* (5) ; & les Macédoniens au repas des noces coupoient un pain avec une épée, ils en donnoient la moitié à l'époux & l'autre moitié à la mariée (6).

La femme chez les Romains chargeoit fa coëffure des cheveux d'un vieillard, dit Sextus Pompeius, & ces cheveux devoient être frifés avec

----

(1) Aug. *de civ. dei , l. 6 , cap. 9.* Arnobe, l. 4. Lactance liv. 1 , & Meurfii *fyntagma* de *puerperio.*

(2) Voyages de Duquefne, tome II.

(3) Cafalius *de ritu nuptiarum.*

(4) Laurentius *de fponfalibus.*

(5) Ibid.

(6) Hérod. Quinte-Curce.

le fer d'une javeline qui eût tranfpercé le corps
d'un gladiateur : *afin que l'époufe fût unie à
l'époux comme le fer l'avoit été au gladiateur.*

Les prêtres Perfans jettoient du riz fur les
époux, en fouhaitant qu'ils euffent un grand
nombre d'enfans, & les Siciliens adoptèrent dans
la fuite la même cérémonie (1).

Les mariages ne furent long-tems que des
contrats civils. Pour qu'ils devinffent plus facrés
on rendit l'Etre fuprême garant de la promeffe
que fe faifoient les époux, & l'on accompagna
cette folemnité de quelques cérémonies capables
de frapper l'imagination. On n'entreprendra pas
de décrire celles dont on a rempli tous les re-
cueils, ni de tracer un fil qui nous guide dans
les erreurs de la fuperftition. Les payens inventerent une foule de dieux : les dieux *Subigus,
Prema, Pertunda, Perfica* & beaucoup d'autres
préfidoient au coït (2) : & l'on ne peut trop

*Cérémo-
nies reli-
gieufes.*

---

(1) *Lord's, rel. of the Perfées.* On dira tout-à-l'heure
comment cet ufage s'eft confervé dans la Perfe.

(2) *Saturnus ut femen conferret : liber & libera ut femen
emitterent, hic viris, illa fœminis : Janus ut femini in
matricem commeanti Januam aperiret : Juno & Mena
ut flores menftruos regerent ad fœtus concepti incremen-
tum : vitunus ut vitam daret ; fentinus ut fenfum.* Meurfii
fyntagma de puerperio. Il y avoit auffi des déeffes Poftuar-

M 4

admirer de quels détails on les chargeoit.

L'efprit humain fe livra d'ailleurs à toutes les extravagances. Aux Lupercales les femmes ftériles fe préfentoient aux prêtres pour être battues par eux, & on célébra bientôt les mariages pendant la nuit ou à la pointe du jour, afin qu'on fût expofé à moins de finiftres préfages (1).

Voici quelques-unes des cérémonies les plus curieufes. Les Koriaques fixes mettent dans le lit conjugal à côté de l'époufe des pierres qu'ils habillent & carreffent comme des femmes (2).

Chez les naturels du Cap, les hommes de la noce s'accroupiffent en cercle : le mari fe place dans le centre ; la mariée prend la même pofture au milieu d'un fecond cercle de femmes qui font également accroupies : le prêtre s'avance & piffe dabord fur l'époux, qui fait entrer l'urine dans les fillons qu'il trace fur la graiffe dont fon corps eft couvert : le pontife s'approche enfuite de la mariée & retourne fans ceffe de l'un à l'autre (3). — Les Hottentots employent fi fouvent

---

ta, & Profa qu'on invoquoit lorfque l'enfant fortoit du vagin, les pieds ou les bras mal tournés, ibid.

(1) Laurentius *de fponfalibus & nuptiis.*

(2) Relat. du Kamtchatka, par M. de Kracheninicow,

(3) Kolben.

l'urine dans leurs cérémonies qu'il doit y avoir des raiſons phyſiques d'un uſage ſi étrange. On ſait que la chaleur & les ſels de cette liqueur ſont très propres à nettoyer un corps rempli d'ordures, & ſur-tout les huiles & les graiſſes : les payſans & les gens du peuple s'en ſervent quelquefois. Le plus ſale de tous les peuples, n'a peut-être eu recours à l'urine que pour ſe mieux décraſſer. Cette premiere idée ne tarda pas à ſe corrompre, & de-là viennent probablement *l'ordre de l'urine* & beaucoup d'autres inſtitutions ſingulieres dont on parlera dans la ſuite.

Lorſqu'un habitant de Golconde ſe marie, le Bramine étend un drap ſous lequel l'époux paſſe une jambe, & preſſe de ſon pied nud celui de la femme qui eſt dans le même état (1).

Un Marabout, Nègre, fait avaler aux époux un peu de ſable & leur ordonne de conſommer le mariage dans la nuit ſuivante (2) ſur une peau de bouc blanc, afin qu'on voye ſi la femme étoit vierge. Dans la plupart des Cantons de la Guinée, & en particulier à Iſſini la femme avale en outre le fetiche, pour garant de ſa fidélité (3).

---

(1) Voyage de Methold.
(2) Prevoſt, tome III.
(3) Voyage de Loyer.

Les Abyffins préparent un lit à la porte de l'églife, & c'eft fur ce lit qu'on donne la bénédiction nuptiale (1).

M. Anderfon affûre qu'en Iflande, au moment de la cérémonie on fait boire de l'eau-de-vie aux prêtres, aux deux époux & aux affiftans, & qu'ils ne quittent la bouteille que lorfqu'ils ne peuvent plus fe tenir fur leurs jambes : mais M. Horrebows dit feulement qu'on boit quand on eft de retour à la maifon.

Deux prêtres Parfis tenant du riz dans leur main couchent à minuit les deux époux ; le prêtre du mari demande à la femme, en lui mettant un doigt fur le front, fi elle veut avoir cet homme pour époux ? le prêtre de l'époufe fait la même queftion à l'homme ; les deux parties difent oui , & les pontifes répandent le riz fur eux , en priant Dieu qu'ils multiplient comme le grain au tems de la moiffon.

Les peuples cependant fe paffent de prêtres fans fcrupule lorfqu'ils ne peuvent pas en trouver. Après que les Cofaques fe furent établis au Kamtchatka les naturels du pays leur offroient fouvent leurs filles, & ils les acceptoient en promettant de les époufet quand le prêtre arrive-

---

(1) Tellez , Alvarez. Ludolph.

roit; mais comme il n'y en avoitqu'un dans le pays il vifitoit les cantons une fois tous les deux ans : alors il célébroit les mariages, & fouvent il baptifoit le même jour les enfans d'un homme & d'une femme qui vivoient enfemble depuis fort long-tems (1).

On va citer trois peuples très-éloignés qui, obfervoient dans les mariages une coutume bien contraire à la pudeur. Aux ifles Baleares après le feftin, les parens & les amis s'approchoient chacun à leur tour de la mariée ; l'âge décidoit de ceux qui paffoient les premiers, mais l'époux étoit toujours le dernier (2). Cet ufage s'obfervoit auffi jadis en Irlande (3) : chez les Nafaméens, (peuple voifin de l'Egypte) l'époufe alloit, après fes noces, trouver ceux qui y avoient affifté ; chacun d'eux la *connoiffoit* & lui faifoit un préfent (4). — Que dire de raifonnable là-deffus ? Dans plufieurs nations la continence ne paffe pas pour une vertu : on s'offre mutuellement des femmes par politeffe, & ce préfent eft une galanterie de fociété. — Il y a

Cérémonies relatives à la pudeur.

---

(1) Hift. du Kamtchatka.
(2) Diod. de Sic. liv. 5, chap. 14.
(3) Boemus *mores gentium.*
(4) Ibid.

des pays où l'on vit indiſtinctement avec toutes les femmes juſqu'au jour de leur mariage:
il eſt poſſible qu'alors on veuille dédommager
les convives de la perte qu'ils vont faire. —Enfin
les femmes auroient peine à ſoutenir cette débauche brutale, ſur-tout ſi le nombre des convives étoit un peu conſidérable, & il eſt difficile
que cela ſoit devenu un uſage conſtant.

Purchaſſ dit que les prêtres de Cumana ôtoient
la virginité aux filles qui ſe marioient.

Les abſtinences de certains peuples le jour où
les premiers jours du mariage, ont différentes
cauſes ; & ce ne ſont pas toujours des ſacrifices
à la religion. Chez quelques Indiens alliés de
la Nouvelle-France, les époux ſe parlent peu
le jour des nôces, & même ils n'ouvrent la
bouche qu'en grondant ; ils diſent que la *pudeur
demande cette retenue* (1).

Les époux dans la Bukkarie ne ſe voient point
au moment de la cérémonie ; le ſoir l'homme va
trouver ſa femme au lit ; il ſe couche près d'elle
devant pluſieurs matrones, il eſt habillé & il ne

_____

(1) Voyage de la Potherie, tome V. On examinera ailleurs comment ces idées viennent aux ſauvages, & on
s'étendra davantage ſur ces abſtinences.

reſté qu'un inſtant. Cette farce ſe renouvelle pendant trois jours, enfin la troiſieme nuit il jouit de tous les droits du mariage (1).

Autrefois en Ruſſie, le mari & la femme ſe mettoient au lit en plein jour. Un domeſtique reſtoit à la porte de la chambre pour donner un ſignal ; & les trompettes & les tambours annonçoient l'inſtant de la conſommation.

On imagina de porter en proceſſion le lendemain du mariage les draps du lit où la chemiſe de la femme, & l'on crut que perſonne n'oſeroit affronter un déshonneur auſſi public ? mais les ſupercheries qu'on employe rendent impuiſſant ce remède, qui eſt peut-être le dernier qu'on ait découvert dans les climats brûlans de l'Afrique. Le châtiment d'une fille coupable s'exécute avec plus ou moins de ſévérité en chaque canton. Les uns ſe contentent de la renvoyer, & il n'y a point de proceſſion : d'autres ſont plus impitoyables, & ils divulguent ſa honte par une proceſſion ſolemnelle (2).

Les Coſaques Polonois ne ſont pas moins ri-

---

(1) Hiſt. des Turcs & des Mongols, &c. tome VII.
(2) Voyez les différens voyages ſur les côtes d'Afrique dans l'abbé Prevoſt.

gides, & ils font leur examen avec encore plus
de foin. Au moment où l'époufe va fe coucher,
quelques-unes de fes parentes la mettent nue, &
la vifitent jufques dans les oreilles, les cheveux
& les doigts du pied pour voir s'il n'y a point de
fang ni d'épingles. Quand elle eft au lit, les gens
de la nôce rempliffent la chambre nuptiale & dan-
fent tous à la fois. Les danfes redoublent fi la
mariée pouffe des foupirs ou donne des fignes de joie : l'époufe fe releve bientôt & ôte
fa chemife ; fi on apperçoit des marques de virginité, on la félicite, & le lendemain on
porte cette chemife en proceffion par toute la
ville (1).

Cérémo-
nies rela-
tives à
l'efclavage.
 Ce paragraphe ne doit pas être long après ce
qu'on a dit plus haut de la fervitude des femmes : le jour du mariage il falloit bien rappeller
qu'elles font efclaves. Les Indiens de l'Amérique
feptentrionale ne font pas à leurs époufes d'autres
préfens que ceux-ci : ils leur donnent *une bande
de cuir pour porter les fardeaux, une chaudiere
& une broche* : l'ufage les oblige même dans quelques nations à porter tout le bois néceffaire pour
l'hiver fuivant (2).

---

(1) Hift. génér. de tous les peuples du monde de l'abbé
Lambert, tome II.

(2) Voyage de la Hontan.

La plupart des Nègres offrent la main à leur femme pour entrer dans leurs maisons; mais ils lui ordonnent d'aller sur-le-champ chercher de l'eau, du bois & de faire le ménage : elle obéit respectueusement, & le mari se met à table; elle ne mange qu'après lui, & elle attend ensuite en silence qu'on l'appelle au lit (1).

Lorsqu'un homme du Decan va chercher son épouse, il tient une paire de gros bracelets de l'épaisseur de deux doigts, creux en dedans & qui s'ouvrent avec une charniere; il les met aux deux jambes de sa femme : on lui apprend qu'elle est désormais enchaînée.

Les femmes de Macassar n'ont pour collier qu'une petite chaîne d'or qu'elles reçoivent le lendemain de leurs noces en grand appareil, afin qu'elles n'oublient jamais leur servitude (2).

Les maris Russes annonçoient encore plus directement leur supériorité; à l'instant du mariage le pere donnoit à la femme quelques coups de fouet, en lui disant : désormais si tu n'obéis pas, tu seras châtiée par ton époux.—Depuis la publication des Lettres Persannes on a répété que les femmes Russes aiment à être battues; que les

---

(1) Prevost, tome V & ailleurs.
(2) Hist. de Macassar, par Gervaise.

coups font un figne d'amour ; que le mari s'intéreffe à fa femme puifqu'il la corrige , & qu'il la dédaigne au contraire puifqu'il ne veut pas la reprendre. La plaifanterie de Montefquieu a fuffi pour dénaturer un ufage pareil à celuiqu'on vient de rapporter.

Ces cérémonies prennent auffi un caractere de cruauté chez quelques peuples barbares : on faifoit aux Bréfiliennes le jour de leursnoces des bleffures & des cifelures fur le dos (1) : — on vouloit les reconnoître ou les endurcir ; ou bien leur apprendre qu'elles feroient chargées de pénibles travaux.

Autres cérémonies. Sous combien d'afpects divers le mariage fe préfente aux différens peuples ? & quelle foule de cérémonies bifarres en apparence ont dû naître de ces idées ! Dès que les hommes fecouent leur premiere barbarie , l'union de deux époux qui fe connoiffent à peine , qui doivent procréer des enfans & paffer leur vie enfemble leur paroit un grand évènement , & chaque nation le folemnife à fa maniere. Les fêtes font quelquefois judicieufes ou fpirituelles , d'autrefois elles bleffent la raifon ou le bon goût, ou bien elles ont cette groffiereté ruftique des fauvages qui

(1) Voyage de Lery.

plaît

plaît encore parce qu'on y voit la nature fans
être dépravée.

Les hommes de l'isle de Cos s'habilloient en
femmes lorfqu'ils fe marioient (1). — On ne
peut propofer que des conjectures. Vénus avoit
un grand nombre de temples dans les isles de
la Grece, les deux époux s'habilloient peut-être
de la même maniere, pour aller enfemble facrifier à la déeffe de l'amour. — Dans nos bals les
dominos des hommes ne font pas fort différens
de ceux des femmes. — On croit que les jeunes
filles ignorent tout ce qui eft relatif aux plaifirs
de l'hymen, & on employe en différens pays
plufieurs moyens de les inftruire. On fabri-
quoit à Cos des gazes fi tranfparentes qu'elles
laiffoient voir la nudité : les femmes en portoient
furtout le foir de leurs noces, & peut-être les
époux prenoient-ils alors le même vêtement.

Dans les cérémonies du mariage au Kamtchatka, les hommes de la noce & les époux en particulier fe mettent tout nuds (2). — Les fauvages qui
portent des vêtemens, fe mettent fouvent nuds,
foit pour être plus à leur aife, foit pour repren-

----

(1) Laurentius de *fponfalibus & nuptiis.*
(2) Hift. du Kamtchatka.

Tome I.   N

dre un état qui leur doit paroître si naturel (1).—
Indépendamment de cette raison générale, à laquelle on reviendra plus bas, il peut y en avoir
une particuliere relative au mariage. Les idées de
plaisir naissent alors en foule dans leur esprit, &
ils les expriment sans façon parce qu'ils ne
connoissent ni la pudeur ni la contrainte.

Les Juifs d'Egypte collent les paupieres de la
mariée avec de la colle le matin du mariage, &
on les décolle lorsque le moment de se coucher
est venu (2). — C'est sans doute quelque superftition consacrée par la cabale ou inventée par les
modernes Rabbins.

A Macassar les époux passent trois jours &
trois nuits dans une petite chambre obscure
qui n'est éclairée que par une lampe. Comme
on ne leur permet pas même d'en sortir pour
leurs besoins naturels, une vieille femme se
tient à la porte & leur fournit ce qu'ils demandent. Les parens & les amis ne cessent de
se réjouir pendant cet intervalle : avant de

---

(1) Voyez ce qu'on a dit plus haut des Jakutes qui se
déshabillent pour manger davantage. On parle aussi dans le
livre de la Guerre des Sauvages qui se mettent nuds pour
combattre, &c. &c. &c.

(2) Essais Hist. de M. de Saint-Foix.

tirer l'homme & la femme de leur prison, un valet apporte une barre de fer sur laquelle sont gravés des chiffres myſtérieux ; les époux mettent tous deux les pieds nuds sur cette barre & on leur jette enſuite un ſceau d'eau sur le corps (1). — On accoutume ainſi les deux époux à vivre enſemble, & on les retient dans la ſolitude, pour qu'ils méditent ſérieuſement sur les peines & l'ennui de l'état qu'ils viennent d'embraſſer.

Une fille Chinoiſe eſt enfermée dans une chaiſe fort ornée le jour de ſa noce, on porte derriere elle ſa dot & les meubles que ſon pere lui donne ; les gens de la noce l'accompagnent un flambleau à la main, & au ſon des tambours & des hautbois ; un domeſtique de confiance tient la clef de la chaiſe, & la remet au mari qui attend ſa femme à la porte de ſa maiſon : il ouvre la chaiſe, & s'il n'en eſt pas content, il la renvoie (2) : — C'eſt une eſpece de ceſſion qu'on fait à l'homme de la femme. Les Chinois & même les autres peuples mettent toujours de l'appareil aux actions les plus ſimples, & ſou-

_____

(1) Hiſt. de Macaſſar de Gervaiſe.
(2) Duhalde.

tiennent ainſi par un air de grandeur les choſes les plus indifférentes.

Les Maures de Java ont un uſage intéreſſant qui ſemble appartenir aux anciens patriarches. L'époux & deux de ſes paranymphes montent ſur un petit banc haut d'un pied & long de ſix, & des eſclaves élevent devant eux des rideaux qui les cachent : le pere de l'épouſe apporte ſur ſes deux bras la fille emmaillotée, & il la préſente ainſi à ſon mari (1). Le reſte de cette cérémonie rapportée par Schouten n'a rien de particulier, & reſſemble à ce qu'on a dit des enlèvemens. Après quelques cérémonies l'époux tire le rideau & reçoit l'épouſe des bras de ſon pere, & il s'enfuit en la portant dans les ſiens. Ses paranymphes l'aident à monter à cheval ; dès qu'il arrive à ſa maiſon il cache bruſquement ſa femme, ſans dire un ſeul mot, & ſans remercier ceux qui viennent de l'accompagner.

On trouveroit aiſément un côté philoſophique & moral dans les parures différentes des épouſées ; mais le plan de ce livre ne comporte pas de pareils détails : on ſe bornera à ce qui ſe paſſe en Turquie. Les plus proches parens de la femme la conduiſent au bain en tenant des torches

_____

(1) Rel. de Schouten.

allumées ; ils teignent enfuite fes cheveux , fes
ongles , la paume de fes mains , fes pieds & fes
talons d'une poudre rouge.

Lorfque le foir eft venu & qu'il faut fe coucher, dans bien des pays les fimagrées ne finiffent
plus. Il n'y a pas long-tems qu'une Polonoife étoit
alors obligée de pleurer & de fe lamenter ; autrement on croyoit qu'elle eftimoit peu le tréfor
précieux qu'elle alloit perdre.

CHAPITRE IV.

Abstinences après le Mariage.

ON ne connut dabord d'autres abstinences que celles qu'impofoit la nature ; mais bientôt les idées de délicateffe & de décence fe répandirent chez les peuples , & s'introduifirent jufque dans le mariage.

Plufieurs fauvages de l'Amérique feptentrionale paffent la premiere année du mariage fans le confommer ; l'époufe , fe croiroit infultée fi on lui en faifoit la propofition avant cette époque : elle diroit qu'on a recherché fon alliance, moins par eftime pour elle que par brutalité. Quoique les époux couchent enfemble, il y a des gens qui les furveillent & qui entretiennent un grand feu devant leur natte. — Ce fait attefté par plufieurs voyageurs eft contraire au penchant de la nature & paroit exagéré : mais il faut remarquer que les Américains étoient foiblement organifés pour l'amour. Ils ne connoiffoient point de femmes pendant la guerre: jamais ils n'ont violé une Européenne captive, & peut-être en a-t-on vu plufieurs qui n'approchoient

de leurs femmes que long-tems après le mariage.— On affûre que les femmes fe croyoient
déshonorées & traitoient leur mari de groffier s'il
les approchoit plutôt. Il entre quelquefois dans
la tête des fauvages des idées très-pudiques &
très-déliées, & il ne faudroit pas s'étonner qu'elles
euffent ainfi rafiné fur la délicateffe. — Un accident furvenu la premiere année du mariage
fuffit pour établir une pareille coutume : — Enfin
les loix ordonnoient-elles de la fuivre ? fi elles
ne ftatuoient rien, il eft difficile de citer des
faits conftans ; s'il y avoit des règlemens on
peut dire que fouvent on les enfreignoit ; &
il eft impoffible que pendant un an on furveille
tous les jeunes mariés.

Cette abftinence n'étoit pas la plus longue de
celles que pratiquoient les naturels de l'Amérique feptentrionale : lorfque leurs femmes accouchoient, ils ne les revoyoient que trois ans
après : — Il y avoit peut-être une raifon
de fanté : les vices de leur conftitution rendoient probablement cette approche dangereufe ;
& foit que le corps de la femme n'élaborât
point de fleurs, foit qu'elles fe répandiffent &
fe mêlaffent dans la maffe du fang, ou qu'elles
fe dépofaffent dans la matrice, il étoit très-mal
mal fain : ainfi tout concouroit à éloigner les

hommes & à diminuer la propagation. — Les Américains étoient toujours en guerre : l'approche des femmes les énervoit, peut-être devenoient-ils incapables de se défendre, & ils cherchoient eux-mêmes à dompter leur foible penchant.

Ailleurs on veut ménager la pudeur des femmes ; & afin de nourrir l'amour des hommes elles ne se rendent qu'après de longs efforts. Celles de quelques pays de l'Inde disputent plusieurs mois les premieres faveurs à leur mari, & le capitaine Keeling fut témoin d'une fête que donna le roi de Bantam pour célébrer un triomphe en pareille occasion (1).

L'intérêt du plaisir & des raisons de santé, conseilloient également la modération. Ainsi chez des peuples anciens, un époux ne voyoit long-tems sa femme qu'en secret & à la dérobée, pour qu'une jouissance aisée & tranquille n'éteignît pas trop tôt ses desirs (2).

Le devoir conjugal fit rougir la pudeur, & les maris qui venoient de les remplir se crurent obligés à des abstinences dans la Société. Lorsqu'une Algérienne a consommé son mariage,

---

(1) Prevost, tome I.
(2) Plut. Aristote, Platon & Xenophon.

elle fe couvre le vifage d'un voile, & paffe un mois fans fortir (1).

Un Babylonien & fa femme fe purifioient dès le grand matin. Ils n'ofoient pas toucher la moindre chofe avant de s'acquitter de cette cérémonie (2).

Le fpectacle de l'univers nous apprend affez que la propagation eft le vœu de la nature ; la plupart des légiflateurs religieux & civils en ont fait une loi ; mais dans l'hiftoire des erreurs de l'efprit humain, on trouve une foule de fectes qui la défapprouvent.

Les Saturniens condamnoient la génération comme une invention de fatan (3.).

Les Marcionites croyant la matiere mauvaife s'abftenoient du mariage pour ne pas en remplir le monde (4): ils imaginoient fans doute qu'en créant un enfant, on crée la matiere dont il eft formé.

Plufieurs hérétiques regardoient toute union des fexes comme criminelle , & condamnoient leur propre origine.

Les fubtilités de la théologie égarerent d'autres

---

(1) Taffy liv. 1 , chap. 2.
(2) Hérod. liv. 1 , Strabon , liv. 16.
(3) Hift. Eccléfiaft. de Fleury , liv. 3.
(4) Ibid, liv. 4.

raifonneurs, & l'on a fait bien des fois cet argu-
ment : il faut toujours prier ; or la jouiffance de
fa femme eft incompatible avec la priere ; donc
cette jouiffance eft un peché.

La fureur de la difpute & le goût de la théologie fcolaftique entraînerent trop loin les docteurs , & ils agiterent des queftions fi indécentes (1) qu'on ne peut pas en parler.

---

(1) On peut lire Sanchez , & fur-tout les Cafuiftes &
les Théologiens Efpagnols.

CHAPITRE V.

Communauté des Femmes ; Polygamie.

LES femmes font communes dans l'enfance des Nations : cette communauté a lieu quelquefois avant le mariage & quelquefois après. On ne racontera qu'en Hiftorien.

Chaque Maffagete devoit fe marier ; mais les femmes appartenoient à tout le monde : lorfqu'un homme en rencontroit une qui lui plaifoit, il la faifoit monter dans fon chariot, & il fufpendoit un carquois fur le timon (1). Les Ictyophages menoient la même vie (2).

Strabon femble croire qu'il n'y avoit qu'une femme dans chaque famille de certaines tribus Arabes, & que les hommes la voyoient tour-à-tour. Le premier qui en approchoit écartoit les autres (3) par un fignal.

Chez les Troglodités les chefs feuls avoient des femmes en propre : mais fi quelqu'un des

_____

(1) Hérodote, liv. 1.
(2) Diodore.
(3) Hift. univ. des Anglois, tome XII.

fujets ofoit les connoître, il ne payoit qu'une brebis en forme d'amende (1).

L'embarras étoit alors de favoir qui fe chargeroit des enfans. Les Aufes les menoient à une affemblée dès qu'ils pouvoient marcher, & celui qu'ils careffoient le premier devenoit leur pere (2), & les Garamantes les donnoient à celui à qui ils reffembloient (3).

Le menteur Diodore dit même que les infulaires de la Taprobane élevoient avec une affection égale tous les enfans (4) & qu'on changeoit fouvent les nourrices lorfqu'ils étoient à la mammelle, afin que les meres oubliaffent & méconnuffent ceux qui leur appartenoient.

Si les anciens ne connoiffoient point cette affreufe maladie qui empoifonne les fources de la génération, une débauche auffi univerfelle donnoit aux femmes d'autres maladies, & de quelque genre qu'on les fuppofe, l'infection & la pourriture ne manquoient pas de fe communiquer. Un fait curieux confirmera cette réflexion. Amithis, fille de Xerxès premier, étoit très-libertine; elle prit une maladie in-

(1) Hift. univ. des Anglois, tome XII.
(1) Hérod. liv. 4.
(3) Pomponius Mela, liv. 3. cap. 3.
(4) Liv. 2.

curable ; Apollonide fon médecin & fon amant
ne voulut plus la voir : elle craignit pour fes
plaifirs , fi l'on parloit de fon état : elle fit
arrêter Apollonide & on l'enterra vif. — Dès
qu'un peuple vit pêle-mêle avec les femmes, il
fe livre à tous les excès ; mais la nature arrête
bientôt ce débordement.

Cette communauté de femmes ne fubfifte jamais que parmi des peuples peu nombreux &
très-peu de tems ; car il faudroit une inftitution
auffi févere & auffi ferme que celle de Licurgue
pour tirer de ce défordre la tranquillité générale
& perpétuer une pareille fociété. On doit donc
fe défier des hiftoriens & ramener leurs propofi-
tions générales à des faits particuliers.

Les obfervateurs qui nous apprennent ce qui
fe paffe chez les Otahitiens , nous éclairent fur
ce point. Ces Infulaires avant le mariage fe livrent publiquement à leurs defirs ; mais lorfqu'une femme devient groffe, le pere, fuivant
un ancien ufage eft obligé de l'époufer (1).
— Il eft naturel que l'homme & la femme
fortent ainfi de la fociété générale , pour foigner
leur enfant & s'attacher plus exclufivement l'un
à l'autre.

_____

(1) Voyage de Cook.

Enfin on a souvent confondu la Communauté des femmes avec une débauche qu'autorise la complaisance des maris. Ainsi les Illyriens menoient leurs femmes aux assemblées de plaisir: on leur permettoit de choisir l'homme qu'elles aimoient le mieux (1), & à Rome il fut permis de prêter son épouse à un autre.

Polygamie. La Polygamie ne s'introduit que long-tems après le mariage : il faut être riche, il faut avoir de l'autorité pour se charger de plusieurs épouses (2). Lorsque la civilisation est fort avancée il règne par-tout une sorte de polygamie, & si les loix n'accordent qu'une femme, on y supplée par le libertinage.

On trouve peu de religions, qui défendent la polygamie, & les loix civiles l'ont autorisée plus souvent qu'elles ne l'ont interdit. Le christianisme a changé entièrement les mœurs des nations, & l'on ne doit pas comparer les coutumes & les usages des anciens tems avec celles des peuples de l'Europe.

Les insulaires de Timor & la plûpart des Nègres prennent autant de femmes qu'ils en

---

(1) Athénée, liv. 10, chap. 8.

(2) On prend ici le terme de polygamie pour la pluralité des femmes quoiqu'il signifie également la pluralité des maris.

peuvent nourrir, & qu lquefois ils vendent leurs
enfans pour en augmenter le nombre (1).

La pluralité des femmes eft établie dans plufieurs Nations de la langue algonquine : on en
diftingue deux claffes ; celles de la feconde font
efclaves des premieres. Ailleurs les Indiens ont
des femmes dans tous les cantons où les mène
la chaffe , & cet abus s'eft établi chez les Hurons , qui n'en avoient jadis qu'une feule (2).

Strabon dit qu'une loi forçoit les anciens
Mèdes à entretenir au moins fept femmes , &
qu'on regardoit avec mépris une femme qui avoit
moins de cinq maris (3). — Cette feconde affertion n'eft pas d'accord avec la premiere & il
eft difficile que ces deux loix fubfiftent en même
tems. Cependant fi ces fept femmes ne vivoient
point avec l'homme, fi elles fervoient à d'autres,
& fi les cinq maris n'étoient que cinq amans,
il n'y a point de contradiction : mais le Gouvernement qui feroit une pareille ordonnance feroit
bien corrompu.

Les anciens Egyptiens prenoient autant de
femmes qu'ils en vouloient : Ils reconnoiffoient

---

(1) Dampierre & les autres voyageurs dans la coll. de
l'abbé Prevoft.

(2) Lafiteau.

(3) Strabon, liv. 11.

pour enfans légitimes ceux même qui étoient nés d'une efclave achetée à prix d'argent.

M. de Montefquieu a donné la raifon de toutes ces lois : on n'expofera que les faits lorfqu'on pourra renvoyer à fon ouvrage pour en trouver l'efprit.

Des raifons particulières à Valentinien, dit-il, lui firent permettre la polygamie dans l'empire. Cette loi violente *pour nos climats*, fut abolie par Théodore, Arcadius & Honorius (1). — Puifque nos climats font plus froids que ceux de l'orient, la polygamie y feroit moins étendue ; mais il femble qu'elle pourroit très-bien y fubfifter, fi les mœurs & le gouvernement ne s'y oppofoient pas. Dans les premieres âges de la monarchie françoife le mariage n'étoit pas reftreint à une feule époufe : Clotaire premier époufa les deux fœurs, & d'autres monarques ont eu plufieurs femmes. » Que perfonne ne prenne plus de deux femmes, parce qu'une troifieme eft fuperflue (3)«. dit le 321 capit. de Charlemagne.

Dans une petite ifle à demi-fauvage il eft dif-

---

(1) Voyez la loi 7 au Code de *Judæis & Cælicolis.* La Novelle 18, ch. 16.

(2) Lib. 7. *Ne quifquam amplius quam duas accipiat uxores, quia tertia fuperflua eft.*

ficile

ficile de trouver affez de femmes pour permettre la polygamie ; avant tout il faut du moins que chaque infulaire ait la fienne. Les habitans de Socotora, placés au milieu des nations de l'Orient & de l'Afrique la profcrivoient autrefois comme un crime (1).

Dans un pays très-vafte, la polygamie arrête-roit la population : Les Ruffes, depuis long-tems, la défendent fous peine de mort : le Czar lui-même ne peut avoir qu'une femme ; fi elle eft ftérile, il la renferme dans un cloître & il en prend une autre.

On n'expofera pas les fingularités diverfes qu'a fait naître la polygamie. Des fauvages de l'Amérique voyoient tour-à-tour chacune de leurs femmes pendant un mois ou pendant une femaine, & cet arrangement les fatisfaifoit toutes.

Afin d'éviter les querelles, les Nègres du royaume de Futa partagent les nuits entre leurs femmes ; ils obfervent ce règlement avec exac-titude, & fi l'une d'elles eft en couche, ils paf-fent feuls les nuits qui lui appartiennent (1).

Dans la republique de Tlafcala un homme de-voit obtenir la permiffion de fes femmes légitimes

_____

(1) Prevoft, tome I.
(2) Ibid. tome III.

pour habiter avec ſes concubines ; & les Maures de Maroc ne les voient que pendant le jour, car ils doivent la nuit à leurs épouſes.

En Turquie elles ne ſont point jalouſes ſi le mari les admet dans ſon lit une fois par ſemaine, comme l'ordonne la loi (1).

On dit que la ſoumiſſion & la tranquillité des Négreſſes eſt admirable, qu'elles ſe retirent le ſoir dans la cabane, qu'elles y attendent l'ordre du mari, & qu'elles le ſaluent à genoux le matin, en portant la main ſur ſa cuiſſe. Pour contenir tant de rivales, & pour étouffer leur jalouſie, on emploie des moyens violens & l'époux jouit ſur elles de l'autorité la plus abſolue.

Concubines. A Siam, chez les Tartares Eluths, dans la Corée & dans tout l'Orient les loix reſtreignent quelquefois le nombre des femmes légitimes, mais jamais celui des concubines. Ce nombre devient un objet de luxe, & les peuples honorent davantage ceux qui en achetent une plus grande quantité.

A la Chine on a renverſé tous les droits : les enfans des concubines ſont cenſés appartenir à la première femme.

---

(1) La femme peut demander le divorce en prouvant qu'il paſſe huit jours ſans remplir ſon devoir.

(2) Duhalde, tome II.

On renvoye au traité des femmes, où l'on traite de la pluralité des maris & à l'efprit des loix, où l'on en donne les raifons. On ne parlera que du Malabar. Dès qu'une femme y époufe fon premier mari, on lui bâtit une maifon qu'elle habite avec lui jufqu'à ce qu'elle en prenne un fecond ou un troifieme, &c. & lorfqu'elle en a plufieurs, ils conviennent enfemble de demeurer une femaine auprès d'elle (1).

Ce qu'on raconte de la vie paifible que mènent entr'eux tant d'époux ou d'amans eft d'abord fufpeçt; mais lorfqu'on réfléchit enfuite fur le pouvoir de la coutume, & qu'on penfe que fans amour il n'y a point de jaloufie, on eft moins étonné.

Enfin la pluralité des femmes eft un défordre, mais la pluralité des maris eft contre nature; car un mari peut vivre avec les autres femmes tandis que l'une eft enceinte; mais quand la femme a plufieurs époux, que feront-ils pendant fa groffeffe?

_____

(1) Hamilton's *New account of the Eaft India.*

CHAPITRE VI.

Ménage ; Grossesse.

Ménage. LES ufages des anciens Patriarches de la bible
fe retrouvent jufqu'en Amérique & au Kamtchatka. On fait que Jacob fut obligé de fervir fept
ans pour époufer Rachel. Les Kamtchadales fervent long-tems le beau-pere avant d'en époufer
la fille , & même les Efquimaux prolongent ce
fervice jufqu'à ce qu'il leur naiffe des enfans (1).
— On prive le pere des fecours qu'il avoit lieu
d'attendre de fa fille & on lui donne une efpèce
de dédommagement.

A Formofe le mari abandonne fon pere &
va s'établir chez fa femme. M. de Montefquieu
dit que cette loi qui fixe la famille dans une
fuite de perfonnes du même fexe , contribue
beaucoup à la population : mais il femble que ce
n'eft pas le motif de cet ufage, & lui-même convient ailleurs que pour arrêter la propagation, les
prêtreffes foulent le ventre des femmes qui accou-

---

(1) Prevoft, tome XV.

chent avant l'âge de trente-fix ans.—Il paroit que dans cette ifle il a toujours été difficile de pour-voir à fa fubfiftance : les hommes dont le carac-tere eft plus dur ont moins de commifération que les femmes, & par qui les peres feroient-ils foignés dans leur vieilleffe, fi leurs filles les abandonnent ?

Si l'on en croit Diodore, les Egyptiens promettoient en fe mariant d'obéir à leurs époufes, mais la jaloufie les contraignit à mar-cher toujours nuds pieds pour qu'elles fuffent plus fédentaires. — On a déja parlé de la con-dition des femmes en Egypte : on leur donna peut-être l'intendance du ménage, & en ce point elles avoient de l'autorité ; mais d'ailleurs elles étoient enfermées & très-foumifes à leurs maris.

Quand les hommes obfervent le premier Groffeffe. figne de groffeffe, il ne faut pas être furpris s'ils fe forment des idées fingulieres fur un fpecta-cle fi extraordinaire. Quelques habitans de la Guinée refpectent une femme enceinte : mais on fait des offrandes aux fétiches, on la mène au rivage de la mer, & des enfans lui jettent des ordures en chemin. On la lave avec foin ; on croit que fans cette ablution la mere, l'enfant ou une perſonne de la famille mourroient avant l'accouchement.——Ils regardent la femme comme ſouillée, & on la charge d'ordure pour ſe moquer d'elle ; car on attache toujours de la honte à l'acte du mariage.

C H A P I T R E V I I.

Peines de l'Adultere.

IL est difficile de déterminer à quelle époque de la civilisation les nations commencent à faire des loix contre l'adultere. On s'égareroit sur-tout si l'on établissoit une règle générale : la chaleur du climat, des circonstances particulieres dans la réunion des sociétés, & le caractere propre des différens peuples y mettroient sans cesse des exceptions. Ces peines ne sont pas fort sévères dabord ; les suites de l'adultere ne sont pas encore très-dangereuses. On a dit tout-à-l'heure que les Troglodites qui *connoissoient* la femme de leurs chefs ne payoient qu'une brebis.

Un Ostiaque qui croit sa femme infidèle va trouver l'amant : il lui présente du poil d'ours ; l'accusé l'accepte s'il est innocent ; mais s'il est coupable, il avoue le fait, & convient avec le mari du prix de l'épouse. Ils agissent tous deux avec une bonne foi admirable ; on croit que l'ame de l'ours tueroit dans trois jours l'homme adultere qui ne refuseroit pas ce poil (1).

(1) Rel. de Muller.

O 4

Ailleurs les loix ne puniſſent pas l'adultere; elles l'abandonnent à la vengeance des particuliers : mais elle eſt plus terrible que celle des loix. Un Koriaque à Rennes eſt très-jaloux ; il égorge ſa femme & ſon amant s'il les ſurprend, & ſouvent ſur un ſoupçon d'infidélité (1).

Lorſque les préjugés d'honneur commencent à s'emparer de l'époux, il faut mourir ou tuer ſon adverſaire, ſi l'on ne veut pas ſe couvrir d'infamie : c'eſt ce qui ſe paſſe chez les Kouriles. Le mari d'une femme infidèle appelle l'amant en duel ; il reçoit le premier ſur le dos trois coups d'une maſſue groſſe comme le bras; & il les rend enſuite a ſon ennemi : on ſe bat juſqu'à ce que l'un des deux ſuccombe ou demande grace. Le coupable qui refuſe le cartel eſt déshonoré , & il dédommage l'époux en lui donnant du bétail, des habits & des provifions de bouche (2).

Les Nègres de la Côte d'Or obſervent avec encore plus de ſcrupule ces loix de l'honneur. Ils pourſuivent un homme adultere & tous ſes parens : le mari peut ſe venger juſqu'à ce qu'il ſoit

---

(1) Les Koriaques Fixes qui ſont voiſins des Koriaques à Rennes , tueroient au contraire celui qui ne voudroit pas prendre une place dans le lit de leurs épouſes.

(2) Hiſt. du Kamtchatka.

fatisfait ; il devoue ordinairement le coupable à la mort fi c'eft un efclave, & il exige une amende de fon maître : dès qu'il eft trop foible pour attaquer fon adverfaire, il emprunte le fecours de fes amis (1).

Peu à peu l'infociabilité des peuples augmente & l'on ne permet plus aux étrangers ce qu'on permet à fes compatriotes. Les Arabes Nabatéens puniffoient l'adultere du dernier fupplice ; mais on ne donnoit ce nom qu'au commerce qu'avoient enfemble un homme & une femme d'une province différente (2).

En général les loix contre l'adultere font très-mal obfervées dans les grandes nations. La multitude des coupables, la fupériorité & la puiffance des riches, l'efpece de honte qui rejaillit fur le mari, la force qui permet tout au puiffant contre le foible, défarment la juftice ou le bras de l'opprimé. On dit même que la plupart des Nègres qui le puniffent avec rigueur, en exceptent les blancs, & qu'ils font très-fiers lorfque nos marchands veulent bien habiter avec leurs femmes (3).

_____

(1) Prevoft, tome IV.

(2) Hérod. Diod.

(3) Lemaire, Jannequin, & d'autres voyageurs rendent là-deffus le même témoignage.

Il eſt aiſé d'expliquer l'origine des différentes peines qu'on va rapporter : car les ſuites de l'adultere ſont plus ou moins funeſtes aux différens peuples.

Dans quelques pays de la Guinée, les biens d'un homme ſurpris en adultere ſe confiſquent au profit du roi : les parens de la femme ont d'ailleurs le droit de brûler ſa maiſon, & de le pourſuivre juſqu'à ce qu'il ſorte du pays. L'épouſe paye à ſon mari deux ou trois onces d'or, ſi elle ne veut pas être répudiée.

Ailleurs la peine de l'adultere n'eſt que de deux onces d'or. Un tiers appartient au roi, un autre tiers à ſes principaux officiers, & le reſte au mari (1).

Les Abyſſins chaſſent de leurs maiſons les femmes adulteres couvertes de haillons ; on ne leur donne qu'une aiguille (2) : ils puniſſent d'ailleurs une épouſe lorſque ſon mari ne garde pas la foi conjugale. On la condamne ordinainairement à une amende pécuniaire (3). — On imagine que les careſſes & la bonne conduite d'une femme doivent empêcher le libertinage des

---

(1) Voyage d'Artus.

(2) Alvarez. le Grand. On leur donne cette aiguille, pour qu'elles gagnent leur vie en travaillant.

(3) Ibid.

maris, comme fi tous les hommes avoient un caractere que la tendreffe & les foins viennent à bout de ramener, & comme fi l'on pouvoit vaincre le dégoût ou le tempérament.

Une femme d'Ardra devient l'efclave du maître de fon amant, lorfque ce maître eft d'une condition fupérieure à celle du mari; mais fi l'époux eft d'un rang plus diftingué, c'eft l'amant qui devient fon efclave (1).

Quoique l'adultere ne fuppofe pas une auffi grande dépravation que le vol & l'homicide, il bleffe directement l'amour propre, & on ne tarde pas à le punir d'une maniere fanglante.

Les Miamis coupoient le nez entier à la femme adultere ou fugitive; les Sions fauvages du Canada, ne leur en coupoient que le bout; mais ils leur cernoient en rond une partie de la tête, & ils arrachoient une bande de peau (2).

A Commendo on coupe une oreille à l'amant, & on le condamne à payer autant d'or que la femme en a reçu pour douaire avec quatre brebis & quatre chèvres : on le vend pour l'efclavage s'il ne peut acquitter cette amende, & fi c'eft un efclave on lui coupe les parties viriles.

---

(1) Relation d'Elbée.
(2) Prevoft, tome XV.

Un Coréen libre eſt enlevé nud : on ne lui laiſſe que des caleçons ; on lui barbouille le viſage de chaux ; on lui perce chaque oreille d'une flèche ; on lui attache une ſonnette au dos, on l'expoſe dans tous les carrefours, & enfin il reçoit quarante ou cinquante coups de bâton ſur les feſſes (1).

Inſenſiblement la ſévérité s'accroît ; & ſans être capitales, les peines ne ſont pas moins effrayantes. Par une loi de Zaleucus, on crevoit les yeux aux Locriens, convaincus d'adultere, & on employe ailleurs le même châtiment.

Autrefois on arrachoit aux adulteres le poil des parties naturelles, on les couvroit de cendres chaudes ; on leur enfonçoit dans l'anus un pieu très-gros ; & on les conduiſoit ainſi dans les villes ou les villages (2). — Il paroit que ces empalemens cauſoient des douleurs extrêmes.

On porta l'inconſéquence juſqu'à inventer des châtimens qui outrageoient la pudeur. Dans le Bas-Empire on proſtituoit à tous les paſſans au milieu d'une rue, la femme adultere ; & même

_____

(1) Rel. de Hamel.

(2) Le Scoliaſte d'Ariſtophane *in Nebulis.* Laurentius, *de adulteriis.*

on fonnoit une cloche pour rendre le châtiment encore plus éclatant (1). Cet horrible ufage ne fut aboli que par l'empereur Théodore.

Bientôt la débauche eft univerfelle , & l'on croit tout appaifer par des moyens violens. C'eft le fyftême de la plupart des législateurs , & l'hiftoire nous apprend comment il a réuffi dans la pratique. On invente des peines capitales ; on croit qu'en les décernant plus cruelles elles épouvanteront davantage , & tous les codes criminels femblent avoir été compofés par des fauvages. Le traité des loix pénales mettra cette vérité dans un grand jour.

On ne devroit jamais punir de mort l'infidélité dans un pays où règne la polygamie ; c'eft là cependant que les châtimens font les plus terribles ; & on va voir combien l'imagination fut féconde.

On a employé le fer & la flamme : on s'eft fervi des animaux pour exterminer les adulteres : en puniffant ce crime contre la pudeur , on en commit de cent fois plus affreux.

Mais pour démontrer l'infuffifance des peines capitales contre l'adultere , on ne fera qu'un raifonnement. Dans les premiers âges de la focié-

_____

(1) Socrate. Hift. Ecl. l. 5 , cap. 18.

té, les peines ne font encore que pécuniaires, ou afflictives ; elles deviennent enfuite capitales, & comme cet état ne peut fubfifter & que d'ailleurs elles ne s'obfervent point, elles redeviennent enfuite ce qu'elles étoient au commencement, ou même elles tombent en défuétude & il n'y en a plus.

Les anciens Danois & plufieurs autres peuples le puniffoient de mort ; tandis que l'homicide ne payoit qu'une amende.

Les Mogols fendent une femme adultere en deux avec leur fabre (1), & dans le royaume de Tonquin elle eft écrafée par un éléphant (2).

Si une femme du roi de Loango eft infidèle, on la précipite avec fon amant du haut d'une montagne efcarpée (3). On affûra la Loubere à Siam qu'on la foumet d'abord à un cheval accoutumé à un infâme excercice, & qu'enfuite on la fait mourir (4).

Les anciens Bretons coupoient les cheveux d'une femme adultere, & la traînoient toute

---

(1) Voyage de Bernier.
(2) Rel. de Baron, dans Churchill.
(3) Battel *apud* Purchaff, liv. 7.
(4) Rel. de la Loubere.

nue (1) hors de la maifon de fon mari en préfence de fes parens, & quelle que fût fa beauté
ou fa fortune, on la fouettoit de ville en ville
jufqu'à ce qu'elle mourût fous les verges : on pen-
doit fon amant à un arbre : on étouffoit dans la
boue celles qui étoient très-débauchées, & on les
couvroit de clayes (2).

L'excès de la frénéfie s'eft emparé des Nègres;
ceux de Sofala, puniffent de mort un homme
qu'on trouve affis fur le fiege ou fur la natte d'une
femme mariée (3).

A Juida celui qui féduit l'époufe de fon voifin perd la vie & entraîne fa famille dans l'efclavage (4).

Rien n'arrêtoit le défordre, on ne favoit plus
que faire, voici ce qu'on imagina : on confia au
mari le pouvoir le plus abfolu fur fa femme; à
Juida il ordonne à l'exécuteur public de l'étran-
gler ou de lui couper la tête, fans rendre compte
au roi ni à perfonne de fa conduite. Defmarchais vit en 1713 une exécution de cette nature.

---

(1) Quelques villes ne purent pas s'y réfoudre; elles ne
la découvroient que jufqu'à la ceinture.

(2) *A complet view of the Manners, Cuftoms &c. of
the inhabitants &c. of the England &c. by Strutt.*

(3) Marmoll.

(4) Voyage de Defmarchais, vol. 2.

Ailleurs il devient lui-même son bourreau : chez
les Yzipeques il lui coupoit publiquement le nez
& les oreilles (1). Dans la province de Diarbek
le mari, le frere & les plus proches parens exé-
cutent la malheureuse dans leur maison, & tous
ceux qui entrent doivent donner un coup de
poignard au cadavre. Ce n'étoit pas encore assez :
le pere lui-même fut obligé de tuer son fils &
sa fille. Telle est la loi de Patane (2), & il y
en a une pareille dans la Corée. On y laisse
même au coupable le choix du genre de mort
& le pere est contraint de lui obéir ; les hommes
demandent ordinairement qu'on les perce à travers le dos, & les femmes qu'on les égorge (3).

Pour inspirer encore plus d'horreur de l'adultère, la loi des Wisigoths voulut que les esclaves
liassent l'homme & la femme qu'ils surprenoient
dans une infidélité & qu'ils les présentassent au
mari & au Juge (4).

On permit au public d'outrager & d'assassiner
les adultères. Une femme Grecque, convaincue
d'infidélité n'osoit point mettre d'ajustemens : la
loi de Solon laissoit au premier venu le droit

---

(1) Herrera.
(2) Coll. de Bry, par. 8.
(3) Rel. d'Hamel.
(4) *Codicis Wisigoth. lib. 3, tit. 4.*

de

de les lui arracher & de la battre (1), & dans quelque villes de la Grèce tout le monde pouvoit impunément tuer les adultères (2).

Au Malabar la tribu de la femme cherche à exterminer la tribu du séducteur, comme nous le verrons au livre des loix pénales. Les Guaxlotillans amenoient une adultère aux pieds du Cacique; on la coupoit en pièces & elle étoit mangée par les témoins (3). Enfin plusieurs peuples de l'antiquité jettoient son cadavre à la voierie (4).

Quel effet a produit tant de sang répandu? Les magistrats furent contraints de fermer les yeux, &, ce qui est le comble du deshonneur, la loi parle presque par-tout, la loi n'est pas abolie, & les hommes chargés de la vindicte publique se taisent. La puissance ecclésiastique garde aussi le silence : car suivant d'antiques canons, un adultère faisoit une pénitence de quinze ans; il étoit quatre ans pleureur, cinq ans auditeur, quatre ans prosterné & deux assistant (5).

La crainte du deshonneur arrêteroit plus ce

---

(1) Plut. *in vita fol. Lysias Orat.*
(2) Brissonius *de adulteriis.*
(3) Herrera. Ce fait paroit cependant incroyable.
(4) Laurentius *de adulteriis.*
(5) Fleury Hist. Ecl. liv. 17 & ailleurs.

Tome I. P

crime que les supplices : une loi des Thuriens défendit de nommer personne dans la comédie si ce n'est les adultères (1).

Les Siciliens & les Crétois employèrent à peu-près le même expédient. Les premiers condui-soient les coupables par toute la ville; ils les ex-posoient ensuite sur une pierre & on les déclaroit infames pour le reste de leur vie.

A Gortyne en Crète on les enveloppoit dans de la laine & on les rouloit comme une pierre jusques chez le Magistrat qui les condamnoit à l'infamie (2).

Il n'est guères ici question que de l'adultère de femmes : malheureusement pour le sexe il est plus dangereux. Les hommes éludent aisément toutes les ordonnances ou cachent leur débauche, & on n'examine pas leur conduite avec autant de sévérité.

Mais c'est une très-sage politique de rétablir par un autre endroit une sorte d'égalité, & d'ôter du moins au mari coupable le droit de punir une femme qui ne lui a pas été fidelle. Suivant une loi de l'Empereur Antonin, le mari ne pouvoit ni tuer, ni poursuivre en justice sa femme sur-prise en adultère, si l'on présumoit qu'il fût coupable lui-même.

---

(1) Plut. in lib. de *Tranquill. Animi.*

(2) Cœlius Rhodiginus, *lect. antiq. l.* 21, *cap.* 45.

CHAPITRE VIII.

Du Divorce.

On eut à peine établi le mariage qu'on vit des unions mal assorties ; mais comme on ne pensoit pas à former des liens indissolubles, la séparation des époux leur rendoit leur premier état. La stabilité des engagemens parut nécessaire dans la suite & l'on soumit le divorce à des restrictions. Il faut le distinguer de la répudiation qui accorde à l'homme un droit qu'il refuse à la femme. La répudiation a précédé le divorce : la justice n'est jamais venue que long-tems après l'abus de la force. Cette matiere est déja traitée dans le second livre.

La loi du Tonquin permet à l'homme de répudier sa femme ; il donne un billet signé de sa main & de son sceau, qui lui rend la liberté de disposer d'elle-même : sans ce certificat elle ne pourroit jamais se remarier (1).

Les Wisigoths prirent en Espagne le caractère des peuples qui habitent les pays chauds & leur législation changea tout-à-coup lorsqu'ils

_____

(1) Relation de Baron dans Churchill.

fe furent établis au-delà des Pirénées. Une loi permettoit le divorce au mari ; mais fi la femme répudiée fe marioit, on la livroit avec fon fecond époux au premier qui étoit le maître abfolu de la vie de l'un & de l'autre (1).

Ailleurs on fit dépendre la répudiation de caufes fi puériles & fi bifarres qu'il valoit beaucoup mieux accorder un droit abfolu au mari. Navarette dit qu'à la Chine il peut répudier une femme *dont le babil eft incommode.*

Les livres Chinois citent des exemples finguliers de divorce & entr'autres des hommes qui chaffoient leurs femmes parce que l'excès de leur babil *effrayoit leur chien* (2).

Le fort des femmes cependant toucha quelquefois les légiflateurs & ils voulurent arrêter la puiffance tyrannique du mari. Juftinien déclara qu'une femme le quitteroit, fans perdre fa dot, fi pendant deux ans il ne confommoit pas fon mariage (3).

Les Mahométanes traduifent en juftice le mari qui ne s'acquitte pas du devoir conjugal une fois par femaine (4).

---

(1) *Legis Wifigothorum, lib. tertius.*

(2) Rel. de la Chine, par Navarette.

(3) *Lege prima Cod. de Repudiis.*

(4) Voyage en Arabie de Niebuhr.

Les Nations les plus polies adoptèrent le divorce : elles ne vouloient pas enchaîner irrévocablement deux époux qui se rendent malheureux, & l'on a pensé fort tard que le bien public exige ces sacrifices. On le permet encore en certains cas dans plus de la moitié de l'Europe, & en Pologne par exemple. Il est prouvé que la loi de Moïse l'autorisa, que pendant neuf siècles il fut établi dans la primitive église, & que les législateurs, durant cet intervalle, se contentèrent de faire des règlemens pour en prévenir les abus (1).

Des hommes éclairés le redemandent aujourd'hui & les inconvéniens qu'il entraîneroit ne les arrêtent point (2); mais la prohibition du divorce tient à des abus qu'on ne guérira pas sitôt, & la réforme est encore éloignée.

Le divorce ne rendit pas absolument tous les droits aux époux. Chez les Thuriens une femme ne se remarioit pas à un homme plus jeune que celui qu'elle avoit quitté, & l'on imposoit la même loi au mari.

Lorsqu'à Siam deux époux se séparent par un

_____

(1) Voyez la législation du Divorce.
(2) Voyez *the fatals consequences of the adultery*, &c.
Les *fatales conséquences de l'adultere* par rapport aux gouvernemens modernes.

divorce, le pere prend le second & le quatrième enfant, & la mere se charge du premier & du troisième, de sorte que si le nombre total est impair, il lui en reste un de plus. Une veuve hérite du pouvoir de son mari; mais elle ne peut vendre les enfans du nombre pair (1).

Il y avoit au Mexique une peine de mort contre les époux qui se rejoignoient (2).

---

(1) Rel. de la Loubere.
(2) Gomara, Herrera, Acosta.

C H A P I T R E IX.

Mariage ordonné par les Loix. Peines contre le célibat. Droits impofés par les Seigneurs, &c.

L'HOMME a droit de ne point prendre de femme; mais comme le mariage fait naître des sujets, les chefs de l'état établirent des lois & on punit ceux qui ne se marioient pas. Le lien conjugal cependant devroit être libre & si l'on vouloit encourager la population, il ne falloit pas employer la contrainte. Les républiques, il est vrai, peuvent alors sacrifier la volonté des particuliers à l'utilité générale; mais tous les gouvernemens ne font pas républicains.

On ne crut pas que l'abandon où se trouvent les célibataires fût un châtiment suffisant; on y ajouta le déshonneur & des peines afflictives. Les lois de Moyse les retranchent de la congrégation d'Israël : Celles de Lycurgue les excluoient de tous les emplois, & on ne leur accordoit pas même une place au théâtre. Les femmes de Lacédémone les conduisoient au temple de Junon, les premiers jours du printems, & après les avoir accablés d'outrages , elles leur donnoient le fouet devant la ftatue de cette déeffe (1) : par la fuite on obligea les vieux garçons de fe promener fur la place au milieu de l'hiver, & de chanter une chanfon fatyrique contre eux-mêmes (2).

Les Romains qui ne fe marioient pas , ne pouvoient ni tefter ni témoigner : lorfqu'on comparoiffoit devant les officiers publics , ils demandoient toujours : *avez vous une femme ?* Les cenfeurs découvrirent que la population diminuoit & que les citoyens faifoient des mariages d'intérêt ; on exigea un ferment qu'ils ne fe marieroient déformais que pour donner des fujets à la république : ce ferment caufa des fcrupules & des divorces ; le chevalier Carvilius Ruga répudia fa femme qu'il aimoit paffionnément parce qu'elle étoit ftérile (3).

Comme il y avoit une multitude de citoyens qui périffoient dans les guerres , on manquoit toujours de foldats : l'activité des citoyens échauffée par le patriotifme, ne fuffifoit pas à la con-

---

(1) Athénée , liv. 13.

(2) Plutarque , Ariftote , Platon , Xenophon.

(3) Tite-Live. On dit que ce fut le premier divorce qu'on vit à Rome, quoiqu'il fut permis dès les premiers rois.

fommation des armées, & alors on donnoit des encouragemens extraordinaires.

Les femmes ingénues qui avoient trois enfans, & les affranchis qui en avoient quatre fortoient de la tutelle où les retenoient pour toujours les anciennes lois (1). On enterroit avec des vêtemens d'honneur les époufes devenues meres, & on couvroit les cadavres des femmes ftériles ou qui ne s'étoient pas mariées (2).

Il fut un tems où on obligeoit les veuves à fe remarier (3).

Céfar défendit aux femmes qui n'étoient pas âgées de quarante-cinq ans, & qui n'avoient ni maris ni enfans de porter des pierreries & de fe fervir de litieres: (4) méthode excellente, dit Montefquieu, d'attaquer le célibat par la vanité.

La conduite des Efpagnols dans les Indes eft plus répréhenfible. » Pour augmenter le nombre de ceux qui payent le tribut, il

---

(1) Fragment d'Ulpien, tit. 29. par. 3.

(2) Cafaubon in *notis ad laertium.* Cicero *de legibus* & propertius.

(3) Plut. *in Camillo.*

(4) Chronique d'Eufebe.

faut que tous les Indiens qui ont quinze ans fe marient, & même on a réglé le tems du mariage à quatorze ans pour les mâles & à treize pour les filles. On fe fonde fur un canon qui dit que la malice peut fuppléer à l'âge. Thomas Gage vit faire un de ces dénombremens, c'étoit, dit-il, une chofe honteufe « (1). — Qu'importe au defpotifme de devancer le tems de la nature pourvu qu'il ait des efclaves ? que lui importe même que ces efclaves à peine achevés meurent tout de fuite ? il ne fait jamais des calculs que pour le moment.

Nous remarquerons ailleurs qu'afin de repeupler une de fes provinces, le roi de Danemark permit à chaque fille d'avoir plufieurs bâtards.

Si l'on en croit Labat, dès que les femmes Giagues parvenoient à un certain âge fans donner des marques de fécondité, on les mettoit à mort, comme inutiles au monde, & comme indignes de la vie.

Cependant les générations ne fe multiplioient pas affez rapidement (2). On voulut forcer, pour

_____

(1) Rel. de Thomas Gage.

(2) On encourage la population dès l'enfance des fociétés, car les Péruviens qui fe marioient étoient exempts d'impôts la premiere année. Hift. des Incas, tome II.

ainſi dire la nature, & l'on uſa de précautions très-curieuſes pour exciter les hommes à couvrir la terre de nouvelles victimes. Un roi de Perſe propoſoit jadis des prix à ceux qui dans une année procréeroient plus d'enfans (1). Quiconque en avoit un grand nombre obtenoit les mêmes honneurs que celui qui ſe diſtinguoit par des exploits militaires.

Philippe II, roi de Macédoine, entreprit la guerre contre les Romains; afin de ne pas manquer de ſoldats, il ordonna que ceux qui ſeroient en âge ſe mariaſſent tout de ſuite pour faire des enfans (2); & le cenſeur Metellus exhortoit vivement les Romains dans une harangue à procréer des hommes.

Cette manie de propager ſon eſpece ſans y être excité par la nature, devint un devoir de religion; car lors même que la religion ne l'ordonnoit pas, elle ordonne du moins partout d'obſerver les lois établies, & il faut mettre ſa conſcience en repos. Aux Moluques, des miniſtres publics courent dès la pointe du jour les rues des villes & des bourgs; ils éveillent les époux au bruit des tambours, ce

(1) Boemus *mores gentium.*
(2) Caſalius *de ritu nuptiarum.*

qui les excite à remplir le devoir conjugal (1).—
On peut excufer ces infulaires s'ils ne font pas
affez nombreux pour défendre leur pays & leur
liberté.

Les Rabbins croient qu'un Juif qui ne fe
marie pas à vingt ans, vit dès-lors dans l'état
de péché.

On craignit que les mariages ne fe formaffent
pas affez tôt, fi l'on abandonnoit ce foin aux
particuliers, & la légiflation s'arrogea le droit
d'en fixer l'époque.—Les Affyriens & les Baby-
loniens ne difpofoient pas de leur fille; le privilege de les marier n'appartenoit qu'au roi ou
à fes officiers. Dès qu'elles étoient en âge de
puberté, on les expofoit en public, & on les
vendoit : les plus belles étoient enlevées dabord;
l'argent qu'on en tiroit fervoit à doter les laides,
& celles-ci trouvoient des maris pauvres qui faifoient plus de cas de l'argent que de la beauté (2).

L'ancienne coutume des Samnites n'avoit point
de rapport avec celle-là : c'étoit une inftitution
admirable.

S'il eft avantageux à l'état de compter beaucoup
de fujets, il l'eft auffi qu'ils foient forts & bien

---

(1) Argenfola.
(2) Hérod. liv. 1. Strabon, liv. 16.

conftitués, & on imagina *de croiser les races*. Les femmes font quelquefois ftériles avec de certains hommes & elles ne le font pas avec d'autres, & l'on fit des effais pour ne perdre aucun enfant, s'il y avoit moyen d'en procréer : enfin il ne fut jamais queftion de pudeur ni d'honnêteté, mais de population.

Une loi de Solon permit aux Athéniennes d'habiter avec un mari vigoureux fi le leur étoit impuiffant (1). Par une autre de Numa, un Romain prêtoit fa femme après en avoir eu des enfans ; mais il confervoit toujours fur elle la même autorité, & il étoit le maître de la faire revenir chez lui ou de la prêter à un autre (2). Caton prêta la fienne à Hortenfius.

Dans la Crête les magiftrats choififfoient les jeunes gens les mieux faits ; ils les marioient à des filles qui leur reffembloient par la figure, afin que cette union produifît une race d'hommes grands & robuftes capables d'honorer la nation & de la défendre (3).

On ne négligea rien pour infpirer aux peuples

(1) Laurentius *de fponfalibus.*
(2) Plut. *in vita Numae.*
(3) Plutarque.

tous ces préjugés, & il n'étoit pas difficile d'y réussir.

Un Moabite mouroit déshonoré s'il mouroit sans enfans. Les filles de Loth par désespoir enyvrent leur pere, & s'approchent de lui l'une après l'autre; elles en conçurent deux fils (1).

On éleve les Mahométans dans la persuasion que c'est une tache pour une fille nubile, & pour une jeune veuve de ne point trouver de mari (2).

Bosman vit des Nègres qui se glorifioient d'avoir plus de deux cens enfans; & un roi de Juida repoussa un ennemi puissant sans autres guerriers que ses fils, ses petits-fils & ses esclaves : sa famille étoit composée de plus de deux mille hommes. Si la population est le signe du bonheur d'un état, osera-t-on assurer que les Nègres de Juida sont fort heureux ?

Un Chinois est flétri s'il ne marie pas tous ses enfans, & c'est un crime de laisser éteindre sa famille. Un fils aîné à qui son pere ne laisse point de bien est encore obligé d'élever ses freres & de les marier; mais on ne consulte jamais leur inclination. Si un Chinois ne peut devenir pere, il dit que sa femme est grosse & il va chercher un

_____

(1) Génèse, chap. 19.
(2) Voyage de Niebuhr.

enfant à l'hopital : c'eft pour cela qu'il eft permis de prendre des concubines & des fecondes femmes (1).

Au Tonquin on veut avoir une famille nombreufe , & l'on adopte beaucoup d'enfans : ils héritent du pere adoptif ; & ils ont prefque autant de droit que les véritables fils (2).

D'après cette perfuafion on employe des expédiens finguliers. Les jeunes gens de Rome à la fête des Lupercales couroient dans les champs fans autre vêtement qu'une ceinture , faite avec la peau des animaux facrifiés. Ces forcenés tenoient un couteau dont ils frappoient les femmes qui s'offroient d'elles-mêmes aux coups , parce qu'elles efpéroient devenir groffes (3).

Les Perfanes paffent fous les cadavres des criminels fufpendus aux fourches patibulaires (4) : elles fe jettent dans l'eau qui découle du bain des hommes , & fouvent elles avalent la partie du prépuce qu'on retranche aux circoncis.

Tandis qu'on excitoit les hommes à la

---

(1) Duhalde.
(2) Rel. de Baron dans Churchill.
(3) Antiq. dévoilée par fes ufages , tome III.
(4) Voyage de Gemelli Carrery.

population , on impofoit des droits fur les mariages. Quand le Samorin de Calicut fe marie, le chef des prêtres purifie fa femme, & fi le pontife veut , il en jouit pendant trois nuits , *parce que les premiers fruits de fon mariage doivent être préfentés à Dieu* (1).

On a imaginé cette taxe aux Philippines : un mari paye l'entrée de fa maifon, enfuite la liberté de parler à fa femme; celle de boire & manger avec elle , & enfin celle de confommer fon mariage (2).

Les François ne pouvoient jadis paffer la premiere nuit de leurs noces avec leurs époufes, ni même les deux fuivantes, fans en acheter la permiffion (3). En 1409 un arrêt du parlement de Paris défend aux évêques & aux curés de Picardie de prendre , *ni exiger argent des nouveaux mariés pour leur permettre de coucher avec leurs femmes.*

Des Infulaires placés fur une ifle ftérile craignent la population, & ils l'arrêtent. Quelquefois

_____

(1) Hamilton's *account of the Eaft India.*

(2) Voyage de Gemelli Carreri.

(3) Voyez Beaumanoir.

les

les peres eux-mêmes lèvent fur leur propre fils une main armée de fer, & les rendent eunuques.

Les femmes de l'ifle de Formofe ne peuvent accoucher qu'à un certain âge, & fi elles deviennent groffes avant cette époque, les prêtreffes leur foulent le ventre pour les faire avorter (1), comme on l'a déja dit.

---

(1) Recueil des Voyages qui ont fervi à l'établiffement de la Compagnie Hollandoife, tome IX. On dit que dans les climats chauds les femmes n'accouchent gueres après trente ans : mais cette règle eft fujette à des exceptions.

C H A P I T R E X.

Secondes Noces. Veufs & Veuves.

L'HOMME veut étendre sa domination au-delà de sa vie, & après tous les outrages qu'en-
durent les femmes, il est naturel de penser
qu'elles appartiennent encore au mari, lorsqu'il
est dans la tombe. On voit en effet des peuples
qui les condamnent à pleurer éternellement leur
premier époux; & d'autres ne permettent un second mariage qu'à des conditions cruelles. Une
Hottentote est alors obligée de se couper la
jointure du petit doigt, & de faire la même
opération aux doigts suivans chaque fois qu'elle
rentre dans les chaînes du mariage (1). On crut
qu'en les assujettissant à ce sacrifice, elles ne seroient pas tentées de se remarier; mais elles se
familiariserent avec ces amputations, & la crainte
de la douleur ne les empêche pas aujourd'hui de
choisir un nouvel époux.

La superstition ou la politique défendent ailleurs les secondes noces & le veuvage des femmes est toujours malheureux.

Charondas exclut du Conseil public ceux qui

_____

(1) Kolben.

donnoient une belle-mere à leurs enfans : car difoit-il, » fi le premier mariage a été heureux, ils doivent fe contenter , & s'il a été malheureux il faut qu'ils foient bien infenfés pour en rifquer un fecond (1) «. — Charondas pouvoit avoir des raifons d'interdire les fecondes noces ; mais il ne convient point à un Légiflateur d'en donner de pareilles : fi le premier mariage étoit heureux , on peut efpérer de goûter encore un pareil bonheur ; & s'il n'a pas réuffi , pourquoi le fecond n'auroit-il pas un meilleur fuccès ?

Les Hindoux & les Tartares Eluths , qui croient la réfurrection des corps, firent ce raifonnement : un mari retrouvera fa femme dans l'autre monde & s'il en a deux. , laquelle reprendra-t-il ? Et là-deffus ils défendent les fecondes noces.

On dit que les femmes de Golconde empoifonnoient jadis leur mari pour s'abandonner à la débauche. On fit des lois rigoureufes contre ce défordre univerfel : on obligea une veuve de fe brûler avec fon mari. On lui défend aujourd'hui de fe remarier : elle eft enfermée dans la maifon de fon pere & elle n'obtient jamais la permiffion d'en fortir. On l'affujettit aux

_____

(1) Diod. de Sic. liv. 12 , chap. 7.

ouvrages les plus fatiguans, & cette contrainte est si pénible que la plupart s'enfuient. Les parens les empoisonnent (1), s'ils viennent à bout de les reprendre.

L'église regardoit autrefois les secondes noces comme une *fornication tolérée*. Ceux qui se remarioient étoient soumis à une pénitence publique d'un an ou deux, & ceux qui célébroient des troisiemes noces, à une pénitence de trois ou quatre ans (2). Le Concile de Saragosse défendit en 692, aux Reines de se remarier & aux Princes de les épouser.

Ailleurs on ne permit aux veuves de prendre un second mari qu'après avoir beaucoup pleuré le premier. Une Mexicaine devoit porter pendant treize lunes des alimens sur sa fosse, exhumer ses os, les laver avec soin & les traîner sur son dos aussi long-tems que le mort avoit été enterré. Elle les plaçoit ensuite au sommet de sa cabane, & alors il lui étoit permis de prendre un nouvel époux.

On donne souvent aux veuves un vêtement particulier, & en Circassie elles attachent à leurs cheveux une vessie de vache enflée (3).

---

(1) Voyage de Methold.

(2) Hist. Ecl. de Fleury, liv. 7.

(3) Voyages de Struys.

Lorfqu'un mari achete une femme, les pa- Veuves
rens du défunt ne veulent pas perdre ce qu'elle qu'on obli-
a coûté & on l'oblige de fe remarier, c'eft-à- ge à fe re-
dire qu'on la revend. Rien ne met à la Chine marier.
une veuve à couvert de cette oppreffion, fi elle
n'a pas un enfant mâle ; il faut que les parens
rembourfent ceux de fon premier mari, ou
qu'elle embraffe l'état de *Bonzeffe*, qui desho-
nore celle qui le choifit (1).

On eft empreffé à fe défaire de ces veuves, &
on viole impunément la loi qui ordonne de ne
les vendre qu'après que le deuil eft expiré.

Les vieillards Lapons ne reftent jamais veufs,
s'ils ont quelque bien. Les veuves, âgées de
cent ans, infirmes, fourdes, aveugles, font toujours recherchées dès qu'elles ont des richeffes
(2).—Dans un pays comme la Laponie l'homme
a befoin de ne pas être feul, & il trouve aifément une campagne qui s'attache à fon fort,
dès qu'il peut la récompenfer : les préjugés ordonnent en outre un fecond mariage.

L'hiftoire du Kamtchatka parle d'une coutume
dont on croit deviner la raifon. » Une veuve fe

---

(1) Duhalde.

(2) Defcrip. de la Laponie Suédoife, par M. Haegftrem,
trad. par M. de Keralio.

fait purifier, c'eft-à-dire, habite avec un autre homme avant que d'en époufer un fecond. Cette purification eft déshonorante : une femme rifquoit autrefois de ne point fe remarier ; mais depuis qu'il y a des Cofaques au Kamtchatka, ils fe chargent volontiers de l'opération «. — M. Krachenninicow, qui n'apperçoit pas les motifs de cet ufage, l'appelle improprement une *purification*. S'il s'eft établi depuis qu'on a porté la maladie vénérienne au Kamtchatka, il eft probable qu'on veut voir fi la veuve ne l'a point contractée avec fon premier mari. Si on le pratiquoit avant cette époque, on vouloit peut-être connoître fi elle étoit faine de corps : ils craignoient fans doute des puftules, des boutons, &c. & même une forte de virus qui reffemble beaucoup au virus variolique, quoiqu'il ne foit pas auffi contagieux. M. Steller dit en effet qu'il y règne une maladie terrible qui fait tomber le corps en pourriture, & qui eft particuliere à ce pays.

CHAPITRE XI.

Mariage des Mourans ou des Morts.

ON apperçoit chez quelques nations de l'O-
rient un ufage particulier, & qu'il ne faut pas
juger en lui-même ; mais par les motifs qui
l'ont infpiré.

Les anciens Perfes fe perfuaderent que les
gens mariés font fort heureux dans l'autre
monde, & fi quelqu'un mouroit dans le célibat, ils louoient fuivant fon fexe un homme ou
une femme pour l'époufer, & ce mariage fe
célébroit peu de jours après la mort.

Aujourd'hui même quelques Tartares marient
après leur mort une fille & un garçon. On brûle
le contrat avec les habits, les dómeftiques, les
animaux, & les autres victimes confacrées aux
funérailles. Ils croient que le ciel ratifie ces mariages pofthumes (1).

Les Chinois de la province de Chan-Si célèbrent ces mariages avec pompe. Si un garçon &
une fille meurent lorfqu'ils alloient s'époufer, les

_____

(1) Voyage de Marcopolo.

Q 4

parens les uniſſent tandis que les cercueils ſont
dans les maiſons (1) ; ils ſe font des préſens ;
ils placent les deux cadavres l'un près de l'autre ;
& le même tombeau raſſemble les deux époux.
Après la cérémonie ils ſe traitent d'alliés comme
ſi leurs enfans étoient encore en vie (2).

(1) Nous dirons au Livre des Obſéques & des Funérailles que ces cercueils y reſtent trois ans.

(2) Rel. de la Chine, par Navarette.

LIVRE QUATRIEME.

Naiſſance & Education des Enfans.

CHAPITRE PREMIER.

Accouchemens. Cérémonies & Uſages à la Naiſſance des Enfans.

LA génération de l'homme & des autres animaux eſt une merveille plus grande que les révolutions des aſtres, & le retour des ſaiſons : mais les peuples familiariſés avec ce prodige n'en ſont pas étonnés ; ils voient du même œil les plantes qui croiſſent dans un jardin, & les hommes qui naiſſent au ſein d'une famille.

Un enfant annonce ſon exiſtence par des cris & par des larmes, & ces accens de la douleur ſont plus intelligibles que les grandes ſpéculations qui n'appartiennent qu'au philoſophe. Le pere & la mere font un retour ſur eux-mêmes : il en eſt peu qui ſe réjouiſſent, & des nations entieres verſent des larmes à la naiſſance des enfans.

Quelques peuples d'Amérique pratiquent les mortifications les plus rigoureufes (1). Les anciens Thraces poussoient des lamentations, & ils enterroient les morts avec des témoignages de joie (2), & il y avoit au Miffiffipi une nation de fauvages qu'on nommoit les *pleureurs*, parce qu'ils pleuroient fans ceffe autour du berceau des enfans. Mais la plupart des gouvernemens écartent les cérémonies lugubres, & fur toute la terre, on établit des fêtes dans des circonftances qui ne devroient pas exciter beaucoup de joie.

L'accouchement eft un fpectacle intéreffant pour la curiofité, & les peuples qui n'ont aucune idée de la décence ne manquent pas d'y affifter. Tous les habitans de l'Oftrog, fans diftinction d'âge ni de fexe, vont voir les femmes du Kamtchatka qui font en travail (3).

Les Nègres recherchent ce plaifir avec empreffement : lorfqu'une femme eft dans les derniers jours de fa groffeffe, ils rempliffent en

---

(1) Traité de l'Opinion, tome VI.

(2) Hérod. liv. 5.

(3) Hift. du Kamtchatka. Elles coupent elles-mêmes le cordon ombilical avec un caillou tranchant, lient le nombril avec un fil d'ortie, & jettent l'arriere-faix aux chiens.

foule fa chambre, & les jeunes & les vieux fe hâtent d'arriver les premiers pour obtenir une place (1).

Chacun fait que des fpectateurs affiftent à l'accouchement de nos princeffes, afin de remarquer fi l'on ne change point le nouveau né ; & des peuples barbares adoptent peut-être la même coutume, pour la même raifon. Si la police n'établit aucun moyen de conftater quel eft le pere de l'enfant, il eft important que la tradition des témoins le tranfmette dans le canton.

On cherche en vain des remèdes à la plupart des maux de la nature, & l'homme ne peut jamais fe perfuader cette trifte vérité : afin de foulager fes douleurs, il recourt fans ceffe à des caufes étrangeres, & fur-tout à la fuperftition. Quand les femmes font en travail, comment n'imagineroient-elles pas des moyens bifarres de fe délivrer ? & qui ne pardonneroit les plus grandes extravagances à leur fituation ?

Si les Indiennes de l'Amérique Septentrionale, accouchent par hafard avec peine, on avertit les jeunes gens de la bourgade qui viennent pouffer des cris à la porte de la malade, lorfqu'elle y

_____

(1) Defcription de la Guinée de Bofman.

penſe le moins. La peur opère ſouvent une heu-reuſe délivrance (1).

En Perſe on prie les maîtres de donner congé à leurs écoliers ; & on lâche des oiſeaux qu'on avoit renfermés dans une cage.

Dès que les femmes de Maroc reſſentent les premieres douleurs , on va chercher à l'école cinq petits garçons; ils nouent quatre œufs dans les quatre coins d'un drap., & ils courent les rues en chantant des prieres; les Maures vien-nent jetter des bouteilles ou des cruches d'eau au milieu du drap (2).

Les Tartares Nogais font à la porte de la fem-me un grand bruit de chaudrons & de marmi-tes, pour effrayer, diſent-ils, & mettre en fuite le diable , & pour qu'il n'ait aucun pouvoir ſur l'eſprit de l'enfant.

Les peuples , babillards & raiſonneurs, fa-briquent des divinités avec une profuſion ex-traordinare. Les anciens en créérent une ving-taine, qui préſidoient à la naiſſance des enfans (3). Le lecteur aura ſoin de rapprocher le ta-

---

(1) Hiſt. de la Nouvelle-France , du P. Charlevoix.
(2) Braithwait.
(3) » Invenerunt *Naſcionem* quæ Naſcentibus præeſſet;
» *Vaticanum* qui os in vagitu aperiret *proſam* quæ recto

bleau qu'on rejette dans la note de celui qui retrace les Dieux du Coït.

Tous les peuples obſervent des cérémonies religieuſes à la naiſſance d'un enfant (1) ; mais on confondit bientôt les pratiques ſuperſtitieuſes avec les devoirs de la morale ; & au lieu de recommander la juſtice & l'équité , les Negres appellent l'Enganga qui impoſe au nouveau né une loi biſarre , qu'il eſt obligé d'obſerver pendant toute ſa vie. Les meres ne manquent pas de la rappeller à l'enfant , dès qu'il peut entendre cette leçon. Le prêtre lui dit ordinairement : » tu te priveras

» partui conſuleret , *poſtuertam* quæ præpoſterum par
» tum impediret; *Levanam* quæ de terrâ levaret infantes ;
» *Cuninam* quæ præeſſet Cunis; *Ruminam* quæ mammam
» parvulo indulgeret : *Potinam* quæ *Potionem* ; *Educam*
» quæ Cibum præberet; *Oſſilaginem* quæ oſſa conſolidaret ,
» *Nundinam* quæ nono die Luſtrico faveret ; *Fabulinum*
» qui fari puerum doceret ; *Paventiam* quæ everteret pa
» vorem; *Carnam* quæ viſcera conſervaret ; *Juventam* , ut
» Juventutem felicitaret ; *Orbonam* , ne orbos faceret ;
» *Volupiam* quæ voluptatem afferret ; *Lubentiam* quæ Lu
» bentes redderet : *anculas* , ancillarum deas «. *Laurentius*
» *de natalitiis* coll. de Gronovius.

(1) Gomara. On parlera ailleurs de la circonciſion : les Mexicains portoient dans le temple les enfans nouveaux nés , & on leur tiroit quelques gouttes de ſang des oreilles & des parties viriles.

d'une viande particuliere, de légumes, de fruits ; tu ne monteras jamais fur l'eau dans un canot; tu traverferas à la nage ou à gué les rivieres qui fe trouveront fur ton paffage ; tu te raferas la tête ou la barbe ; tu ne mangeras de tels fruits que feul & fans témoins ; tu porteras une ceinture de la peau de tel animal , & tu la lieras d'une certaine manière , au - deffous du ventre; tu porteras fur ta tête une corde au lieu de bonnet, & tu n'emploieras, pour te vêtir, que du libongo « : fi c'eft une femme , ils lui difent: » tu iras tête nue ; tes habits ne feront compofés que d'une feule étoffe ; ton pagne aura quatre pièces différentes « , &c. &c. &c. (1).

Il y avoit une forte d'ablution baptifmale chez les Guanches des ifles Canaries : une femme verfoit de l'eau fur la tête d'un enfant, & dès ce moment elle contractoit avec la famille une affinité qui ne lui permettoit plus d'époufer un homme de la même race (2). — Le voyage de Scorry fut fait en 1600 ; il eft probable que les infulaires des Canaries avoient reçu cette cérémonie des Chrétiens.

Outre ces offrandes à l'Etre fuprême , on pré-

_____

(1) Relation d'Ogilby.
(2) Voyage de Scorry.

sente aussi quelquefois les enfans aux Souverains comme un bien qui leur appartient; c'est ce qui se pratique à Benin pour les mâles, & de-là vient que tous les hommes se glorifient du titre d'esclaves de l'état (1).

De toutes les cérémonies civiles qu'on pourroit recueillir, on ne choisira que les principales. Quand une femme de Socotora est sur le point d'accoucher, son mari donne l'enfant à qui il veut; il allume du feu à l'entrée de sa cabane ou de sa hute, & déclare à haute voix, que son épouse va mettre au monde un enfant, & qu'il nomme un tel pour en être le pere adoptif; on le porte à celui qu'il a nommé. Les voyageurs qui nous exposent si imparfaitement les circonstances de cet usage, racontent que souvent un pere qui se défait de ses propres enfans, en adopte d'autres (2). — Dans un pays où le concubinage des filles & des femmes est permis, il est juste cependant que le pere putatif n'éleve pas des enfans qui ne sont pas les siens, & qu'on en donne la charge à celui qui les a faits. — La polygamie est défendue à Socotora comme on l'a déja dit. Il y a probable-

(1) Rel. d'Artus.
(2) Davity, tome V. Maffaeus, liv. 3. Osorius, liv. 5.

ment plus d'hommes que de femmes dans cette
ifle ; les infulaires partagent fouvent la couche
de leurs voifins, & on les oblige de pourvoir à
la fubfiftance de quelques-uns des enfans. La pro-
clamation fe fait d'une maniere folemnelle, &
cela eft très-convenable ; mais j'imagine qu'un
pere ne les donne pas indifféremment à tout le
monde, comme le laiffent entrevoir les voyageurs.

On retrouve dans toutes les parties du monde, chez les anciens & chez les modernes, une
coutume finguliere, qui mérite une difcuffion.

Diodore de Sicile, Apollonius, & Strabon
nous apprennent qu'autrefois en Corfe, en Efpagne & chez les Tibaréniens, l'accouchée fe
levoit ; que le mari fe mettoit au lit à fa place
pendant plufieurs jours, pour y recevoir des vi-
fites, & que la mere lui portoit des bouillons
& faifoit le ménage (1). Marc Polo & les
Jéfuites ont obfervé cet ufage dans la province
de Kardan & chez plufieurs Tartares ; il étoit
prefque univerfel dans la partie feptentrionale
& dans la partie méridionale de l'Amérique, &
même dans quelques-unes des ifles (2). Enfin il

_____

(1) Diod. de Sic. liv. 5, chap. 11. Strabon, liv. 4.
(2) Voyez la Rel. de Froger, il dit que les Infulaires
eft

est connu dans le Béarn, & il y porte le nom de *couvade*.

M. Boulanger nous affure que *cette conduite du mari* est une forte de pénitence, *fondée fur la honte & le repentir d'avoir donné le jour à un être de fon efpèce* (1) ; mais cette idée mifantropique, n'a pu entrer dans la tête de tous les peuples dont on vient de faire l'énumération, & l'Auteur de l'*Antiquité dévoilée* a tiré des conféquences très-fauffes de ce fyftême lugubre qu'il voit répandu fur toute la terre.

M. l'Abbé Roubaud dit quelque part que les maris fe mettent au lit avec l'enfant pour réchauffer le nouveau né, ainfi que le font les animaux ; mais cette conjecture n'explique rien, & l'on demandera toujours pourquoi la mere ne fe charge pas d'un pareil foin.

L'auteur favant & agréable des *Recherches philofophiques fur les Américains*, propofe une troifieme conjecture ; les maris veulent apprendre qu'ils ont eu autant de part à la génération que leurs femmes, & que la fatigue a été la

---

de Cayenne fe hâtent de retourner chez eux, lorfqu'ils apprennent à la guerre que leurs femmes font accouchées, qu'ils fe bandent la tête, & fe mettent au lit, comme s'ils reffentoient encore les douleurs qui fuivent l'enfantement.

(1) Antiq. dévoilée, tome I.

Tome I.   R

même de part & d'autre (1); mais cette idée ne doit pas paroître affez importante, pour que tant de peuples la confacrent par une cérémonie particuliere ; & d'ailleurs il faudroit que la femme & le mari fe mîffent tous deux au lit, car on ne nous apprend pas pourquoi la mere fe leve.

Nous chercherons à cette coutume des rai-fons de fanté ; en certains pays les femmes ont très-peu d'écoulemens périodiques, & elles les facilitent par toutes fortes de voies. Lorf-qu'elles font débarraffées de l'enfant qu'elles por-toient dans leur fein, la furabondance de nour-riture eft dangereufe à l'économie animale, & immédiatement après leurs couches, elles font un violent exercice pour en prévenir les effets. — Le mari fe couche, afin que la femme pour-voie aux befoins du ménage. En Amérique ce foin entraînoit de longues courfes. D'ailleurs à la naiffance des enfans les fauvages vont or-dinairement fe féliciter, & il faut bien alors que quelqu'un repréfente la femme. Qui fait fi le prêtre n'accompliffoit point de cérémonies auprès de l'accouchée ? & perfonne ne pouvoit mieux remplir fa place que le mari. Peut-être que

_____

(1) Rech. Philof. fur les Américains , tome II.

d'abord l'homme se coucha ainsi que la femme, & qu'après un certain tems la femme se releva la premiere pour reprendre ses occupations serviles, tandis que le mari paresseux se reposoit encore, & que par la suite on a dénaturé cette coutume en voulant l'imiter.

Si l'on objecte que la constitution des femmes d'Amérique n'est pas la même que celle des femmes d'Asie, d'Afrique & des anciens peuples de l'Europe qui *faisoient la couvade*; que les règles des Languedociennes par exemple, ne sont pas plus abondantes que celle des Béarnoises, & que cependant la *couvade* n'est connue que dans le Béarn; on dira qu'elle n'a pas toujours une même origine. Dès quelle fut établie dans un endroit, on en parla dans un autre & on voulut l'imiter; on oublia les causes de son institution, & chacun à sa maniere, en imagina de particulieres : on ne cessera de répéter que les peuples barbares aiment les farces & les cérémonies bisarres, & qu'ils adoptent volontiers toutes celles qui parviennent à leur connoissance. — Enfin d'après ce qu'on voit au livre des femmes, il est permis de penser qu'ailleurs la tyrannie des maris fonda cet usage.

De toutes les singularités qu'on remarque dans les réjouissances, les festins ou les cérémonies à la naiſſance des enfáns, celle-ci dont on a déja parlé (1) eſt la plus inconcevable. Chez les Jakutes, peuple de Sibérie, lorſqu'une femme eſt délivrée, le pere s'empare du placenta, le fait cuire, & s'en régale avec ſes parens ou ſes amis (2).

Beaucoup d'autres coutumes ſont uniquement relatives au nouveau né ; ainſi les Nègres riches de Loanda jettent les fondemens d'une nouvelle maiſon, à la naiſſance de chaque enfant, & les murs s'élevent à meſure qu'il croit en âge (3).

On a dit ailleurs que les ſauvages ou les peuples barbares naturellement fort ſales, fuient cependant les femmes au tems de leurs règles ou de leurs couches. Outre les purifications, après qu'elles ſont délivrées, on les oblige ſouvent de vivre un certain eſpace de tems dans la retraite & l'abandon.

Uſages re-
latifs à la
ſouillure.

La loi des Juifs les excluoit quarante jours du temple, ſi elles accouchoient d'un garçon, & quatre-vingt ſi c'étoit d'une fille. Il faut remarquer que la ſouillure étoit moindre lorſqu'elles

----

(1) Voyez le premier Livre.

(2) Voyage de Gmelin. *Voyez* ailleurs ce que nous avons dit des peuplades d'Amérique qui ont le même uſage.

(3) Voyage de Merolla.

donnoient le jour à un mâle ; & qu'on écartoit une femme du temple du Très-Haut, le premier créateur de l'enfant.

Une Négreffe d'Angola devenue mere, refte féparée de fon mari, jufqu'à ce que l'enfant (1) ait des dents.

On a même impofé des amendes au mari charitable qui ne voudroit pas abandonner fa femme au moment des couches. Lorfque les Hottentotes font en travail, les hommes doivent quitter la hutte, fous peine de payer une brebis au profit du village (2).

Elles ont chez les Oftiaques un logement à l'écart après leurs couches, & il n'eft permis au mari ni à perfonne de les approcher. Une vieille femme leur fert de garde & de compagne pendant quatre ou cinq femaines. On allume enfuite un grand feu, elles fe purifient en fautant par deffus, & elles vont avec leur enfant retrouver le

---

(1) Dapper dans Ogilby. Les parens & les amis des deux époux le portent enfuite de maifon en maifon, au bruit des chants & des inftrumens de mufique, pour demander des préfens qui leur font rarement refufés.

(2) Voyage de Kolben.

R 3

pere, qui eſt le maître de les recevoir ou de les renvoyer (1).

Voici comment elles ſe purifient à Siam. On les place un mois entier devant un grand feu que l'on entretient au même degré : on les y tourne tantôt d'un côté, tantôt d'un autre; elles ſont très-incommodées par la fumée & par la chaleur. Les Peguans les mettent ſur une eſpece de gril de bambou aſſez élevé, & l'on fait du feu deſſous. La purification ſe réitere cinq jours.

Enfin les idées de ſouillure & de purification ſe ſont tellement répandues en Europe que les conſtitutions de S. Edmond, archevêque de Cantorbéry, ordonnent à une femme de ſe confeſſer avant ſes couches, & d'avoir alors de l'eau bénite toute prête.

(1) Recueil des Voyages au Nord.

CHAPITRE II.

Noms qu'on donne aux Enfans. Maniere de les donner.

ON va citer des faits très-simples, mais qui surprendront quelques lecteurs accoutumés à donner aux enfans le surnom de leur famille, joint à celui d'un saint. Outre ces citations on pourroit en rapporter beaucoup d'autres aussi curieuses; mais on veut être court.

Les Lyciens (1), les anciens habitans de l'Attique, différentes tribus de l'Amérique Septentrionale, & des nations Indiennes qui habitent la côte du Malabar, donnent aux enfans le nom de la mere & non celui du pere (2). — Cela doit être chez les sauvages & dans les pays où l'on ne sait pas positivement quel est le pere ? ainsi qu'en Europe les bâtards portent le nom de leurs meres. Lorsque la civilisation est avancée, l'ordre des successions, la forme

---

(1) Hérodote.

(2) Goguet, origine des lois, &c. tome II. Hist. de la Nouvelle-France. Nouveaux voyages aux Indes Orientales. Hist. Univ. Moderne, tome 6.

R 4

des mariages, la condition des femmes, rétablissent quelquefois cette coutume qui appartient aux premiers âges de la société.

Les chefs des sauvages Américains se nomment capitaines *aux yeux blancs, tuyaux de bled &c.* Les Nègres de Fetu s'appellent quafchy, yeday, rujo, ce qui signifie dimanche, lundi, mardi, &c. Dès qu'ils parviennent à l'âge viril, ils s'appellent souvent perroquet, lion, loup, &c. (1).

Les Nègres d'Issiny donnent aux enfans le nom d'un arbre, d'une bête ou d'un fruit (2), & les Samoyedes celui de la premiere créature, homme ou bête qui entre dans la tente, & souvent celui de la riviere, de l'arbre ou du premier objet qui s'offre à leur vue. Les Ostiaques & les habitans de Golconde (3) les distinguent par un défaut naturel ou par une qualité remarquable, comme *boiteux, courte vue; tête blonde, tête rousse.*

Quand une femme Jakute accouche, la premiere personne qui entre dans la jourte

---

(1) Voyage d'Artus dans la coll. de Bry, part. 6. Il est probable qu'ils ont d'ailleurs quelques surnoms, autrement ils s'appelleroient presque tous de la même maniere.

(2) Voyage de Loyer.

(3) Relation de Methold.

nomme le nouveau né (1) : elle lui applique le nom qui se présente à son esprit.

Les anciens Arabes avoient un très grand nombre d'idoles, dont ils prenoient le nom : on les appelloit *Abd-Wadd*, serviteur de Wad, *Abd-Yaghuth*, serviteur d'*Yaghuth* (2), &c. &c.

Il n'est point de pays où l'on change de noms aussi souvent qu'à la Chine : les enfans portent d'abord celui de leur famille ; un mois après, on y joint un diminutif qu'on appelle nom de lait, & qui est ordinairement celui d'une fleur, d'un animal, &c.; au commencement de ses études, il en reçoit un autre parmi ses condisciples ; & lorsqu'il arrive à l'âge viril, il en prend un quatrieme qu'il conserve, au bas de ses lettres. Enfin s'il obtient des emplois, il en choisit un cinquieme convenable à son rang, & la politesse exige qu'on ne l'appelle que par celui-là (3).

Les Groenlandois donnent à leurs enfans le nom d'un parent mort, pour en conserver le souvenir ; mais on laisse dans l'oubli le nom de ceux qui périssent d'accident, afin de ne pas réveiller la douleur. Si un homme porte le même

____

(1) Voyage de Gmelin.
(2) *Specimen historiæ Arabum* du docteur Pocock.
(3) Relation de la Chine, par Navarette.

nom qu'un de·ses amis qui vient de quitter ce monde, on ménage son affliction, en l'appellant quelque tems d'une autre (1) manière.

Villault, s'informa pourquoi les Nègres de Rio-Sestos se nomment *Paul*, *François*, &c; il apprit qu'au départ des vaisseaux, dont ils reçoivent des bienfaits, ils demandent les noms des officiers & de tous les gens des équipages, & que par reconnoissance ils les donnent à leurs enfans (2). Les Otahitiens changeoient de nom avec les Anglois, lorsqu'ils vouloient leur témoigner de l'amitié (3), & beaucoup d'autres peuples ont les mêmes idées.

Quand les Nègres donnent les noms à leurs enfans, ils font de cette solemnité un jour de pompe. Le pere, suivi de ses domestiques portant des flèches & des instrumens de musique, se promène autour de la ville, en poussant des cris de joie : on place ensuite l'enfant sur une targette de guerre, au milieu de l'assemblée, & on lui met un arc à la main. Un Orateur prononce un long discours, & il finit par adresser des vœux au ciel en faveur du nouveau-né; il

---

(1) Rel. de M. Crantz.
(2) Voyage de Villault.
(3) Voyage de Cook.

dit ordinairement : » puiffe - tu reffembler à ton pere, être comme lui induftrieux, ami de l'hofpitalité, capable de bâtir ta maifon & de conduire tes affaires ; ne pas convoiter les femmes de ton voifin, & méprifer l'yvrognerie & la gourmandife « (1).

Ce chapitre deviendroit fort long fi on expofoit toutes les pratiques fuperftitieufes qu'inventent certains peuples : une feule fuffira.

Les Lapons Suédois font bouillir de l'ecorce d'aulne dans de l'eau, ils y trempent les noms de baptême des enfans, écrits fur du bois, & comme ils donnent auffi des noms à leurs chiens, ils les lavent avec la même eau (2).

_____

(1) Defcr. de la Guinée de Barbot.
(2) Defcr. de la Laponie Suédoife de M. Haegftrem.

CHAPITRE III.

Enfans morts-nés. Jumeaux.

L'HOMME cherche toujours du furnaturel dans ce qui fe paffe fur la terre, & il fait intervenir des caufes étrangères dans les opérations les plus fimples.

Nous dirons ailleurs que certains peuples ne croient pas qu'on puiffe mourir de mort naturelle, & qu'ils recourent à toutes fortes d'expédiens pour découvrir l'affaffin.

Il eft aifé de concevoir comment une femme accouche d'un enfant mort-né ou de deux jumeaux. Cependant lorfque le premier cas arrive, ou que cet enfant meurt en naiffant (1), les Hottentots, effrayés, tranfportent le village dans un autre lieu (2). Ils font des réjouiffances extraordinaires à la naiffance de deux jumeaux mâles; mais fi ce font deux filles, on tue la plus laide, & fi c'eft une fille & un garçon,

---

(1) Surtout fi c'eft un mâle.

(2) Kolben.

on expofe la fille fur une branche d'arbre, ou on l'enterre vive du confentement & de l'avis de tout le Kraal (1). Si une femme Kourile accouche de deux enfans, elle en immole un (2). — Une mere ne pourroit pas, fans s'épuifer, nourrir deux enfans; elle tue celui qui paroît le plus infirme, & c'eft la façon de vivre, & non pas le caractère impitoyable des Sauvages qui produit cette barbarie.

Une Négreffe d'Ardra, qui accouche de deux jumeaux, eft réputée adultère; on n'imagine pas que le même homme engendre deux enfans (3). — La naiffance de deux jumeaux paffe au contraire, dans le Royaume de Benin pour un heureux augure : le Roi en eft informé, & il ordonne des réjouiffances publiques. Cependant les habitans d'une ville appartenant à ce même Prince égorgent la mere & les deux jumeaux en l'honneur d'un Demon, qui habite, dit-on, un bois voifin. Artus a vu un pere qui fut obligé de tuer fes deux enfans de fa propre main (4).

---

(1) Ibid.
(2) Rel. de Kracheunicow.
(3) Defcription de la Guinée, de Barbot.
(4) Rel. d'Artus.

On avoit à Rome les mêmes idées. Livie, femme de Drufus, accouche de deux enfans, & Tibère en eſt ſi joyeux, qu'il ſe vante, au milieu du Sénat, que jamais homme de ſon rang n'a eu un pareil bonheur (1).

---

(1) Ann. de Tacite, liv. 2.

CHAPITRE IV.

Enfans qu'on fait mourir.

Les Sauvages tuent quelquefois leurs enfans au moment qu'ils naissent. Les femmes étoient si malheureuses sur les bords de l'Orénoque, qu'elles faisoient mourir les filles, en leur coupant, de très-près, le boyau du nombril : & le Christianisme n'a pu détruire (1) cet usage invétéré.

Les Insulaires de la Taprobane condamnoient à la mort, tous ceux qui naissoient ou devenoient estropiés (2), & dans le royaume de Sopith on égorgeoit impitoyablement les enfans difformes (3).

Les Iroquoises se font avorter en se pressant le ventre, ou en mâchant une certaine herbe (4). D'autres abandonnent, sans secours, les enfans. Les Madagascariennes exposent, dans les bois, ceux qui viennent au monde le mardi, le jeudi

---

(1) Voyez la Rel. du Jésuite Gumilla.

(2) Diod. de Sic. liv. 2, chap. 31.

(3) Quinte-Curce.

(4) Rech. philos. sur les Américains, tome I.

& le vendredi ; elles les y laiſſent périr de faim, ou en proie aux bêtes ſauvages (1).

Au moment où une Spartiate accouchoit, l'enfant, étoit porté, par le pere, ſur une place publique ; les hommes les plus graves de la tribu l'examinoient, & s'ils ne le trouvoient ni ſain, ni bien fait, on le précipitoit dans une caverne au pied du mont Taigète.

Les peres qui ne vouloient pas nourrir leurs enfans les jettoient à la voierie, & Romulus défendit qu'on n'exposât plus les mâles & la premiere des filles, à moins que les voiſins ne les déclaraſſent très-infirmes. La Loi des douze Tables adopta le même règlement ; mais rien n'étoit plus commun ſous les empereurs que d'expoſer les enfans nouveaux nés de l'un & de l'autre ſexe, & on toléroit encore cette expoſition ſous Conſtantin (2).

Il paroît que les anciens légiſlateurs n'avoient aucun ſcrupule ſur le droit de dévouer à la mort les enfans, & même que les peres uſoient

---

(1) Rel. de Rennefort & Drury's Hiſtory.

(2) Voyez le traité de Noodt, intit. *Julius Paulus*, & celui de Binckershoek de *Jure Occidendi liberos.*

de

de ce pouvoir, sans que personne examinât leur conduite. Aristote fixe, dans un état, le nombre des citoyens, & il conseille de faire avorter la femme avant que le fœtus ait vie, lorsqu'on a des enfans au-delà du nombre défini par la loi (1).

Ces républicains, remplis d'enthousiasme pour la patrie, connoissoient peu cette commisération individuelle qu'on retrouve parmi les nations modernes. On aimoit moins ses enfans, mais on aimoit mieux son pays. La populace tuoit les siens, parce qu'on lui disoit que dans le ventre de la mere, & même après l'accouchement, ce n'étoient pas encore des créatures humaines.

La barbarie, comme on le pense bien, s'appuyoit sur des principes, & les raisonneurs ne manquoient pas d'argumens pour la justifier. Plutarque (2) traite la question & commence par demander si le fœtus, dans le ventre de la mere, est un *animal*; Platon répond que oui, parce qu'il se meut & se nourrit. Les Stoïciens disoient que non, qu'il est comme le

_____

(1) Arist. *lib.* 7, *de repub. cap.* 16, Plutarque. Ciceron. Denis d'Halicar. Sénéque.

(2) Cinquieme liv. *de placitis Philosophorum.*

Tome I.   S

fruit d'un arbre, qui tombe quand il eſt mûr.
Empedocle aſſuroit qu'il n'eſt animal, que lorſqu'en ſortant de la matrice, il commence à reſ-
pirer. Suivant Diogene, il naît inanimé, mais
avec une chaleur naturelle qui inſpire l'air dans
ſes poumons & l'anime bientôt : Herophile ſou-
tenoit le même ſyſtême ; ſuivant lui, les nerfs
ſont la cauſe du mouvement du fœtus dans le
ventre de la mere, & il ne devient animal,
qu'après avoir inſpiré beaucoup d'air après l'accouchement : d'où il ſuit qu'on ne commet pas
un homicide, en tuant les enfans au moment
qu'ils naiſſent.

Lorſqu'on agite des queſtions de politique
& de morale, il ſemble qu'on veut empêcher
les hommes de remonter aux véritables principes, & les égarer par des ſophiſmes. En traitant celle-ci, pourquoi ne pas demander ſi les
gouvernemens peuvent mettre des bornes à
leur population ? S'il eſt permis de ſacrifier tant
de guerriers pour des raiſons d'utilité publique,
les adminiſtrateurs ne peuvent-ils pas auſſi faire
mourir des enfans, & cet uſage eſt-il plus révoltant que les maſſacres de la guerre ? &c. Le
philoſophe mettroit un foule de diſtinctions dans
ſes réponſes ; mais la marche des légiſlations
eſt plus hardie & moins délicate.

Cette abominable coutume subsiste encore à la Chine. Tous les matins on trouve un certain nombre d'enfans dans les rues de Pekin ; la plûpart y meurent, ou ils sont dévorés par les animaux. Le P. Noel (1) dit qu'on en expose ainsi vingt ou trente mille dans une année ; & d'autres Jésuites assurent qu'en trois ans, ils en ont compté 9702 destinés à la voierie. (2) Un tombereau les enleve à la pointe du jour : on les jette ensuite dans une fosse, sans les couvrir de terre ; on espere que les Mahométans viendront en recueillir quelques-uns. Les accoucheuses les étouffent souvent dans un bassin d'eau chaude, ou bien on les précipite dans la riviere, après leur avoir lié au dos une courge vuide. (3)

---

(1) Rel. adressée en 1709 au général des Jésuites.

(2) Il n'y a pas de contradiction, parce que tous ceux qu'on expose ne sont pas jettés à la voierie.

(3) Rech. phil. sur les Américains.

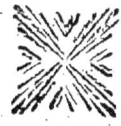

CHAPITRE V.

Autorité du Pere fur les Enfans.

DANS le commencement des fociétés , un pere a fur fes enfans l'autorité que donne l'expérience , & l'autorité que donne la force ; il regarde, d'ailleurs, comme fa propriété , un être qui lui doit le jour , & fa jurifdiction n'eft bornée par rien. Plufieurs paffages du Pentateuque laiffent entrevoir qu'il jouiffoit depuis long-tems du droit de tuer fes enfans , & Moïfe lui permet de vendre fa fille pour efclave , ou pour concubine à ceux de fa propre nation, mais non à des étrangers (1).

Les anciens légiflateurs rendirent abfolue la puiffance paternelle, & l'on crut que la profpérité des empires dépendoit de l'efclavage des enfans ; d'autres, qui ne cherchoient pas des avantages politiques, virent de l'équité dans cet arrangement , & l'on aima mieux mettre les fils à la difcrétion des peres, que de leur accorder une indépendance dont ils abuferoient. D'après une loi des Parthes & des Arméniens on tuoit

(1) Deuter. chap. 21.

son fils, sa fille, ou son frere, encore à marier, & quand même ils étoient en âge nubile (1).

Le pouvoir d'un pere sur ses enfans, chez
les Perses & chez les Grecs, étoit aussi absolu
que celui du maître sur ses esclaves (2) ; dans
la suite, il devint encore plus grand. Les affranchis ne dépendoient plus de personne, mais
un fils vendu par son pere, & affranchi par son
maître, rentroit sous la jurisdiction paternelle,
& il n'étoit libre qu'après avoir été vendu trois
fois (3).

Lorsque sous les empereurs on limita l'autorité paternelle, on voulut prévenir l'exposition
des enfans, & on permit encore à un pere,
qui se trouvoit dans l'indigence, de les vendre au moment de la naissance ; il pouvoit les
racheter, en rendant le prix qu'il en avoit
reçu (4).

Cesar retrouva dans les forêts de la Gaule

---

(1) Voyez les auteurs cités par Puffendorf, Droit de
la Nature & des Gens, tome I, liv. 2.

(2) Aristote Ethic., liv. 6, cap. 10.

(3) Voyez Ulpien, frag. 10.

(4) *Lib.* 1°. *cap. de patr. qui fil. Distract. lib. secundo
cod.*

& de la Germanie , ce droit de vie & de mort (1).

Dès qu'on eut inventé les ferrails , il fallut beaucoup de femmes & beaucoup d'eunuques , & on imagina un commerce , dont les anciens n'avoient pas eu d'idée , quoiqu'ils connuſſent le trafic des ſerfs ou des eſclaves. Des peres dénaturés mutilerent leurs enfans pour les vendre comme des eunuques , & ils reçurent d'un vil marchand le prix de la pudeur de leur fille. Il étoit difficile de réſiſter à un appas qui leur offroit tant d'avantages , & les gouvernemens ne leur ôterent point un pouvoir qui ſecondoit leurs vues.

La traite des noirs ſuivit la découverte de l'Amérique & les plantations des colonies , & depuis cette époque , on a peine à croire ce que racontent les voyageurs de l'atrocité des Africains qui vendent leurs enfans.

La ſubordination de ceux-ci eſt extrême ſur la côte des eſclaves , ils ne paroiſſent qu'à genoux en préſence de leur pere (2).

Les inſtitutions d'un empire ſont ſouvent con-

---

(1) Cæſar *de bello Gallico , lib. 6. Heineccius Elem. Juris Rom.*

(2) Prevoſt , liv. 10 , chap. 3.

tradictoires ; il femble que les enfans ne devroient pas être efclaves ; dans un pays où tout
eft foumis à l'efclavage politique ; il ne faut
qu'un maître , & ce maître eft le fultan , ou
l'officier qui le repréfente. Ainfi donc les enfans
fortiroient de la fervitude du pere , en Orient ,
fi la polygamie n'étoit venu les y faire rentrer.

Un Chinois eft le maître de vendre fes enfans : s'il veut les mettre à mort , il les accufe
d'un crime devant le Magiftrat ; & ils font
déclarés coupables fur fa dépofition (1). Si un
fils maltraitoit fon pere par des injures ou des
coups , ou devenoit parricide , l'allarme fe ré-
pandroit dans la province , toute la famille feroit
punie , & les gouverneurs eux - mêmes dépofés :
on fuppofe que ce crime eft précédé de plufieurs autres , & que c'eft la faute de ceux qui
veilloient fur fa conduite.

Enfin ce qui fe paffe chez les Tartares , qui
communiquent avec les grands peuples de l'A-
fie , choque plus directement les lois & les
mœurs que la forme de l'état devoit y introduire ; ils vendent communément *leurs enfans
de l'un & de l'autre fexe* : on tire delà les

---

(1) Le Comte, Mémoires de la Chine.

femmes & les eunuques deftinés aux ferraíls &
aux harems (1).

Le czar Pierre n'imaginoit pas que cela pût
être défendu quelque part. Il adreffa une décla-
ration publique au clergé, aux ordres civils &
militaires de l'empire, & *appellant au juge-*
ment de l'univers, il dit que, felon *toutes*
les loix divines & humaines, un père (même
fimple particulier), a un droit *entier & abfolu* de
juger fes propres enfans *fans appel*, & *fans*
prendre l'avis de qui que ce foit (2).

<hr>

(1) Voyages de Chardin, & l'Hift, gén. de Voyages,
tome IX.

(2) *Prefent State of Ruffia* 1722.

CHAPITRE VI.

Manieres de nourrir les Enfans. Education
Guerriere ; Education Littéraire.

ON rapproche souvent la manière dont les
peuples policés nourrissent leurs enfans de celle
des peuples barbares ; on se récrie contre l'usage
du maillot , qui enchaîne les hommes dès le
moment de leur naissance , & l'on ne peut trop
insister sur ces contrastes ; mais si l'on suit le
développement des institutions sociales , on ne
sera plus étonné. Chez les peuples trop nombreux , le pere & la mere sont logés fort à l'é-
troit , ils releguent leurs enfans dans le plus petit
espace possible , & comme il faut les laisser seuls
pour vaquer aux travaux, on les garotte , afin
qu'ils ne se blessent point en tombant : voilà
l'origine du berceau & du maillot. Le bas peuple
entraîne sur ce point les personnes d'une fortune
aisée, & les riches observent la coutume générale.

L'ouvrage de l'éloquent citoyen de Genève
opere quelques réformes ; mais les paysans & le
peuple suivront toujours l'ancienne routine : ils
ne se trouvent plus dans les mêmes circonstances

que les fauvages & les nègres qu'on abandonne
fans précaution dès le moment de leur naiffance
& qui ne deviennent ni tortus ni difformes.

Ici les faits parlent d'eux-mêmes :

Lorfqu'un enfant venoit au monde chez les
Fennes, fa mere l'enveloppoit dans une peau &
après l'avoir fufpendu à un arbre, elle lui mettoit de la moëlle à la bouche ; à fon retour de
la chaffe elle lui donnoit à fucer du gibier qui
lui tenoit lieu de lait (1).

Une négreffe laiffe ramper le fien fur la terre
les quinze premiers jours, elle le prend enfuite
fur fon dos & ne le quitte plus ; on l'attache
entre les deux épaules, les jambes avancées de
chaque côté (2).

Les Lapons fufpendent les berceaux à peu de
diftance de terre : un chien formé à cet exercice, les balance jufqu'à ce que les enfans
foient endormis, & il recommence dès qu'il les
entend crier (3).

Des chèvres allaitoient les enfans des infulaires des Canaries (4).

---

(1) Procop. *de bello Gothico, lib.* 11 *cap.* 15. Hift.
anc. des Peuples de l'Europe, tome 5.

(2) Voyage de Moore.

(3) Voyage de Regnard.

(4) Voyage de Nichols.

Les femmes & les enfans des tribus maures qui habitent lès environs du Sénégal couchent pêle-mêle avec leurs jumens. Ces animaux s'étendent par terre, & ils ne caufent pas le moindre mal à celui qui s'appuie fur eux (1).

Dans plufieurs cantons de l'Irlande, les enfans vont nue tête & nuds pieds au milieu de l'hiver, & le refte du corps n'eft couvert que d'un mauvais drapeau (2).

Si l'on en croit Sidoine Apollinaire (3), les Thraces, à peine fortis du ventre de leur mere, avoient la glace pour lit, & la neige endurciffoit leurs membres. Les meres les nourriffoient de fang de cavale.

A Loango ils font toujours nuds : Dès qu'ils peuvent marcher, on leur attache une fonnette au col, afin de les retrouver aifément lorfqu'ils fe perdent (4).

Le trait fuivant, qui paroîtra peut-être puéril, montre la fimplicité des moyens qu'employent les fauvages pour élever leurs enfans.

» Une indienne de la Nouvelle-France les place

---

(1) Voyage de Brue.
(2) Prevoft, tome I.
(3) Paneg. Anthem.
(4) Voyage de Carly.

» le jour fur une petite planche de bois : fi c'eft
» une fille elle met entre les cuiffes une feuille
» de bled d'inde, qui preffe contre fa nature
» & fait fortir le bout de ladite feuille qui eft
» renverfée, l'eau de l'enfant coule par cette
» feuille, & fort dehors fans gâter l'enfant de fes
» eaux « (1).

La réferve de deux moines nous a privé de
la connoiffance d'un ufage fingulier que fuivent
les habitans de Loango, lorfqu'il sèvrent un
enfant. Mérolla dit que les parens le couchent
à terre & lui font une chofe que la modeftie ne
lui permet pas d'expliquer : fur le témoignage
de Carly, qui ne s'énonce pas d'une maniere
plus claire, *c'eft une pratique très-impudente &
très-fuperftitieufe* (2).

Maniere d'élever les enfans. Quelques fauvages ont de l'indépendance un
fentiment fi profond qu'ils n'ofent pas en pri-
ver les enfans pour les inftruire. Plufieurs indiens de l'Amérique Septentrionale penfoient
ainfi (3).

On les fouftrait ailleurs à la brutalité du
maître, & l'on fent qu'il eft fouvent injufte de

(1) Voyage de Champlain.
(2) Voyages de Merolla & de Carly.
(3) Voyez Lafiteau.

les frapper, parce qu'ils ne veulent pas se livrer à l'étude. Les Maroquins ne les châtient jamais que sur la plante des pieds avec une petite canne ou férule : ils abhorrent les autres punitions & sur-tout le fouet (1).

On ne suivra pas les formes diverses que prend l'éducation chez les différens peuples ; cette matiere importante exigeroit un ouvrage particulier ; on esquissera seulement des traits principaux de l'éducation guerriere qui passe souvent pour la plus utile.

Lors même qu'on a lu toutes les histoires, on a peine à concevoir comment les nations peuvent se donner tant de férocité & en général nous avons de la répugnance à croire les hommes très-dépravés. Il faut jetter du jour sur ceci. Les Floridiennes qui allaitoient des enfans mâles, buvoient le sang qu'on tiroit aux jeunes gens malades, pour que leur lait devînt meilleur & que leurs nourrissons fussent plus courageux (2).

Afin de mieux prévenir la mollesse, les Ephores faisoient fouetter jusqu'au sang les

---

(1) Braithwait. S. Olon, Hist. de Maroc.

(2) Rel. de la Laudonniere.

jeunes gens trop délicats ou trop gras (1), comme on l'a dit au livre premier.

Quand les enfans des Lybiens Monades atteignoient l'âge de quatre ans on leur brûloit les veines du haut de la tête, & quelquefois celles des tempes, afin qu'ils ne fuſſent pas ſujets aux fluxions le reſte de leur vie (2).

Les jeunes Gaulois ne voyoient leur pere en public, que lorſqu'ils étoient en état de porter les armes : avant cette époque ils étoient indignes de leur ſociété.

Dès que les anciens Thraces entendoient le bruit du tonnerre, ou qu'ils voyoient des éclairs, ils prenoient leurs enfans par la main, ils tiroient contre le ciel (3). Ils vouloient, dit Montagne, *ranger Dieu à raiſon à coup de flèches.*

Si une Irlandoiſe accouchoit jadis d'un garçon, le pere lui donnoit les premiers alimens à la pointe d'une épée, afin de commencer ſon éducation guerrière (4).

Les Huns armoient les leurs d'un arc dès qu'ils faiſoient uſage de leurs forces : ils alloient

---

(1) Ælien. *De juriſd. veterum græcorum* dans la coll. de Gronovius, tome VI.

(2) Hérod. liv. 4.

(3) Ibid. liv. 4, chap. 289.

(4) Boemus *mores gentium.*

à la chasse des petits animaux montés sur des moutons (1).

Les Galles, peuple d'Abyssinie, leur apprennent de bonne-heure à se servir de l'épée : on leur répète chaque jour que cette arme est nécessaire à l'homme ; qu'elle donne le droit le plus légitime à ce qu'on possede & que c'est un moyen de le conserver (2).

A Macassar tous les enfans mâles sont mis en dépôt à l'âge de 5 ou 6 ans, hors de la maison paternelle, afin que les caresses des meres n'amollissent point leur courage (3).

Enfin quelle doit être leur intrépidité chez les Tartares Nogais, quand ils voyent les parens & les amis des époux, le jour du mariage, se distribuer en deux bandes & combattre jusqu'à se faire de larges blessures. C'est un présage, selon eux, que les enfans mâles qui naîtront du mariage seront de braves guerriers.

Des peuples civilisés laissent les enfans nuds, jusqu'à un âge assez avancé, ce qui s'accorde peu avec les idées générales de décence que prennent les nations, en quittant leur état primitif

---

(1) Hist. du Bas-Empire, tome IV.

(2) Ludolphe. Tellez.

(3) Hist. de Macassar.

de barbarie. Il faut donc chercher à cela des raisons particulieres.

Les Egyptiens étoient nuds tout le tems de l'enfance (1). Cette nudité tenoit au système d'éducation adopté par ce peuple ; on élevoit les citoyens de la maniere la plus simple & la plus frugale.

Suivant Dapper & Barbot , sur toutes les côtes de Rio-Sestros & de Sierra-Leona, il y a un grand nombre de séminaires où l'on instruit les jeunes gens & les jeunes filles ; ils sont absolument nuds dans tous les tems ; & les femmes qui vont les visiter , ne peuvent entrer dans l'enclos des femmes sans être nues aussi. — Les voyageurs ne disent rien sur l'origine de ces écoles. Peut-être veut-on endurcir les jeunes gens & les accoutumer à la fatigue ; mais comme leur principale occupation est d'apprendre des vers lascifs, de les chanter , d'exécuter des danses & de prendre des postures très-immodestes, on ne seroit pas étonné que ce fussent des écoles de plaisir.

Education littéraire. Les idées des Gouvernemens & des particuliers sur l'éducation littéraire ne renferment pas moins de contradictions.

_____

(1) Diod. de Sic. liv. 1, sect. 2.

Charondas

Charondas ordonne que tous les enfans nobles ou roturiers feront inſtruits ſous des maîtres payés par le public ; il craignoit que les pauvres ne fuſſent mal élevés. — Charondas vouloit former des républiques & il ne demandoit pas des eſclaves ignorans.

Les places de la Chine ne s'accordent qu'aux talens & l'étude conduit à la nobleſſe & aux honneurs. Les inſtitutions de la Corée ne ſont pas moins dignes d'éloges ; on tient dans chaque province des aſſemblées annuelles où ſe rendent les jeunes gens pour obtenir des emplois civils ou militaires : des députés chargés de l'examen, nomment les plus dignes, & le roi leur donne des places (1).

D'autres légiſlateurs penſent différemment : afin de retenir la claſſe des artiſans & des laboureurs dans l'état où ils naiſſent, & leur ôter ce déſir inquiet & vague d'ambition qui les rend plus difficiles à conduire, on leur défend d'apprendre à lire, ou on fixe les connoiſſances qu'on permet d'acquérir (2).

En Egypte les enfans n'apprenoient à lire que

---

(1) Rel. d'Hamel.
(2) Voyez le Code Frédéric.

Tome I. T

lorfqu'ils étoient deftinés aux fciences par leur état (1).

Les prêtres Ruffes, accufoient d'héréfie, l'homme qui favoit plus que lire & écrire; & la défiance alla fi loin que les Mofcovites ne pouvoient pas lire les relations de ce qui fe paffoit dans les pays étrangers.

Le luxe ou la barbarie viennent abrutir les ames & l'on dédaigne les connoiffances. Les gentilshommes européens ont rougi pendant plufieurs fiècles de favoir lire & écrire ; c'eft une honte pour les femmes de l'Inde d'apprendre à lire, cela ne convient, difent-elles, qu'à des efclaves qui chantent les cantiques dans les pagodes (2), tandis qu'au Japon elles reçoivent la même éducation pour les fciences que les garçons, dit Kempfer (3).

Lorfqu'on eut inventé l'écriture & les arts, l'abus des connoiffances excita les réformateurs,

---

(1) Diod. de Sic. liv. 1, feɛt. 2.

(2) Lettres Edifiantes, douzieme Recueil.

(3) Cette affertion de Kempfer eft difficile à croire : car les connoiffances qui conviennent aux hommes ne conviennent pas aux femmes ; dans un pays defpotique cette éducation furtout paroit impoffible, & fi l'on examinoit d'ailleurs en quoi confifte cette reffemblance, on trouveroit peut-être qu'elle fe borne à apprendre également à lire aux filles & aux garçons.

& sans parler des déclamations sans nombre qu'on trouve par-tout, les Abecédaires, secte d'Anabaptistes, disoient que l'homme ne peut êtretrop ignorant, que pour ne pas risquer d'être damné, il faut qu'il ne sache ni lire, ni écrire, & même qu'il ne connoisse pas les premieres lettres de l'alphabet (1).

Le fameux discours du Citoyen de Genève a réveillé les esprits sur cette matiere ; mais ses adversaires parlent des sciences & des arts avec trop d'enthousiasme pour discuter la question : on n'a pas senti que leur utilité n'est que relative pour les particuliers comme pour les états, qu'un sauvage seroit malheureux de réfléchir au milieu des forêts, autant que nous au milieu de nos villes & de nos sociétés policées, & qu'enfin il y a des empires où les lumieres sont véritablement pernicieuses.

Quelques pays établissent des cérémonies éclatantes pour admettre au rang *des hommes* les jeunes gens après leur éducation. Les Hottentots jusqu'à dix-huit ans, ne fréquentent point ceux qui ont reçu cette faveur, ils ne peuvent pas même parler à leur pere. Lorsque le grand

---

(1) C'est delà que leur est venu le nom d'Abecédaires.

jour eſt arrivé, tous les habitans du Kraal s'accrou-
piſſent en cercle ; le candidat, à quelque diſtance,
s'accroupit ſur ſes jarrets, de maniere qu'il reſte
au moins trois pouces de diſtance juſqu'à terre :
le plus vieux de l'aſſemblée ſe leve, & prenant
le ſuffrage des autres il lui déclare qu'il doit à
l'avenir *abandonner ſa mere*, renoncer à la ſociété des femmes & aux amuſemens de l'enfance,
& ſe conduire *en homme* : l'orateur l'inonde enſuite d'urine, & on le félicite (1).

_____

(1) Relation de Kolben. Voyez le Livre ſecond, où l'on
parle des coups que le jeune Hottentot donne alors à ſa
mere.

LIVRE CINQUIEME.

Chefs ; Souverains.

CHAPITRE PREMIER.

Election, Inauguration.

LES premieres sociétés n'élisent ordinairement un chef que pour avoir un commandant
à la guerre. Il n'y a point encore d'administration dans la bourgade, & quoique les sauvages
vivent en troupe, l'individu est abandonné à ses
caprices. Bientôt il est nécessaire d'exercer une
sorte de police, & il est naturel d'en charger
celui qui a mené les guerriers au combat.

Les hommes ignorent alors jusqu'au nom de
l'esclavage ; ils sacrifient à regret une partie de
leur liberté, & ils dédaignent celui qu'ils revê-
tent du pouvoir : l'amour-propre donne à chacun
des prétentions ; toute espece de supériorité blesse
d'ailleurs ces caracteres sauvages, & ils n'obéissent jamais à personne sans être réduits à la derniere extrémité.

Ils choififfent le plus intrépide & le plus courageux quand on les laiffe juger de fang froid ; mais on préfère communément celui qui a le plus d'enthoufiafme & le plus de chaleur, & dont les geftes & l'accent font le plus perfuafifs.

Ces hommes paffionnés qui fubjuguent une affemblée de barbares ne font pas toujours les plus braves au combat ; on s'en apperçoit bientôt, & l'on tâche de fouftraire la bourgade à leur influence : infenfiblement on affujettit les candidats à des épreuves, & l'on ne compte pour rien les marques de courage & de force qu'on a donné, fi dans la circonftance actuelle on n'en montre de nouvelles. Ces épreuves plus ou moins dures fuivant les différens pays, effrayent notre foibleffe.

» Le fauvage des environs de la Cayenne qui afpire au rang de capitaine, rentre dans fa cafe avec une rondache fur la tête, les yeux baiffés & fans dire un feul mot. Il fe fait un petit retranchement qui lui laiffe à peine la liberté de fe remuer. Il garde pendant fix femaines le jeûne le plus rigoureux : les capitaines voifins viennent lui repréfenter matin & foir que pour fe rendre digne de la place qu'il demande, il ne doit craindre aucun danger, que le travail &

la fatigue feront déformais fon partage. Après une harangue qu'il écoute modeftement, on lui donne mille coups , pour lui montrer ce qu'il auroit à fupporter s'il tomboit entre les mains des ennemis de la nation. Il fe tient debout les mains croifées fur la tête, les capitaines qui font en grand nombre lui appliquent fur le corps trois coups vigoureux d'un fouet compofé de racines de palmier. Durant la cérémonie les jeunes gens de l'habitation s'occupent à treffer de nouveaux fouets ; car on en prend de nouveaux tous les trois coups pour qu'ils faffent plus de mal. Ce traitement recommence deux fois le jour, pendant fix femaines : on le frappe au mammelles, au ventre & aux cuiffes. Quoique le fang ruiffelle, il ne doit , ni fe plaindre ni donner la plus légere marque d'impatience. Il rentre enfuite dans fa prifon avec la liberté de fe coucher ; on attache à fon hamac, comme des trophées les fouets qui ont fervi à fon fupplice «.

„ Si fa conftance fe foutient pendant fix femaines , on lui prépare d'autres épreuves. Les chefs de la nation s'affemblent, & viennent fe cacher aux environs de la cafe dans des buiffons d'où ils pouffent d'horribles cris, enfuite paroiffant tous avec la flèche fur l'arc, ils entrent brufquement dans la maifon ; ils prennent le novice,

exténué de son jeûne & des coups qu'il a reçu ;
ils l'apportent sur son hamac qu'ils attachent à
deux arbres, & d'où ils le font lever. On l'encourage comme la premiere fois par un discours,
& pour essai de son courage chacun lui donne
un coup de fouet beaucoup plus fort que les
précédens. Il se recouche ; on l'entoure d'herbes
très-puantes auxquelles on met le feu sans que
la flamme puisse le toucher, mais pour qu'il en
sente seulement la chaleur. La seule fumée qui
le pénètre de toutes parts lui cause d'insuppor-
tables douleurs : il devient à demi fou, & il
tombe dans des pamoisons si profondes qu'on le
croiroit mort. On lui donne quelque liqueur
pour lui rendre des forces, & dès qu'il revient
à lui on attise encore le feu en faisant de
nouvelles exhortations. Pendant qu'il est ainsi
tourmenté, les autres passent le tems à boire
autour de lui. Enfin, lorsqu'ils croient le voir
au dernier degré de langueur, on lui met un
collier & une ceinture de feuilles remplis de
grosses fourmis noires dont la piquure est extrêmement vive ; ces deux ornemens le réveil-
lent par de nouvelles douleurs. Il se leve, & s'il
a la force de se tenir de bout, on lui verse sur la
tête une liqueur spiritueuse, à travers un crible. Il
va se laver aussitôt dans la riviere ou la fontaine

la plus voisine, & retourne à sa case pour prendre un peu de repos. Il continue son jeûne, mais avec moins de rigueur : il commence à manger des petits oiseaux qui doivent être tués par les autres capitaines. Les mauvais traitemens diminuent, & la nourriture augmente par degré jusqu'à ce qu'il ait recouvré ses forces. Alors il est proclamé capitaine (1) ".

Ailleurs on choisit pour chef celui qui a reçu le plus de blessures à la guerre (2), parce que l'on imagine qu'il s'est le plus exposé, & que l'habitude de se battre & de souffrir lui donne de la prudence & du courage.

Bientôt ces épreuves faites une fois ne suffisent pas : on veut voir si le chef ne perd point ses avantages, où s'il ne tombe pas dans la léthargie, & on l'examine de tems en tems. Les sujets du comte de Sogno, Souverain d'un pays d'Afrique, renouvellent tous les ans leurs hommages à ce prince, placé sur son trône, au milieu d'une grande place : mais avant de les recevoir, il fait publiquement l'exercice avec l'arc & la flèche, qui sont les anciennes armes du pays ; il change ensuite de parure ; & il fait

---

(1) Voyage équinoctial de Biet.

(2) Nouveau voyage aux Indes Orientales, tom. 1.

l'exercice du fufil (1). Toute l'affemblée exige le même exercice de fes dix principaux officiers.

Enfin cet arrangement eft fi naturel que des grandes nations confervent à la guerre cette forme d'élection : lorfque les Mia-Offes (2) choififfent les officiers de leurs troupes, on oblige les concurrens de fauter, à cheval, un foffé d'une certaine largeur, dans lequel on allume du feu, & de defcendre au galop & à bride abattue des plus hautes montagnes.

Il s'écoule fouvent bien des fiècles avant qu'on demande aux chefs d'autres qualités que des qualités guerrieres & même on bleffe toutes les lois pour qu'ils aient occafion de montrer leur bravoure. Le roi de Quoja ne paroît jamais en public qu'affis ou debout fur un bouclier (3). Le chef des Galles, au moment qu'il eft élu, doit fe fignaler par une incurfion dans l'empire d'Abiffinie, à la tête d'une armée volante : il maffacre & met tout à feu & à fang ; il n'épargne ni les enfans, ni les femmes, & plus il

---

(1) Rel. d'Ogilby.

(2) Peuple répandu dans quelques provinces de la Chine.

(3) Dapper.

a commis de brigandages, & plus on se félicite de l'avoir choisi (1).

La paix regne cependant quelquefois dans le
commencement des sociétés, & alors on n'a pas
besoin de chefs guerriers. Diodore (2) cite des
peuples qui choisissoient le pâtre le plus vigi-
lant, comme celui qui veilleroit le mieux sur
ses sujets, ou le particulier le plus riche, comme celui qui pourroit le mieux les soulager.

Les combats, chez la plûpart des Sauvages,
exaltent les caractères & remplissent les intervalles d'une guerre à l'autre par un grand nombre de disputes, & l'on charge un homme du
maintien de l'ordre; mais les peuples ne se
soumettent pas volontiers à cette nécessité qu'imposent les circonstances : ils ont déja senti le frein
de la soumission & la gêne de l'obéissance, ils
redoutent l'avenir; l'instinct de la liberté qu'il
faut étouffer se révolte; ils appréhendent l'esclavage, & ils prennent toutes sortes de précautions pour le prévenir.

Bien éloignés de penser que le fils d'un chef
doit être un jour chef lui-même, les inconvéniens d'une nouvelle élection ne les frappent

_____

(1) Tellez Ludolph.
(2) L. 3, ch. 5.

point encore. Plufieurs Sauvages de l'Amérique changent de capitaine à chaque guerre, & les Galles élifent un roi tous les huit ans (1).

Les infulaires de la Taprobane ne confierent le pouvoir qu'à un homme qui n'avoit point d'enfant, & dès que fa femme accouchoit, on l'obligeoit d'abdiquer, afin que le royaume ne devînt pas héréditaire (2).

Le chef veut envahir plus d'autorité & les peuples fe défendent, mais comme les avantages ne font pas de leur côté ils ne l'emportent prefque jamais, & ils fe tourmentent pour maintenir le refte de leurs droits. Certaines familles s'approprient le commandement, déja il n'eft plus poffible de les en dépouiller, & l'on fe borne à en diminuer les funeftes effets. D'autrefois on partage l'autorité, fans prévoir que c'eft multiplier le nombre des maîtres : ainfi les Infulaires de Biffao font gouvernés par neuf rois ou neuf chefs (3).

Pour rapprocher les chefs des conditions particulieres, des peuples fauvages adoptent la fucceffion par les femmes, & pour ne pas trop

---

(1) Rel. de Lobo.

(2) Pline, *lib.* 7, *cap.* 22.

(3) Voyage de Brue.

bleffer la fierté des individus, ils ne fouffrent point que le fils d'un chef conferve de l'autorité. Le roi d'Iffiny transfere la couronne à fon plus proche parent à l'exclufion de fes fils ; la loi ne leur permet pas même d'hériter d'une partie de fes richeffes (1) : les princes de Macaffar ont pour fucceffeurs leurs freres & non pas leurs fils (2).

Plutôt que de leur obéir, on aime mieux fe livrer au pouvoir d'une femme, & même on fe venge fur eux de l'autorité qu'exerça leur pere, & l'on prend des moyens injuftes pour arrêter leurs entreprifes contre la nation. Dans le pays d'Agouna le trône paffe en droite ligne à l'aînée des filles, & les mâles font vendus pour l'efclavage (3).

On dépouille de leurs biens les fils des Princes de Sogno, à moins que le pere ne leur achete

---

(1) Voyage de Loyer. Dans le Livre de la Société & des Ufages Domeftiques, on examinera ces lois qui font paffer la fucceffion au frere du mort & non pas à fon fils.

(2) Hift. de Macaffar, par Gervaife. Les Jalofs ne privent que pour un tems les fils de la couronne de leur pere, & ils croient que cette interruption remédie à tous les dangers. Le frere d'un prince lui fuccède, & le fils eft rapellé au trône à la mort du frere.

(3) Smith & Bofman.

des terres pendant ſa vie, & qu'il n'annonce à ſes ſujets que c'eſt de ſon propre argent qu'il fait cette acquiſition (1).

Afin que le droit de commander ne s'attachât pas à une ſeule maiſon, quelques villes de l'Arabie-Heureuſe imaginerent cet expédient. On choiſiſſoit pour héritier préſomptif de la Couronne, le premier enfant qui naiſſoit dans l'une des familles nobles, après l'avènement du Roi au trône : on enregiſtroit les femmes de diſtinction qui ſe trouvoient enceintes à cette époque, & on les ſervoit avec grand ſoin, juſqu'à ce que l'une d'elles accouchât (2).

La civiliſation vient détruire ces petites précautions, en réduiſant les gouvernements à des formes plus ſimples : rien n'arrête l'adminiſtration dans ſa marche ; on confie aux chefs une autorité plus entiere, & ſi on leur impoſe des conditions leur domination eſt d'ailleurs plus abſolue.

Le caractere & la poſition des peuples déterminent les qualités qu'on demande aux Chefs. Une loi auſſi ancienne que la monarchie vouloit que le roi des Francs *fût robuſte & brave*,

---

(1) Rel. d'Ogilby.
(2) Eratoſthène, cité par Strabon.

& qu'il ne regnât qu'au moment où il pouvoit porter les armes (1). Mais en général les chefs ont alors moins befoin de courage que de prudence , & des nations guerrieres préferent elles-mêmes cette derniere qualité , parce qu'elle peut fuppléer à la premiere. Plufieurs Tartares ne recherchent que l'expérience & l'habileté , quand ils veulent élire un kan , & ils déferent ordinairement le pouvoir à l'homme le plus âgé de la famille royale (2).

Comme la prudence & la fageffe font le partage d'un âge avancé , on croit qu'un confeil de vieillards gouvernera mieux l'état , & l'on voit par-tout des fénats dans l'enfance des fociétés. Des Sauvages s'apperçoivent très-bien qu'à cette époque l'homme n'a plus de vigueur ni d'énergie , & qu'occupé de foi , le zèle pour le bien public ne tarde pas à s'éteindre ; car l'on en trouve qui fe laiffent gouverner quelque tems par ces vieillards , & qui les mettent à mort dès qu'ils font décrépits.

Puifque l'âge où l'on a de la maturité & de la force , eft le plus propre au commandement , il

---

(1) Origines & antiq. de la France , par le comte du Buat , tome I.

(2) Hift. génér. des Voyages

faut rechercher pourquoi l'on a mieux aimé les vieillards.

Les peuples ne penfent gueres à faire des innovations : ils fouffrent l'oppreffion & ils fe réfignent au fort. A la mort d'un chef on en veut un autre : on n'exige pas qu'il répare les abus introduits fous fon prédéceffeur, mais qu'il en empêche de nouveaux, & les vieillards conviennent affez pour cela. — Les hommes fentent dès les premiers tems que le bien fe fait de lui-même ; qu'on réuffit rarement à prévenir le mal ; qu'il fuffit aux nations d'avoir des fantômes de chefs ; que les adminiftrateurs ne peuvent que diriger foiblement la machine politique ; qu'on doit éviter avec foin les fecouffes & les mouvemens trop vifs & qu'il faut l'abandonner à elle-même, ou la conduire avec un calme & une tranquillité qui reffemblent à la nonchalance de la nature. — Comme les nations n'efperent pas de grands biens de leurs maîtres, on choifit ceux en qui la foibleffe des organes ôte le pouvoir de tirannifer. — Enfin les caracteres ardents ont toujours paru dangereux dans l'adminiftration, parce que la fomme des biens qu'on peut en attendre eft très-petite en comparaifon des maux qu'ils font redouter.

On reconnoît enfuite que cette prudence ne produit

produit pas de grands effets : les peuples s'im-
patientent & se désesperent ; ils abandonnent
tout & alors le hasard, ou des qualités puériles
en elles-mêmes déterminent le choix.

La figure en imposa toujours & une belle
taille est un avantage précieux quand on doit
gouverner. L'air d'un chef donne du poids à ses
ordres, & pour commander à des hommes il
est bon d'avoir quelque chose de plus qu'un
mortel ordinaire. Les Cathéens, peuple Scythe
(1), & divers habitans de l'Ethiopie (2) prenoient
pour leur roi celui qui surpassoit les autres en
beauté (3).

On crut que le hasard seul réussiroit peut-être
mieux que la sagesse, & le dogme de la Providence mena d'ailleurs au dernier acte de désespoir. En renonçant au sens commun dans les
élections, on jugea qu'elles viendroient de Dieu
ou de la destinée.

On ne manqua pas de mêler des cérémonies
bisarres à ces élections : quand le roi de Bissao
meurt, quatre seigneurs portent son corps dans
une biere au lieu de la sépulture ; les princes de

---

(1) Onesicrite, cité par Strabon.
(2) Diod. de Sic. liv. 3, chap. 5.
(3) Le terme de *beauté* signifie peut-être ici une taille
grande & forte.

la famille royale se prosternent ; on fait sauter plusieurs fois la biere en l'air, & on la retient sans qu'elle touche à terre : enfin on la laisse tomber, & l'on reconnoît pour monarque celui qui se trouve accablé sous ce poids (1).

Les prêtres d'Ethiopie choisissoient les plus honnêtes d'entr'eux qu'ils enfermoient dans un cercle. Un Sacrificateur entroit au milieu de ce cercle, en sautant comme un ægypan ou un satyre, & celui qu'il prenoit au hasard étoit déclaré roi : on croyoit que la Providence le chargeoit du Gouvernement (2).

Chez les Tartares du Daghestan, les princes s'assemblent en rond à la mort de leur roi : un Prêtre jette vers eux une pomme d'or & celui qu'elle touche obtient le souverain pouvoir (3).

Les anciens Perses faisoient encore mieux, ils prenoient pour monarque celui dont le cheval hennissoit le premier.

Après ce qu'on vient de dire le lecteur doit admettre les faits les plus étranges. Les hommes furent en effet trompés si souvent, ils se trouverent si mal de tous les changemens, qu'on les voit retomber en enfance sur cette matiere; les

(1) Voyage de Labat.
(2) Diod. de Sic. liv. 3, chap. 4.
(3) Hist. gén. de l'abbé Lambert, tome I.

préjugés, la fuperftition, les maux qu'endure un peuple le réduifent à un état d'impuiffance & d'abrutiffement qui permet de fe jouer comme on voudra de fa liberté & de fa raifon.

Pline & Solin nous affurent que des Africains avoient un chien pour roi (1), & qu'ils dépendoient de fon empire & de fes caprices. — S'il eft prouvé que les hommes ayent choifi des animaux pour leurs Dieux, pourquoi ne les prendroient-ils pas pour leurs rois : & les poulets facrés étoient en quelque forte les monarques de Rome puifqu'ils décidoient les affaires les plus importantes. — On ne fait pas en quoi confiftoit l'empire de ce chien. Il eft probable qu'on adoroit cet animal & qu'on l'appella roi du pays, parce qu'il paffoit pour la divinité ou du moins pour fon organe.

Enfin des républiques eurent tant de jaloufie contre les hommes puiffans qu'on renonça volontairement aux élections faites avec prudence, & fans compter fur le choix des Dieux on s'en

---

(1) *Et ex Africa parte , ptoembafi ptoemphanea , qui canem pro rege habent , motu ejus imperia augurantes ,* Pline, liv. 6, chap. 30.

Solinus cap. 43. *His proximi fummam regiæ poteftatis cani tradunt de cujus nutibus quidam imperitè augurantur.*

V 2

rapporta au hafard feul ; ainfi l'archontat d'Athènes ne fe donnoit que par le fort (1).

On touche au defpotifme ; l'autorité devient
héréditaire, on ne fe fouvient plus de la liberté,
& tout appartient au maître qui a le droit abfolu
de choifir fon fucceffeur. On affocie la puiffance
pontificale à la puiffance civile & ces deux fou-
verainetés paffent aux femmes elles-mêmes. On a
vu fur le trône du Dairy au Japon de jeunes
princeffes qui n'étoient pas mariées (2) ; & par
les conftitutions de Mofcovie, le czar choifit qui
il veut pour fon fucceffeur *même hors* de fa famille (3).

On n'a pas encore parlé d'une maniere d'obtenir l'autorité, qui eft de tous les tems & de
tous les lieux ; & qui ne connoît ni frein ni
lois, de la force. On trouve des pays où l'habitude a confacré l'ufurpation : il n'y a point
d'ordre établi pour la fucceffion parmi les nègres
des environs de la Gambie ; c'eft le plus puiffant qui s'empare de l'empire à la mort du roi (4).

_____

(1) Notes de M. Dacier fur la vie de Periclès, trad.
de Plutarque.

(2) Kempfer.

(3) Voyez les différentes Conftitutions, fur-tout celle
de 1722.

(4) Voyage de Bruc.

Dès que les Sauvages inaugurent un chef, ils lui retracent d'une manière énergique & simple ses devoirs & ses obligations : souvent même chaque individu a droit de l'outrager pour qu'il n'oublie pas de qui il tient sa puissance. *Inaugura-tion.*

L'esprit de ces usages se conserve long-tems parmi les peuples & l'on en retrouve des traces dans tous les pays. La cérémonie se fait avec appareil ; on adresse des leçons aux chefs & on leur rappelle quel étoit leur premier état.

Après le couronnement du Roi de Congo un noble lui dit : ,, Toi qui dois être roi, ne sois ni voleur, ni avare, ni vindicatif ; sois l'ami des pauvres ; fais des aumônes pour la rançon des prisonniers & des esclaves ; assiste les malheureux ; sois charitable envers l'église ; efforce-toi d'entretenir la paix & la tranquillité dans ce Royaume ''. Toute l'assemblée jette sur lui du sable & de la terre, & chacun répète, ,, tu seras réduit en poudre malgré ta qualité de souverain '' (1).

Les autres nègres qui aiment les farces comme on l'a remarqué, célebrent ces inaugurations avec encore plus de pompe. Lorsque le roi de Sierra Leona meurt sans laisser de fils, son plus

(1) Rel. d'Ogilby.

V 3

proche parent lui fuccede. On va d'abord le vifiter comme fimple particulier, on le garotte
enfuite, & on le traîne au palais au milieu de la
populace qui le raille en chemin & même qui a
droit de le battre de verges : à fon arrivée on le
revêt des ornemens royaux & on lui met une
hache à la main (1).

Deux nains fe tiennent debout devant celui
de Juida ; ils lui repréfentent les bonnes qualités de fon prédéceffeur, ils l'exhortent à imiter
les princes vertueux, & ils finiffent leurs haran-
gues par des vœux pour la profpérité de fon
règne (2). Il femble que ce peuple avili n'ofe
plus adreffer lui même la parole à fon roi, puifqu'il emprunte l'organe de deux nains ; mais il
fent d'ailleurs le joug de l'efclavage, car un ancien ufage autorife chacun à fe conduire au gré
de fes caprices, pendant les trois mois d'inter-
règne. Dès qu'on publie la mort du roi les lois
& l'adminiftration femblent être fufpendus ; on
ne peut fortir de fa maifon fans être maltraité
ou volé, & l'on commet toute forte d'excès (3).

Si les Nègres d'Iffiny inveftiffent un grand
pontife des marques de fa dignité, ils le mettent

_____

(1) Defcription de la Guinée, de Barbot.
(2) Voyage de Defmarchais, tome II.
(3) Ibid. tome II.

nud, & après l'avoir couvert de fétiches depuis les pieds jusqu'à la tête, on le conduit en procefsion dans toutes les rues (1), & on lui dit, *sois juste*.

Des nations guerrieres prennent avec leurs chefs un langage plus impérieux : voici comment les anciens Tartares couronnoient le leur. On convoquoit tout le peuple, qui se prosternoit devant son trône, & les affistans s'écrioient d'une voix unanime : » nous te prions, ou plutôt nous t'ordonnons d'être notre maître «. Le roi répondoit : » il faut donc que vous soyez prêts à exécuter mes ordres, à vous mettre en route lorsque je parlerai, à m'obéir en hommes intrépides, si je vous ordonne de tuer quelqu'un «. Le peuple disoit : » nous le sommes «, & le prince prenoit : » désormais donc un mot de ma bouche est un ordre, & ce glaive annoncera mes commandemens «. On couchoit le monarque à terre & on lui répétoit trois fois : » tu vois ce trône, si tu gouverne avec équité, tu auras tout à discrétion ; & si tu abuse de ton pouvoir, tu rentreras dans la poussiere (2) «. Une cérémonie pareille s'obfervoit encore au treizième siècle ; mais le gouvernement avoit dégénéré, & on pensoit plus aux

---

(1) Voyage de Loyer.
(2) Boemus *mores gentium*.

V 4

intérêts des nobles qu'aux intérêts du peuple.
A l'inauguration du kan Octai les principaux Tartares lui commandèrent de s'asseoir sur
une pièce de feutre, & lui dirent : » *honores les
grands*, sois juste & bienfaisant envers tous, sinon tu seras si misérable que tu n'auras pas même
le feutre sur lequel tu es assis « (1).

Quelques peuples modernes conservent l'esprit
de ces anciens usages ; & la maniere dont on couronne aujourd'hui les ducs de Carinthie est la
même que dans les anciens tems. Un paysan
monte sur une pierre, ayant à sa main droite
une vache avec un veau noir, & à sa gauche une
cavale maigre & décharnée ; le duc, en habit de
villageois, arrive suivi des marques de la sou-
veraineté & d'un brillant cortége. Le paysan regarde le duc & demande : » quel est donc cet
homme qui s'avance si fierement & avec tant de
faste « ; on lui répond : » c'est le duc ou le roi «.
il demande ensuite : » Est-il juge équitable ? A-t-
il en vue le bonheur de ce pays ? Est-il de condition libre & mérite-t-il tant d'honneur ? On s'é-
crie il les mérite & il les méritera. » De quel droit,
réprend le paysan, vient-il me chasser de cette
place « ? Après d'autres réponses & d'autres céré-

---

(1) Rel. de Plan. Carpin.

monies, le payfan donne un foufflet au prince, & lui commande de gouverner fagement fes fujets (1).

Boleflas II affaffina aux pieds des autels un évêque qui avoit ofé lui reprocher fa conduite licentieufe, & chaque roi de Pologne va fur le tombeau de l'évêque confeffer que ce meurtre eft atroce, qu'il en demande pardon, & il maudit les princes qui commettent de pareils forfaits.

On néglige infenfiblement ces vaines précautions, les anciennes formes s'aboliffent, & au lieu de rappeller au chef fa dépendance, des efclaves fe dévouent lâchement à fa gloire. A l'avènement d'un nouveau prince au trône des Canaries, plufieurs Guanches demandoient à être *facrifiés à fon honneur.* Il donnoit une grande fête, & on conduifoit au fommet d'une montagne ces miférables qui fe précipitoient dans une vallée profonde fur des pointes de rochers (2).

Bientôt c'eft le fouverain lui-même qui dès le moment de l'inauguration fait fentir au peuple le poids de la fervitude, & lorfque le defpotifme eft parvenu à fon comble, on eft obligé d'immoler des victimes. On dit que les Romains

(1) Voyez Boemus *mores gentium.*
(2) Voyage de Nichols.

en facrifioient trois ou quatre millés à l'élection des Empereurs (1).

Si l'on ofe encore parler au chef de fes devoirs, l'homme affervi ne le fait qu'en tremblant ; il invente des allégories, & il cache fa hardieffe fous des emblêmés : comme tout dépend des caprices du maître, on cherche à émouvoir fon cœur par des leçons indirectes. Les Mexicains portoient au temple le nouvel empereur entierement nud ; le grand-prêtre venoit en filence lui oindre le corps d'une couleur fort noire, & il lui mettoit fur la tête un manteau blanc femé de têtes de mort & d'offements (2). Le Cacique de Mifteque accompliffoit un an de noviciat dans un monaftere : les prêtres le revêtoient de haillons ; & après avoir frotté fon vifage, fon eftomac, fes épaules, &c. de gomme & de feuilles vénimeufes, quatre jeunes filles le lavoient dans de l'eau parfumée.

Les Chinois ont imaginé de fufpendre douze colliers de perles à la couronne impériale. Quatre pendent fur les yeux, ce qui fignifie que le prince doit avoir les yeux fermés dans la difpenfation de la juftice & que la faveur pour le riche & la

---

(1) On doit remarquer cependant que cette exagération eft abfurde.

(2) Herrera. Acofta.

compaffion pour le pauvre ne doivent jamais le déterminer : quatre autres pendent fur les oreilles, pour lui dire de n'écouter que la loi & l'équité : les quatre qui pendent derriere, annoncent aux monarques qu'ils ont befoin de jugement, de pénétration, de réflexions & de travail (1).

On dit que les buveurs fe fervoient autrefois de diadême pour prévenir l'effet des vapeurs du vin & qu'on en a fait une marque de la royauté, afin d'avertir les rois de fe garantir de l'ivreffe de l'orgueil & de la puiffance fuprême.

On ne craint pas d'employer les chofes les plus baffes, & l'on efpere que la leçon en fera plus frappante. Autrefois on conduifoit un pape après fon élection à une chaife percée de pierre, nommée *ftercoraria*, placée devant le portique de l'églife de Saint-Jean ; il s'y affeyoit & il faifoit de là fes largeffes au peuple, en lui jettant de l'argent. On lui rappelloit qu'il eft toujours homme & fujet aux befoins de la nature (2).

D'autres peuples, n'ofent pas même donner à leur chef des leçons fous le voile de l'allégorie ; ils fe foumettent à leur deftinée, & leurs cérémonies ne tendent qu'à découvrir le fort bon ou

(1) Prevoft, tome VI.
(2) Hift. Eccl. de Fleury, an. 1191, liv. 64.

mauvais qui les attend. Au couronnement du roi de Vifapour on place dans une falle cinq monceaux d'or, d'argent, d'étoffes, d'armes & de riz & un tas de cendres. On amène le prince les yeux bandés ; fi le hafard le conduit fur l'or & l'argent, on juge qu'il aimera les richeffes, & que les peuples fouffriront de fon avarice : s'il touche les étoffes on croit que fa cour fera magnifique & qu'il encouragera le commerce : s'il rencontre les armes ou les grains, on imagine qu'il fera conquérant & valeureux ou qu'il fera régner l'abondance ; mais s'il arrive au tas de cendres c'eft le plus malheureux de tous les préfages (1).

Les Huns-Turcs paffoient un cordon de foie au col de leur kan le jour de fon avènement au trône ; on le ferroit jufqu'à lui ôter la refpiration : on le relâchoit enfuite & les premieres paroles qu'il prononçoit dans fon étourdiffement étoient le préfage de ce qui arriveroit fous fon règne (2).

Enfin l'on ne s'occupe plus qu'à donner des marques de foumiffion, & l'on forme fur cela des prétentions puériles. Il fe tient à Londres une cour judiciaire qui prononce fur les difputes

_____

(1) Rel. de Carré.

(2) Mém. hift. fur les Huns & fur les Turcs, de M. de Guignes.

de ceux qui revendiquent certaines fonctions au couronnement des rois ou des reines d'Angleterre. On citera des exemples de ces disputes.

Le seigneur de Bardolf, dans le comté de Surrey reclame le droit d'apprêter au roi un plat de gruau & de le servir lui-même à table. Celui de Scoulton, au comté de Norfolk, se dit *lardeur* en chef, & il prétend que le lard qui reste, après qu'on a fait la cuisine, lui appartient. Celui de Lyston peut seul faire les gauffres du roi & les lui offrir.

CHAPITRE II.

Conditions qu'on impofe aux Chefs & aux Souverains.

L'ABUS de l'autorité, ou la crainte du defpotifme engagent les peuples à donner des lois à leurs chefs; & l'hiftoire de tous les pays nous offre une époque, où la nation, libre encore, ne fouffroit pas qu'on lui ôtât fes droits : mais la nature, qui veut une marche fimple, débarraffe peu à peu les princes de ces entraves.

Le chef a tant d'avantage dans ces difputes que même, dès les premiers tems, les peuples ne prennent pas affez de précautions contre la diminution de leur pouvoir, ou les moyens qu'ils employent font fi impuiffants & fi foibles, qu'ils ne different pas de l'afferviffement : chaque famille Huronne donne au chef un confeiller, fans l'avis duquel il n'entreprend rien ; ce font les *femmes qui font ce choix, & fouvent elles nomment des perfonnes de leur fexe* (1).

_____

(1) L'Efcarbot, Champlain, la Hontan. *Voyez* auffi le Livre des Femmes où l'on explique cette fingularité.

Il y a des inſtitutions qui demandent une adminiſtration ferme, une police exercée, & un ſoin dont les premieres peuplades ſont incapables, & en général on établit plus aiſément les lois & les coutumes, qu'on ne les abolit. Lorſque des Barbares ou des Sauvages éliſent un chef par acclamation ou par ſurpriſe, toute l'aſſemblée partage cet enthouſiaſme; mais la peuplade ne s'aſſemble plus, & quoiqu'on ſe plaigne du chef, on ne retrouve point l'unanimité néceſſaire pour le dépoſer. Il gouverne malgré ſes violences; que peuvent alors les hommes courageux? On commence à ſentir que l'autorité dégenere en abus, que rien ne peut arrêter ce mal, & les plus ſages font, de cette vérité déſeſpérante, une maxime de conduite.

Quelquefois cependant les conditions qu'on leur impoſe ſont claires & rigides. On ne permettoit jamais au magiſtrat de Platée de toucher un fer: on ne lui accordoit cette grace qu'à l'anniverſaire des Grecs morts à la bataille de Platée.

Dans les tems de déſolation, les peuples ſe réuniſſent pour chaſſer leur chef, & ils ſe vengent des attentats qu'il a commis; mais il faut que la civiliſation ſoit avancée, & que la

nation ait un caractère d'énergie , & même
son impuissance perce toujours de quelque côté.
Ainsi les Thraces condamnoient à mort leur roi,
quand il étoit coupable ; & afin qu'un de ses
sujets ne mît pas la main sur sa personne, on
le laissoit mourir de faim (1).

Au lieu de châtier les chefs pour avoir mal
gouverné , au lieu de les assujettir à des conditions
raisonnables , on leur en imposa d'absurdes &
de puériles ; on les rendit responsables des évé-
nemens de la nature , & tandis qu'on les punissoit mal-à-propos , ils commettoient impunément des délits répréhensibles. La superstition
vint d'ailleurs consacrer ce désordre , & rendre
le mal incurable.

Le prince de Quiterve , en Afrique , étoit jadis obligé de se tuer , lorsque les médecins dé-
sespéroient de sa santé , & même dès qu'il lui
manquoit *deux dents* , parce qu'*il faut*, disoit-
on , *qu'un roi soit sans défauts.*

On déposoit le roi des Bourguignons , dès que
la nation n'étoit pas heureuse à la guerre , ou
que la terre ne donnoit pas des moissons abondantes (2). S'il survenoit dans le Tat-sin une

----

(1) Boemus *mores gentium.*

(2) Ammien Marcelin , liv. 28. On détrônoit aussi jadis

pluie,

pluie, un vent à contre-tems, ou quelque malheur exraordinaire , on détrônoit aussi le souverain (1), quoiqu'on l'eût choisi parmi des sages.

Les Méxicains perfectionnerent le même
système ; car l'empereur, après son élection ,
devoit se mettre en campagne , & remporter
une victoire sur les ennemis de l'état : il juroit, à
son couronnement, » que les pluies tomberoient
à propos sous son regne , [que les rivieres ne cau-
seroient point de ravages par leurs déborde-
mens, que la stérilité n'affligeroit point les cam-
pagnes , & que les hommes n'auroient point à
se plaindre de l'air ou du soleil » (2). Solis prétend qu'on imagina ce serment pour apprendre
au prince à régner avec tant de modération &
de sagesse , que personne ne pût attribuer les
calamités publiques à son imprudence ou à ses
déréglemens; mais il est clair que tous les maux
de l'état passoient déja pour des châtimens du
ciel , & si les Méxicains étoient absurdes ,
ils n'étoient pas inconséquens. On a remarqué
que les Barbares & les Sauvages , plus francs
& de meilleure foi que nous , donnent aux

---

le roi de Congo, lorsque la pluie ne tomboit pas à propos.

(1) Hist. anc. des peuples de l'Europe, tome III.

(2) Herrera. Acosta.

principes qu'il admettent, toute leur étendue!
Le zamorin de Calicut ne régnoit autrefois
que douze ans ; il se tuoit ensuite en public
sur un échaffaud. Voici les restes de cette ancienne coutume : lorsque les douze ans sont
expirés, on fait une fête & des réjouissances
dans tout l'empire, & la couronne appartient
à celui qui vient à bout de tuer le souverain, environné de trente ou quarante mille
gardes : tout homme a droit d'y prétendre s'il
trouve trois autres camarades pour former cette
tentative. Le capitaine Hamilton atteste qu'en
1695, un jeune homme manqua d'être élu empereur (1). Puisqu'il est impossible que ces qua-
tres fols percent à travers les gardes, il semble
qu'on veut dire que le droit d'un roi est celui
du plus fort.

On impose ailleurs aux chefs des conditions
qui leur ôtent le pouvoir de bien gouverner.
Le souverain pontife des Izcatlans ne sortoit
jamais du temple, & il n'approchoit d'aucune
femme ; on le mettoit en pieces, s'il violoit
l'une ou l'autre de ces lois, & chaque jour on

---

(1) Hamilton's *New account of India*. Hist. univ. des
Anglois, tome XIX.

préfentoit fes membres fanglants à fon fucceffeur (1).

Les Sabéens, peuple de l'Arabie, lapidoient
le roi dès qu'il fortoit du palais, felon l'ordre
qu'ils en avoient reçu d'un ancien oracle (2).
—Comment guider fagement, du fond d'une
prifon, des fujets qu'on ne connoit pas ?

On ne parle pas ici de ces princes du Tonquin,
auxquels on permet feulement de quitter une
ou deux fois l'année leurs palais, parce que c'eft
la jaloufie d'un defpote qui les tient emprifon-
nés (3).

On ne mit prefque jamais de proportion dans le
châtiment de leurs délits ; on s'attacha à des fautes minutieufes & on négligea l'effentiel. Une
femme qui tuoit un roi yvre chez les anciens
Indiens & chez les Perfes, époufoit fon fucceffeur (4). Ces mêmes Indiens lui défendoient
de dormir pendant le jour, & l'intention de
ces lois ne fuffit pas pour les juftifier.

Il y a des tems de corruption où la dépo-

---

(1) Herrera.

(2) Agatarchides. Erathoftene. Strabon. Diod. de Sic.
liv. 3, chap. 23.

(3) Rel. de Baron.

(4) Boemus, *mores gentium.* Hift. univ. des Angl. t. 13.

sition & la mort sont la récompense des chefs
qui ont le courage de faire le bien, & l'histoire n'en cite que trop d'exemples. Un vice-roi
du Pérou voulut abolir des lois & des usages
tyranniques, & soulager les Indiens; il voulut
priver les Espagnols, qui voyageoient à pied,
du droit de prendre trois Péruviens pour porter
leur bagage, & ceux qui étoient à cheval, du
droit d'en prendre cinq; il fut dégradé, mis
aux fers & relégué dans une isle déserte.

On fit dépendre les dépositions du hasard ou
de la férocité du premier brigand. Le grand-
prêtre d'un ancien temple, près de Rome,
étoit un esclave fugitif, & il ne jouissoit de sa
dignité qu'autant qu'il tuoit tous les esclaves
qui venoient la lui disputer. Son meurtrier lui
succedoit, & l'on obtenoit de la même maniere
la place de ce nouveau pontife (1).

Quatre ou cinq grands-prêtres d'Aricie exciterent du trouble en se disputant sur la religion : les magistrats voulurent prévenir une
guerre civile, & ils déclarerent, dit-on, que
le grand-prêtre *seroit à l'avenir un étranger qui
auroit tué son prédécesseur.* Les pontifes se corri-
gerent.

_____

(1) César *Comment.* liv. 1, ch. 36.

Pour se souſtraire aux caprices & à la tyrannie des chefs, on s'abandonna au caprice & à la tyrannie des prêtres. Le roi d'Ethyopie se tuoit lui-même quand les prêtres de Meroë le lui ordonnoient au nom des Dieux (1), & cela leur arrivoit souvent.

Enfin la meilleure inſtitution ſur cette matiere devient abſurde, parce qu'on la porte trop loin. Le roi d'Egypte ne pouvoit ni prendre l'air, ni ſe baigner, ni coucher avec la reine, ni faire la choſe la plus indifférente que dans le tems deſtiné à chacune de ces actions ; il n'étoit pas non plus le maître de manger ce qu'il vouloit (2) ; il ne ſe nourriſſoit que de veau, de canard, de légumes & de poiſſon, & on ne lui accordoit qu'une très-petite meſure de vin. (3).

_____

(1) Diod. liv. 3.

(2) Ibid.

(3) Ce prince étoit un eſclave ſoumis à des règlemens monaſtiques, & il avoit à peine le tems de s'occuper du bonheur de ſon peuple. Pour quelques précautions ſages, les Egyptiens en prirent une foule d'inutiles. Les enfans des prêtres qui avoient plus de vingt ans & qui étoient le mieux élevés, ſervoient le roi, afin que voyant ſans ceſſe autour de ſa perſonne les citoyens les plus diſtingués de la nation, il ne fît rien d'indigne de ſon rang. Au point du

A la fin de ce paragraphe, trop de lecteurs feront cette réflexion : puisque les hommes choisissent, avec tant de discernement, les conditions qu'ils prescrivent à leurs chefs, il vaut peut-être mieux qu'ils n'en imposent aucune.

Dès que le gouvernement devient héréditaire, les peuples paroissent renoncer à toutes leurs prétentions. Un moyen simple d'empêcher que les chefs ne se dépravent, seroit de veiller à leur éducation ; mais les nations négligent cet expédient, & il y a des pays où les princes sont élevés d'une maniere qui les rend inhabiles à gouverner. Sur la côte d'Or,

---

jour il lisoit les lettres, pour qu'instruit par lui-même des besoins de son royaume, il pût remédier à tout. Après avoir pris le bain il alloit au temple : le grand-prêtre prioit pour la conservation du monarque, *parce qu'il gouverne*, disoit-il, *ses sujets avec justice, parce qu'il est maître de lui-même, magnanime, bienfaisant, doux envers les autres, ennemi du mensonge.* A la suite de ces fades éloges, le Prêtre condamnoit les manquemens où étoit tombé le prince la veille *par ignorance*, mais il le disculpoit aussi-tôt. Il faisoit des imprécations contre les flatteurs & contre ceux qui lui donneroient de mauvais conseils. Dès que le sacrifice étoit achevé, le lecteur des livres saints lisoit ensuite au roi un chapitre sur les actions & les paroles remarquables des grands hommes. *Diod. de Sic.* tome I, liv. 1, sect. 2.

les fils de roi embraſſent une profeſſion , telle que l'agriculture & la pêche, & ils portent eux-mêmes le fruit de leur travail au marché : ils quittent ſouvent un attelier pour monter ſur le trône , & l'on voit des Souverains qui ont ſervi les Européens dans les emplois les plus vils (1).

Les Nègres de Juida les élèvent au fond d'une campagne, & loin de leur famille, comme on l'a propoſé tant de fois ; mais ils ont ſi bien corrompu cet uſage, qu'il faut déplorer en Afrique ce qu'on deſire en Europe. Dès que l'héritier préſomptif eſt né, les grands le tranſportent ſur la frontiere du royaume : ceux qu'on charge de ſa conduite ſavent qu'il eſt fils du roi, mais ils doivent, ſous peine de mort, lui cacher ſa naiſſance. On ne ſoigne pas beaucoup ſon éducation ; car le prince que vit Deſmarchais , gardoit les pourceaux, lorſqu'il fut proclamé ſouverain. Ce voyageur nous apprend que les ſeigneurs de Juida l'écartent de la cour par politique tandis qu'il eſt jeune , afin qu'obligé de prendre leurs avis, ils aient part à l'adminiſtration (1).

---

(1) Boſman.
(2) Voyage de Deſmarchais , vol. 2.

Quand les peuples ne se mêlent plus de l'administration de leurs maîtres, on punit quelquefois les chefs d'une maniere éclatante; mais il y a des moteurs particuliers, & la nation ne mérite ni louanges ni blâme. C'est ce qui arriva lorsque les Boïens, à l'instigation des Gaulois, tuerent leur roi, qui vouloit entreprendre une guerre injuste & téméraire (1), & lorsqu'on décapita Charles premier.

Si les nobles, qui s'arrogent ainsi des droits sur la nation, mettent des entraves au pouvoir des princes, ils pensent à leurs intérêts, & non à ceux du peuple. Le justiza, tenant une épée nue sur la poitrine du roi d'Arragon, disoit : » Nous qui sommes autant que toi, nous te faisons seigneur & roi, à condition que tu maintiendras nos franchises & priviléges & libertés, sinon, non «; mais le justiza ne parloit qu'au nom des barons.

Insensiblement l'autorité des nobles diminue. Un roi d'Ecosse déchira la patente seigneuriale d'un gentilhomme, qui le prioit de confirmer ses priviléges : le parlement ordonna, que le prince, assis sur le trône, en présence de sa cour, prendroit une aiguille & du fil & recou-

_____

(1) Hist. anc. des peuples de l'Europe, tome II.

droit cette patente. On proposa d'arrêter les ufur-
pations du monarque , mais il n'étoit plus
tems.

Bientôt il ne refte au peuple que la voie des
remontrances & de l'inftruction , & même on
n'a pas toujours cette reffource. Les Mandarins
adreffent de très-humbles remontrances à l'empereur de la Chine , lorfqu'il commet une faute
capable de troubler le bon ordre du gouvernement ; mais fi le mandarin , qui embraffe la
caufe publique , eft maltraité par le prince , il
n'a que l'affection du peuple pour fe confoler (1).

Enfin il furvient un époque où il eft dangereux de faire des remontrances, quoique la nation conferve en apparence ce droit. Lorfqu'un
Perfan donnoit un avis au roi , il fe plaçoit
fur un lingot d'or , qui étoit fa récompenfe ,
fi l'on trouvoit bon fon confeil ; mais on le
fouettoit publiquement , fi on le trouvoit mauvais (2). L'efprit de fervitude abbatardit les
caractères par la fuite , & après avoir été fouettés ,
ces vils efclaves remercioient le monarque, qui
daignoit fe fouvenir d'eux (3).

---

(1) Duhalde. Le Comte.
(2) Ælien. Var. his , liv. 12.
(3) Stobæus ferm. 12.

Des princes connoiſſent l'utilité de ces leçons, mais ils ne veulent les recevoir que des
valets qu'ils tiennent à leurs gages. Philippe,
roi de Macédoine, payoit deux hommes pour
venir lui dire tous les matins : » Philippe, ſou-
» viens-toi que tu es homme «, & pour lui demander le ſoir : » Philippe as-tu oublié que tu
» es homme «? Sous Charles V, la reine avoit
un prud'homme au bas de ſa table, qui pendant le repas liſoit, » geſtes & mœurs d'aucun
» bon trépaſſé (1) «.

_____

(1) Chriſtine de Piſan.

CHAPITRE III.

Maniere dont quelques Princes traitent leurs Parens.

REMARQUONS ici que le premier but des chapitres fuivans eft de montrer combien on eft plus heureux en Europe , & fur-tout en France , que dans les autres pays.

On pourroit joindre à ce qu'on va rapporter , l'hiftoire de l'homme , de fes vices & de fes malheurs , dans le gouvernement républicain ; mais il eft très-inutile de parler de ce qui n'éxifte plus.

On a déraifonné & on déraifonnera longtems fur la forme de gouvernement que devroient choifir les peuples , comme fi des circonftances , dont ils ne font pas les maîtres, ne déterminoient pas toujours ce choix. La Monarchie s'empare de toutes les grandes nations , & celui qui s'en plaint ne montre pas beaucoup de difcernement.

Lorfqu'un chef n'eut plus à craindre les peuples , il redouta fes propres enfans ; il craignit qu'ils n'attentaſſent à ſon pouvoir, & il devint dénaturé.

Le ſommet d'une montagne eſcarpée de l'Abyſſinie forme une grande plaine inabordable de tous côtés, & ſur laquelle on ne monte qu'avec des poulies : il y a deux ſiecles qu'on y réléguoit les freres & les enfans du roi. On leur donnoit des gardes & des domeſtiques, qui ſemoient du grain, qui nourriſſoient des vaches & qui tailloient un boſquet planté pour leur amuſement. Les géoliers les traitoient avec beaucoup de dureté & de rigueur, & il étoit impoſſible qu'ils reçuſſent des lettres par des meſſagers. Après la mort de l'empereur, on faiſoit deſcendre celui qui devoit lui ſuccéder; mais il avoit ſoin d'y laiſſer les autres (1).

Les rois de Siam eſtropient leurs freres, ils leur ôtent, ou ils leur affoibliſſent la vue, & ils leur diſloquent les membres (2). Lors même qu'ils étoient eſtropiés, le peuple pouvoit former des entrepriſes en leur faveur, & comme on n'oſoit pas les faire mourir, on ima-

(1) Tellez. Kircher. Poncet. Almeyda. Ludolph. Lobo. Le Grand.

(2) Rel. de la Loubere.

gina de les rendre *foux* (1). On les prive main-
tenant de la raifon, à l'aide de certains breuvages. Les Mogols adopterent auffi cette coutume, & on en a vu plufieurs qui rendoient *fols*
leurs freres en montant fur le trône.

En Turquie & ailleurs, on les met en prifon, fans leur laiffer de communication avec
perfonne.

On voulut adoucir cette fervitude, & alors
on fut très-bifarre. Le Mogol donnoit des
gouvernemens à fes enfans mâles ; mais ils
ne commandoient que du fonds d'une prifon,
où on les renfermoit pendant la vie de leur pere.

D'autres princes prirent enfin le parti de les
mettre à mort, & il y a des pays où le Sénat & le peuple contribuent à ces meurtres.
Dès que le Roi de Sennaar, aux environs de
l'Egypte, eft mort, on dit que le confeil s'affemble, & qu'il fait égorger les freres du prince
qui doit monter fur le trône (2).

_____

(1) Ibid. On a peine à croire ce raffinement abominable
de méchanceté ; mais il eft prouvé d'une maniere certaine.

(2) Hift. gén. de l'abbé Lambert, tome XII.

CHAPITRE IV.

Titres que se donnent les Chefs.

L'ORGUEIL du trône & l'yvresse du pouvoir égarerent bientôt les chefs ; ils crurent naïvement qu'ils ne ressembloient plus au reste des mortels, & ils se donnerent des titres pompeux. Le genre-humain se laisse d'ailleurs conduire par des mots : on l'éblouit par la grandeur, & comme ce moyen de le tenir dans la soumission est simple & naturel, on ne manque pas d'en profiter. C'est la bassesse, d'un autre côté, qui invente ces flatteries, & les courtisans en sont seuls responsables.

Les chefs des Hurons & des Natchés, persuadent aux Hurons qu'ils sont les fils du soleil, & ils portent le nom de leur pere (1).

Les titres que prennent les chefs ne sont pas toujours honorables en eux-mêmes ; car il suffit que les peuples les respectent. Le roi de Quiterve s'appelle le *Grand Lion*, & il n'est permis de tuer des lions que dans certaines chasses roya-

_____

(1) Journal du P. Charlevoix, Nouveau voyage aux Indes Occidentales, tome I.

les. Pendant le féjour de Knox à Ceylan , le prince fe nommoit le *Roi Lion.*

Les principaux officiers de l'empire du Méxique , portoient le nom de princes *des lances à jetter, de coupeurs d'hommes, & d'épancheurs de fang* (1).

Le roi du Monomotapa eft entouré de poëtes & de muficiens , qui chantent des vers à fa louange , & qui le traitent de *feigneur du foleil & de la lune, de grand forcier & de grand voleur.*

Le defpotifme a corrompu les princes d'Afie , & l'imagination bifarre & gigantefque des Orientaux acheve de rendre ridicules les titres qu'ils fe donnent. Le roi d'Arrakan prend ceux ,, d'empereur d'Arrakan , de poffeffeur de l'éléphant blanc & des deux pendans d'oreille (2), & en vertu de cette poffeffion , héritier légitime de Pegu & de Brama, feigneur des douze provinces du Bengale , & des douze rois qui mettent leur tête fous la plante de fes pieds (3). Le roi d'Ava eft appellé Dieu , & lorfqu'il écrit

---

(1) Herrera.

(2) Ces pendans d'oreille font très-précieux dans le royaume d'Arrakan, & on refpecte infiniment celui qui les poffede.

(3) Rel. de Sheldon.

à un fouverain étranger, il s'appelle : » roi des rois, auquel tous les autres doivent obéir', comme étant ami & parent de tous les dieux du ciel & de la terre, celui qui, par l'affection qu'ils ont pour lui, eft la caufe de la confervation de tous les animaux & de la fucceffion réguliere des faifons ; de frere du foleil, de proche parent de la lune & des étoiles, de maître abfolu du flux & du reflux de la mer, de roi de l'éléphant blanc & des vingt-quatre parafols (1) «.

Voici les titres du roi d'Achem, dans l'ifle de Sumatra, » roi d'Achem, de Delhy, de Johor, de Pahang, de Queida, de Peira, de Priaman, de Tikou, de Batros, de Paffurawan, de Padang, de Sinkel, de Labo, de Daja, &c. roi de tout l'Univers, que Dieu a créé, & dont le corps brille comme le foleil, refplendiffant en plein midi ; roi que Dieu a formé pour être accompli comme la lune au tems de fa plénitude ; roi élu de Dieu, & auffi parfait que l'étoile du nord ; roi des rois, fils ou petit-fils du fameux Iskender le grand ; roi devant qui tous les rois doivent fléchir & fe foumettre

_____

(1) Les princes d'Ava portent ces parafols comme des marques de leur dignité.

Allifon ap. Hamilton's *account of the Eaft India.*

à

à ces lois ; roi auſſi ſpirituel qu'une boule parfaitement ronde ; auſſi heureux que la mer ; l'eſclave de
Dieu, qui voit Dieu, & qui défenſeur de ſa juſtice,
la manifeſte à tous les hommes, qui peut couvrir
leurs opprobres & pardonner leurs péchés ; roi béni
de Dieu, roi qui ſe tenant debout offre à tous ſes
eſclaves un aſile aſſuré ſous ſon ombre ; roi dont le
conſeil éclairé ſe communique à tous les peuples,
qui fait beaucoup de biens à ſes ſujets, qui eſt
équitable, qui examine toutes choſes avec pré-
ciſion, pour ſe conformer à la juſtice divine ;
roi le plus utile qui ſoit ſur la terre, & de deſſous les pieds duquel s'exhale une ſuave odeur
qu'il répand ſur tous les Souverains du monde ;
roi à qui le tout-puiſſant a accordé ſes mines d'or
très-pur & très-fin, dont les yeux brillent comme l'étoile du matin, qui poſſéde auſſi l'éléphant
aux groſſes dents, l'éléphant rouge, le noir, le
blanc, le coloré, le tacheté, qui ſemble être plutôt
une femelle qu'un mâle, & l'éléphant Bréhaigne ;
roi à qui le Tout-Puiſſant donne des couvertures
pour ſes éléphants, ornées d'or & de pierreries
avec un grand nombre d'éléphants de guerre qui
portent des maiſons de fer ſur leurs dos, & dont
les dents ſont armées de broches & de fourreaux
de fer, & les pieds de ſouliers de cuivre ; roi
à qui Dieu donne encore des chevaux pourvus

Tome I.   Y

de couvertures d'or , de pierres précieufes & d'émeraudes avec des centaines de chevaux équippés pour la guerre , & de beaux étalons d'Arabie , de Turquie , de Cati & de Bellakki; roi dont la domination s'étend au fud & au nord, qui comble de fes faveurs tous ceux qui le chériffent, & qui réjouit les affligés ; roi qui peut faire voir tout ce que Dieu a créé; roi établi de Dieu pour commander fur toutes chofes , & pour étaler fur le trône d'Achem la magnificence de toutes fes œuvres « (1).

Après une longue énumération des pays que pofsède le roi de Perfe, on l'appelle en outre *rejetton d'honneur, miroir de vertu & rofe de délices.*

On donne à l'empereur de la Chine le *nom de foleil du ciel , d'augufte & faint empereur , de palais royal , de dix mille années ,* &c. (1).

D'autres fe firent appeller fimplement *Dieux :* ceux de Loango ne prennent que ce titre, comme on le dira plus bas.

Les nations éclairées qui habitent les pays froids , traitent de ridicules ces expreffions emphatiques : les titres des rois font fimples & raifonnables, mais ils revendiquent communément

_____

(1) Rel. de Valentyn.
(2) Duhalde.

des pays qu'ils ne poſſedent pas , & le roi d'Angleterre s'appelle toujours roi de France.

Les monarques de l'Inde, & ſur-tout de la Chine ont trouvé un bon expédient pour flatter leur vanité. Les voyageurs avertiſſent les princes de l'Europe qu'ils ne doivent pas envoyer trop légerement à Pékin des préſens ou des lettres, par des commiſſionnaires, des marchands, ou des ambaſſadeurs, & que leurs états ſont mis après cette démarche au nombre des tributaires de la Chine. L'empereur ſe dit ſouverain de la Corée, du Japon, *des Mahométans* (ſous ce terme il comprend Samarcand, le Bengale, l'Indoſtan) & de la Moſcovie. Les Ruſſes proteſtent qu'ils ne dépendent pas de ce prince, ils ont obtenu qu'on ſupprimât le dernier terme, mais leur ambaſſade a été regardée comme un hommage (1).

(1) Duhalde.

CHAPITRE V.

Faste des Chefs & des Princes. Bisarreries dans le Faste.

Pour mieux éblouir, & pour mieux dominer la multitude on a recours au faste : le chef prend un cortège, il s'environne de gardes, il se réserve des parures & des couleurs particulieres (1), & tout annonce l'autorité du maître.

Ce faste est d'abord très-simple ; car ce qui est imposant pour un peuple n'est plus que ridicule pour nous dont chaque particulier égale la pompe souveraine de plusieurs princes.

Les Nègres de Rio-Grande sont gouvernés par un chef qui n'a qu'une palme à la main (2).

Les fils & les gendres d'un roi de la riviere de Sestos portent, comme leur pere, un grand bonnet d'ofier, & c'est la seule parure qui les distingue des autres Nègres (3).

---

(1) A la Chine, l'empereur & les princes du sang de la ligne masculine peuvent seuls porter le jaune, *Gemelli Carery*. A Siam il n'y a que le roi & ceux qui le suivent à la chasse ou à la guerre qui portent le rouge. *Tachard.*

(2) Prevost, tome I.

(3) Barbot.

La tête du prince des Bissaos, (isle d'Afrique,) est couverte d'un bonnet en forme de pain de sucre, entouré par le bas d'un double rang de cordes de chanvre : ce cordon annonce qu'il est maître absolu de ses sujets (1).

On reconnoit les chefs de la baie de Saldanna à une plaque d'ivoire, mince & polie, d'environ seize pouces qui leur couvre le bras depuis le coude jusqu'au poignet (2).

Pendant que le capitaine Sarris étoit à Moka, il reçut la visite du roi de Rahaita sur la côte d'Abyssinie, *il montoit une vache, & il étoit nud* (3).

Les rois de Sabo sont chargés de vermine, les femmes qui accompagnoient celui que vit Philipps, nettoyoient souvent sa tête en public, & elles prenoient plaisir à manger ses poux (4).

L'habit royal du prince de Rio - Gabon est une espece de Harnois, composé d'ossemens & de coquillages rouges, tressés en guirlandes

---

(1) Voyage de Brue.
(2) Prevost, tome II.
(3) Ibid.
(4) Voyage de Philipps.

autour de fon col, de fes bras & de fes jambes (1).

Bientôt ils adoptent des parures bifarres auxquelles ils attachent une fignification emblématique.

Les rois d'Ethiopie avoient un long bonnet, environné d'afpics, afin d'apprendre que ceux qui tendent des embûches aux rois périffent par des morfures venimeufes (2).

Le roi de Loango & les grands de fa cour portent à la main gauche une peau de chat fauvage, coufue en forme de manchon & fermée par le bout (3).

Les monarques d'Egypte plaçoient fur leur tête une peau de lion, de taureau ou de dragon, des branches d'arbres, du feu & quelquefois des parfums exquis (4), ce qui annonçoit leur force & leur puiffance.

En recherchant ce qu'on a imaginé pour rendre les chefs plus auguftes, & donner un air majeftueux à ce qui les entoure, on trouve des ufages curieux.

Les Perfes fembloient fâchés qu'il n'y eût pas

(1) Bofman. Artus.
(2) Diod. de Sic. liv. 3, ch. 2.
(3) Rel. de Battel. On ne fait ce que cela fignifie.
(4) Diod. de Sic. liv. 1, fect. 2.

pour les princes des élemens particuliers ; ils choifirent une certaine eau dont le roi feul, & fon fils pouvoient boire, & il étoit défendu fous peine de mort d'en avaler une goutte (1).

Le roi de Loango a deux logemens, l'un *pour boire* & l'autre *pour manger* (2).

La garde du roi de Monomotapa eft compofée de deux cens gros chiens, & il ne fort jamais qu'accompagné de cinq cens bouffons (3).

Ferrera nous apprend que dom Juan, roi de Caftille, reçut en 1434 les ambaffadeurs de France affis fur un trône magnifique, & qu'un gros lion apprivoifé (4) fut amené à fes pieds.

On introduifit le capitaine Midletton dans le palais du roi de Button ; la grande falle étoit tapiffée des têtes des ennemis que le prince avoit tués pendant la derniere guerre de fa propre main ; on appercevoit au - deffous les traces du fang qui dégouttoit (5) encore de ces têtes.

---

(1) Athénée, liv. 12.

(2) Rel. de Battel.

(3) Leblanc, Dapper, Pigafetta, Linfchoten.

(4) Lorfque Louis XI recevoit des ambaffades, il avoit prefque toujours un gros chien fale fur fes genoux.

(5) Prevoft, tome I.

La circoncifion du roi de Bantam eft accompagnée de jeux & de fpectacles. On dreffe un
immenfe théâtre où le prince eft tranfporté
chaque jour fur les épaules d'un homme ro-
bufte; & il fait le tour de la place dans la pofture
d'Anchife fur les épaules d'Enée. Au moment de
la cérémonie tout le peuple apporte un préfent
au prince : un héraut public s'introduit enfuite
dans une grande figure de diable, & crie par la
bouche de fon coloffe que le monarque impofe
filence à l'affemblée (1).

Au fiècle de Charles VI un *ours* & une *licorne*
offrirent à la reine de France des préfens de la
part des bourgeois de Paris. Ces mafcarades paroiffoient alors très-ingénieufes, & les villes
choififfoient fouvent des animaux pour députés
(2). A l'entrée de Louis XI, » *plufieurs belles*
filles en firenes toutes nues étoient devant la fontaine du Ponceau , lefquelles en faifant voir
leur beau fein , chantoient de petits motets &
bergerettes « (3).

L'empereur du Mexique nourriffoit dans fon

---

(1) Ibid. Où l'on peut voir la figure.

(2) Froiffart.

(3) Malingre.

palais des animaux de toute efpece : il avoit des
caves remplis de viperes, de fcorpions & d'autres bêtes venimeufes qu'on engraiffoit, dit-on,
du fang des victimes humaines (1).

Certains animaux leur procurent un grand
plaifir, & comme un chef doit répandre fa majefté fur tout ce qui lui eft cher, ces animaux
font très-refpectés. Plufieurs mandarins Siamois
fervent l'éléphant blanc du roi : on ne lui donne
à manger que fur de la vaiffelle d'or : fon appar-
tement eft magnifique, & le lambris de fon pa-
villon doré fort proprement : les moindres élé-
phans du prince ont quinze hommes qui les
fervent par quartier, d'autres en ont vingt, trente
& quarante; & l'éléphant blanc en a cent (2).

Les rois d'Angola entretiennent , comme
ceux du Congo , des paons, & ce privilege
eft réfervé à la famille royale. Si un homme
s'avifoit de leur arracher une plume , il feroit puni de mort ou condamné à l'efclavage (3).

Des princes qui s'ennuyent, ne favent quels

(1) Carrery. Herera.
(2) Rel. de la Loubere.
(3) Dapper.

plaifirs inventer, & dégoûtés des hommes ordinaires ils recherchent ce que la nature a fait de
monftrueux ou de défordonné. Les palais de
plufieurs rois font remplis de bouffons, de ba-
teleurs, de nains, de boffus, d'aveugles &
d'eftropiés ou d'infirmes : on a pouflé le raffinement jufqu'à leur apprendre des tours de
foupleffe convenables à leurs défauts naturels; &
on a même vu des peres qui eftropioient leurs
enfans pour fervir à l'amufement du fouverain.

Les rois de France eurent long-tems des foux
en titre d'office. Sauval rapporte une lettre de
Charles V aux maire & échevins de la ville
de Troye; il leur marque » que fon fou eft mort,
& qu'ils ayent à lui en envoyer un autre fuivant
la coutume « (1).

L'amour du plaifir, la crainte & l'ennui donnerent à un prince l'idée de choifir des femmes
pour fes gardes & fes officiers, & d'écarter du
palais tous les hommes. On retrouve cet ufage
en plufieurs pays, & il n'eft pas particulier aux
climats de l'orient.

Le roi de Dahomai n'eft gardé que par des
femmes : Snelgrave admis à fon audience en vit

_____

(1) Sauval, tome I.

trois qui tenoient des parafols autour de fa tête, & quatre autres qui avoient le fufil fur l'épaule (1).

On en compte dix mille auprès de l'empereur de Java. On place les plus vieilles aux portes, dans les appartemens & les promenades; & les plus jeunes font le fervice intérieur. Dès que le Mataran fort il en a plufieurs à fa fuite; les unes font armées de lances & d'armes à feu; d'autres portent du bétel, du firabou, du tabac &c; une des plus belles foutient un parafol fur la tête du prince, & une feconde chaffe avec un évantail les mouches qui s'approchent de fon vifage. Si le monarque s'affied, toutes fe rangent à fes côtés & prennent des poftures voluptueufes & careffantes (2).

Les femmes feules entrent dans la chambre du roi de Siam : elles font fon lit, elles l'habillent & le fervent; mais en l'habillant elles ne touchent jamais à fa tête : ce droit n'appartient qu'à un grand officier qui eft ordinairement prince du fang royal (3).

Le roi de Perfe étoit gardé autrefois par des

(1) Voyage de Snelgrave.

(2) Rel. de Schouten.

(3) Rel. de la Loubere.

femmes qui ne le quittoient pas même pendant la nuit (1).

Le faste des grands empires eft une vaine magnificence qui dégénere en profufion, & qui accable fouvent les fujets ; & il y a des meubles fi fomptueux qu'il faut en parler ici. Rubruquis vit à la cour du kan de Tartarie un arbre d'argent qu'on avoit fabriqué pour introduire les liqueurs dans le palais, & éviter le *fpeƈtacle défagréable, des pots & des cuves* dont on s'étoit fervi jufqu'alors. Voici la defcription qu'en fait notre voyageur.

» Au pied de l'arbre étoient quatre lions, chacun avec fon tuyau qui s'elevant dans l'intérieur de l'arbre, fortoit au fommet & defcendoit par dehors en fe courbant. Un de ces tuyaux étoit pour le vin, un autre pour le *karannos*, le troifieme pour le *bal*, & le quatrieme pour le *tarafma*. Sur chacun étoit un ferpent d'or dont la queue s'entrelaçoit avec le tronc de l'arbre, & par deffous il y avoit des vaiffeaux qui recevoient les différentes liqueurs. On voyoit au fommet la figure d'un ange qui tenoit une trompette, & l'arbre étoit dreffé fur une voûte d'où montoit un tuyau jufqu'à l'ange. Tous ces accom-

---

(1) Athénée, liv. 11.

pagnemens , auffi bien que les branches & les feuilles de l'arbre étoient d'argent. Le réfervoir des liqueurs étoit hors du palais. Lorfqu'on vouloit boire , le premier fommelier donnoit ordre à l'ange de fonner la trompette. Auffitôt un homme, placé fous la voûte , fouffloit dans le tuyau qui répondoit à l'ange ; & l'ange portant la trompette à fa bouche faifoit entendre un fon fort aigu qui fervoit de figne aux officiers du réfervoir. Ils verfoient alors quatre fortes de liqueurs dans les tuyaux refpectifs qui les conduifoient jufqu'à l'ouverture extérieure où les domeftiques du palais venoient puifer « (1).

On dit que le palais de Khofrou , roi de Perfe , étoit foutenu par 40000 colonnes d'argent, & la voûte enrichie de mille globes d'or qui par leurs mouvemens repréfentoient les planètes & les conftellations du zodiaque ; & que trente mille houffes en broderie tapiffoient les murailles (2).

Le palais impérial de Pékin renferme une multitude d'autres palais dont voici les noms.

I. Palais du Savoir floriffant.

II. Palais du Confeil.

---

(1) Voyage de Rubruquis.
(2) D'Herbelot, bibl. orient. art. Khofrou.

3. Palais des Empereurs morts.

4. Palais de la Bonté & de la Prudence.

5. Palais de la Compaſſion & de la Joie.

6. Palais floriſſant de l'Union.

7. Palais des Noces Royales.

8. Palais de la Piété.

9. Palais de Bonté.

10. Palais Heureux.

11. Palais du Titre dû.

12. Palais de la Félicité.

13. Palais de longue Vie.

14. Palais du repos Céleſte.

15. Palais de la Grande Amitié.

16. Palais de la place du Repos.

17. Palais qui reçoit le Ciel.

18. Palais de la Terre élevée.

19. Palais de la Vertu abondante.

Outre ces palais qu'entourent les murs du palais intérieur, il y en a d'autres entre les deux enclos.

1. Palais de la Double Fleur.

2. Palais du Soleil Levant.

3. Palais des dix mille Vies.

4. Palais de la parfaite Pureté.

5. Palais de la Tour Floriſſante.

6. Palais des dix mille Plaiſirs.

7. Palais des murs de Tigre.

8. Manfion de la Fortereffe du Milieu (1).

La vanité des princes érige d'autres monumens : les fameufes pyramides d'Egypte , occuperent 360,000 ouvriers pendant 20 ans , & lorfque l'ouvrage fut fini, on n'y enterra pas les monarques : le peuple irrité de tant de travaux jura qu'il tireroit leurs corps de cette fépulture , pour les mettre en pièces (2).

Enfin le fafte multiplia le nombre des gardes & des officiers à un point exceffif. Il y avoit dix mille eunuques dans le palais impérial de la Chine , quand les Tartares s'en emparerent , & dès que l'empereur actuel fort pour chaffer ou prendre l'air, fa fuite eft de deux mille perfonnes. Des voyageurs ofent affurer que le Mogol traînoit avec lui autrefois , 80 ou 100 mille hommes (3) ; mais cela eft impoffible.

_____

(1) Rel. de Magalhaens.

(2) Diod. liv. 1, fect. 2.

(3) Duhalde.

CHAPITRE VI.

Respect pour les Chefs & les Princes. Hommages qu'on leur rend. Adoration.

LES hommes si libres & si fiers dans les premiers tems perdent bientôt cette grandeur d'ame: leur caractere se dégrade, & ils ont besoin de se prosterner aux pieds de ces mêmes êtres qu'ils traitoient jadis avec tant de hauteur. Le respect pour un chef qui commande, & à qui tout obéit, ne pouvoit s'arrêter dans de justes bornes, & soit par séduction de la part de ceux qui gouvernent, soit par cet instinct naturel dont on vient de parler, la vénération des peuples devoit se livrer à tous les excès.

Cette époque ne tarde pas à arriver; car le chef des Natches fait croire qu'il est le frere du soleil, comme on l'a dit, & on le sert avec le respect le plus servile.

Des voyageurs (1) nous apprennent que les sauvages de la Floride sacrifient à leurs chefs leurs premiers enfans mâles.

Il paroit que la majesté souveraine est encore

(1) Rel. de la Laudonniere.

plus

plus refpectée chez les Nègres que par-tout ailleurs; & leurs hommages ont un caractere particulier de groffiereté & de baffeffe, dont il faut
chercher les raifons.

Les princes des grandes nations impriment le
refpect par la magnificence & la fomptuofité;
mais chez les peuples barbares ils doivent fuppléer à l'éclat du trône par les préjugés & l'é-
ducation, & cette maxime de politique s'eft
préfentée à l'efprit des chefs de Guinée. ——
L'imagination ardente des Nègres dénature tout
parce qu'elle embraffe trop fortement les objets:
elle a befoin d'ailleurs de fe nourrir de farces &
de cérémonies, & comme ces farces & ces cérémonies ne pouvoient pas déroger à la majefté
des chefs, elles l'exagérent en aviliffant les fujets.
——Le climat d'Afrique plus chaud que celui
d'Afie ne produit cependant pas la molleffe &
l'indolence qu'on reproche aux peuples de l'O-
rient; il donne aux Nègres un caractere énergique; ils font toujours féditieux ou rampans, &
pour réprimer leur fureur & tromper leur inquiétude, on a imaginé les cérémonies & les
coutumes les plus capables de les contenir dans
la foumiffion.

L'ufage de fe couvrir de fable ou de fe rouler
dans la pouffiere reviendra fouvent, & fur pref-

Tome I.   **Z**

que toute la côte ils expriment ainſi leur **vil**
reſpect.

Lorſque les Azanaghuis des environs de l'iſle
d'Arguin ſollicitent des graces, ils ſe dépouillent
de leurs habits, ſe jettent à genoux au milieu
de la derniere cour, en baiſſant le front juſqu'à
terre, & ſe couvrent la tête & les épaules de
ſable. Dès que le prince paroit, ils s'avancent
en continuant de s'arroſer de ſable : le roi affecte
de ne pas regarder, il tourne un inſtant les yeux
ſur eux quand ils ont fini leur diſcours, & il
fait ſa réponſe en deux mots (1).

Les appartemens du damel ne ſont ouverts
qu'aux grands les plus diſtingués : après quelques
proſtrations au milieu des cours, ils arrivent à
la porte du palais nuds depuis les pieds juſqu'à la
ceinture ; ils ſe couvrent à diverſes repriſes la
tête & le viſage de pouſſiere ; ils s'agenouillent
a deux pas du monarque, & lorſqu'ils ont parlé
ils tiennent les bras étendus vers les genoux, &
de tems en tems ils ſe jettent du ſable ſur le
front.

Le général de ſes troupes ne lui parle à l'armée qu'avec le même reſpect. Dès qu'on l'ap-

_____

(1) Voyage de Cadamoſto. Les parens du prince ſont
ſoumis à cette cérémonie.

perçoit dans le camp on se jette à genoux, & on
se couvre à trois reprises différentes la tête de
poussiere, & on recommence de nouveau toutes
les fois qu'on reçoit un ordre de sa part (1).

Le palais du roi de Benin n'a point de fenêtre,
la voûte qui est de planches légeres, laisse entrer
la lumiere par quelques ouvertures, mais les courtisans n'osent le regarder au visage : ils s'asseyent
à terre les coudes appuyés sur les genoux & la
tête sur les mains : ils ne levent jamais les yeux
à moins qu'on ne les appelle ; ils rampent ensuite
en arriere parce que c'est un crime de tourner
le dos (2).

On est toujours éloigné de vingt pas du roi
de Dahomay ; ceux qui ont quelque chose à dire
baisent la terre, & parlent à l'oreille d'une vieille
femme qui va chercher la réponse (3) : ceci ressemble à ces peuples dont Montagne fait men-
tion qui n'adressoient la parole à leurs princes
qu'avec une sarbacane (4).

Le palais d'Issiny est entouré de palissades sans
portes ; on y monte à l'aide d'une échelle dont

---

(1) Voyage de Bruce.

(2) *History of travels in the west and East Indies,
by Eden and Willes.*

(3) Voyage de Snelgrave.

(4) Essais de Montagne, liv. 1, chap. 22.

les degrés font à deux pieds de diftance : voici cependant comment on eft admis à l'audience du monarque. Le député fe dépouille de fa chemife, & fe couche le vifage contre terre : deux marabouts couvrent fon corps de poufliere & de gravier : il fe releve & va prendre en rampant une bouchée de fable qu'il crache auffitôt, il en remplit fes mains, & il fait fa harangue (1).

Dès que l'empereur du Monomotapa boit, touffe, ou éternue, un de fes officiers crie tout haut : *priez pour la fanté & la profpérité de l'empereur*, & le palais retentit de prieres & de cris de joie (2).

Si les Abyffins entendent le nom de l'empereur, ils s'inclinent & touchent la terre de la main (3). Le pere Lobo fe plaint d'avoir reçu des coups de bâton en entrant chez ce prince ; & lorfqu'il demanda pourquoi on le battoit, on lui répondit que les courtifans tiennent des gaules à la main, pour apprendre *au monde* qu'il n'y a point de peuple plus brave que les Abyffins, & qu'il faut s'humilier aux pieds de leur roi (4).

---

(1) Voyage de Loyer.
(2) Marmoll ; Oforius ; Ramufio.
(3) Tellez. Almeyda.
(4) Voyage d'Abyffinie.

Le prince de Sennaar, près de l'Egypte, ne paroit en public que le visage couvert d'une gaze de soie de plusieurs couleurs.

On ne voit jamais celui de Juida qui est caché derriere un rideau : on baise trois fois la terre à la porte du palais, & on rampe vers le rideau auquel on rend ses hommages (1). Les vice-rois sont encore plus avilis : ils arrivent à la premiere cour suivis d'un brillant cortege & magnifiquement vêtus; mais ils quittent leurs habits & leurs ornemens pour se couvrir d'un pagne grossier de roseaux ou de joncs (2). On ne sait jamais dans quel endroit du palais ce prince passe la nuit : Bosman demanda où couchoit le roi ; on lui répondit *où croyez-vous que Dieu dorme ?*

Les grands de Loango se jettent aux pieds du monarque & se roulent dans le sable : à côté du prince il y a des crieurs publics qui tirent d'une grosse sonnette de fer un bruit dur & lugubre pour imposer silence à l'assemblée (3). Il est défendu sous peine de mort de regarder le roi,

---

(1) Bosman.

(2) Voyage de Desmarchais, vol. II.

(3) Rel. de Battel.

lorfqu'il eſt à table (1); ceux qui lui préfentent la coupe tournent auſſitôt le viſage, fonnent une cloche, & on fe profterne. Un enfant de fept à huit ans, fils d'un feigneur, s'endormit dans la falle du feſtin & s'éveilla pendant que le roi tenoit le verre à fa bouche : on lui caſſa la tête d'un coup de marteau, les prêtres firent tomber fon fang fur le mokiſſos du prince, on lui mit une corde au col, & on le traîna fur le grand chemin (2) où on expofe les cadavres des criminels. Battel rapporte un autre exemple : un fils du roi lui-même, âgé de onze ans, s'approcha de fon pere qui dînoit : on faifit l'infortuné ; on le coupa en quatre morceaux : des hérauts les porterent dans toute la ville, & annoncerent la caufe de fon fupplice. Un autre fils plus jeune encore courut vers lui pour l'embraffer, le grand-prêtre demanda qu'il fût puni de mort : on fendit fa tête d'un coup de hache ; & on frotta de fon fang les bras du prince, afin de détourner les malheurs d'un tel préfage (3). Cette loi s'étend jufqu'aux bêtes ; car un monar-

---

(1) La fuperſtition a fait cette ordonnance pour empêcher que le prince ne meure fubitement.

(2) Rel. d'Ogilby.

(3) Ce fait eſt atteſté par un voyageur qui en fut le témoin.

que fit affommer un chien qui le careffa pendant qu'il buvoit.

On fert à genoux le roi d'Ardra, & on rend
des hommages aux plats qui vont à fa table ou
qui en fortent. Dès qu'ils approchent on fe profterne jufqu'à terre ; & c'eft un fi grand crime de
jetter les yeux fur les alimens du roi que le
coupable eft puni de mort, & fa famille condamnée à l'efclavage (1). Les voyageurs ne difent
pas fi les cuifiniers préparent les mets fans les regarder. Enfin on fe met à genoux lorfque les
fruits de la bouche de l'empereur d'Ava paffent
au milieu des rues (2).

Au Congo c'eft un crime capital d'approcher
de fa femme ou de fes concubines pendant que
le roi eft abfent de la ville qu'il habite ordinairement : on avertit le peuple de fon départ &
de fon retour. Les femmes laffes de leurs maris
les accufent d'incontinence durant cet intervalle,
& c'eft un moyen fûr de s'en débarraffer (3).

Quand il y a un interregne au comté de Sogno,
le pays eft gouverné par un enfant , pour montrer combien on eft foumis à l'autorité (4).

(1) Voyage d'Elbée.
(2) Hamilton's *account of the Eaft India.*
(3) Voyage de Labat.
(4) Voyage de Merolla.

Z 4

Le roi de Melinde châtie lui-même les coupables : Après avoir reçu des coups de bâton de fa main, on baife fes pieds, & on le remercie.

Enfin une loi publique déclaroit incapables de poffe´der aucun office *ceux qui manquoient d'empreffement à obéir* (1) *au roi de Commendo.*

D'autres peuples s'aviliffent encore davantage. Si les Infulaires de Ceylan parlent à leur prince, ils n'ofent prendre la qualité de créatures humaines ; au lieu de dire : *j'ai fait,* ils difent : *le membre d'un chien a fait telle chofe* : dès que le roi demande combien avez-vous d'enfants ? Ils répondent qu'ils ont un tel nombre *de chiens & de chiennes* (2).

Les parens mêmes du chef ne font plus rien auprès de lui. L'empereur d'Abyffinie ne traite fes femmes, fes freres & fes coufins que d'efclaves. » Je fais, dit-il, vice-roi, N., mon efclave «, quoiqu'il foit fon frere (3).

Chaque fujet indifféremment n'eft pas digne de fervir le chef. Pigafetta cite des royaumes d'Afrique où les cuifiniers de Sa Majefté font des princes du fang, & les fous-cuifiniers des

---

(1) Bofman.
(2) Rel. de Knox.
(3) Tellez, Ludolph.

géns de qualité (1) , qui ne doivent jamais con-
connoître de femmes : on les renvoye tous à l'âge
de 20 ans.

L'honneur de servir un roi de Babylone n'étoit
accordé qu'aux hommes les plus beaux (2) , &
en Turquie les Icoglans doivent être bien faits
& d'une phisionomie agréable (3).

Ailleurs il ne faut pas avoir des sentimens de
liberté : les serviteurs de l'empereur d'Abyssinie
font des esclaves qu'il tire lui-même de la pous-
fiere (4).

On a poussé l'attention jusqu'à écarter les
sujets des environs du Palais. A Ceylan on fait
une garde exacte sur tous les chemins qui y
mènent , & on est arrêté si on n'a pas une permiffion signée des officiers de la couronne (5).

A Siam c'est un crime capital de tirer par
hasard ou à dessein une arme à feu , assez près
du palais pour qu'elle soit entendue du roi (6).

---

(1) Il ne faut pas croire que ces officiers ressemblent à
nos grands sommeliers, par exemple : ils font véritablement la cuisine du roi.

(2) Dan. chap. 5.

(3) Etat présent de l'empire Ottoman.

(4) Tellez Ludolph.

(5) Rel. de Knox.

(6) La Loubere.

Le pere Tachard raconte qu'à un demi-quart de lieue du château, les matelots qui jufqu'alors avoient fait grand bruit, ramerent fi doucement qu'il régnoit un calme parfait dans le vaiffeau : on avertit les Jéfuites de fe taire ou de parler fort bas; & en defcendant fur le rivage, couvert de foldats & de mandarins, ils fe crurent au milieu d'une folitude.

Si la pofition des lieux ne permet pas qu'on en défende l'approche, on ordonne de marcher très-vîte & de garder un filence profond. Il n'eft permis à perfonne de paffer à cheval ou en chaife devant la porte du palais impérial de la Chine; chacun doit mettre pied à terre & traverfer le plus promptement qu'il eft poffible (1).

On n'entend jamais le moindre bruit dans l'efpace d'un mille autour du palais où le kan des Tartares fait fa réfidence (2).

Lorfqu'un roi de Corée eft en marche chacun garde le filence & la plupart des foldats portent

---

(1) Duhalde.

(2) Voyage de Marcopolo. On n'a pas la liberté de cracher dans le palais : les feigneurs portent pour cela un vafe couvert. Ils font obligés d'ôter leurs bottines & d'en prendre de cuir blanc dès qu'ils paffent le feuil de la porte.

un petit bâton à la bouche afin qu'on ne les accufe pas de remuer (1).

Il y avoit aux environs & dans l'intérieur du
palais d'Augufte des officiers qu'on nommoit
filentiarii , & qui puniffoient fur-le-champ à
coups de verge celui qui manquoit à la loi du
filence (1).

Enfin l'excès de la délicateffe eft devenue ridicule. Les bonzes , les aveugles , les eftropiés,
les mendians, ceux qui ont le nez ou les oreilles coupées ou une cicatrice & une difformité
vifibles n'approchent point du palais de Pekin (3).

On a déja dit que tous les fujets ne voient pas
le roi ; mais il refte encore fur ceci de petits
raffinemens qu'il faut expofer.

L'imperatrice d'Abyffinie n'a pas le privilege
d'affifter au dîner de fon mari (4).

Lorfque le roi de Siam fe fait porter en chaife ,
plutôt que de fe montrer , il y entre par une fenêtre ou par une terraffe (5).

---

(1) Rel. d'Hamel.
(2) Calliachus *de fuppliciis fervorum.*
(3) Duhalde. Le Comte.
(4) Tellez. Ludolph.
(5) La Loubere. L'Abbé de Choify.

Non-feulement on ne voit pas le roi de Malabar, mais à quelque diftance qu'on foit de fa perfonne, on n'ofe jamais s'affeoir dans un lieu où fes regards peuvent tomber (1). Dès qu'il fort, des officiers le dévancent au loin & crient de toutes leurs forces que le prince approche, & ceux qui n'ont pas droit de paroître en fa préfence fe retirent.

Les petits mandarins rempliffent les cours & les jardins du palais de Siam, & lorfqu'ils apprennent, par certains fignaux, que le roi peut les voir, ils fe profternent fur les genoux & fur les coudes (2).

Quand le roi de la Corée fort, les portes & les fenêtres des rues voifines font fermées, & il eft défendu fous peine de mort de les entr'ouvrir (3).

Celui d'Achem, dans l'ifle de Sumatra, admet à la vérité fes fujets à fon audience; mais il leur parle & reçoit leurs plaintes ou leurs prieres fans fe laiffer voir (4).

On entre dans le palais d'Arrakan; mais fi

(1) Voyage de Dellon.
(2) La Loubere.
(3) Rel. d'Hamel.
(4) Prevoft, tome I.

le roi paroît, chacun tient les mains jointes sur le front & sur les yeux & baisse la tête, pour montrer qu'on est indigne de contempler sa majesté (1). Schouten dit que cette posture est très-fatigante, & qu'après la cérémonie, il fut obligé de recourir à un chirurgien.

Le roi d'Ava se laisse voir, mais ce n'est que tous les cinq ans. On dépêche des courriers de toutes parts, pour l'annoncer; & on ordonne à tous les sujets de l'un ou de l'autre sexe, depuis 18 ans jusqu'à 60, d'aller à la capitale, afin de voir le roi : quiconque s'en exempte paye une amende de 10 sols (2).

A la Chine il ne suffit pas de s'enfuir à l'approche de l'empereur, on est obligé, sous peine de mort, de se barricader dans ses maisons (3).

Ce n'étoit pas assez d'ôter aux Siamois le droit de jouir de la vue du roi, on ne leur permet point de s'informer de sa santé ; ils ne sont pas même dignes d'aimer leur prince. La plupart ne savent point son nom, & il n'appartient qu'aux mandarins du premier ordre de le prononcer. Il

---

(1) Rel. de Schouten.

(2) Voyage de Schouten. Le tems de cette grande cérémonie arriva pendant le séjour de Schouten dans cet empire.

(3) Rech. phil. sur les Egyptiens & les Chinois.

eſt défendu de s'entretenir ſur le bien ou le mal qui ſe fait au fond du palais (1) , & on eſt obligé ſous peine de mort de dénoncer tout ce qu'on entend dire.

Les autres cours de l'Aſie ne ſont pas moins reſpectueuſes. 3000 hommes & 1500 eſclaves, qui compoſent la garde du roi d'Achem , ne ſortent preſque jamais des premieres enceintes du château (2).

Les grands de Tunquin ne paroiſſent à la cour que nuds pieds (3).

Les eunuques entroient ſeuls jadis dans les appartemens du Mogol (4). Le corps des *quatre mille eſclaves* de l'empereur étoit compoſé des ſoldats les plus diſtingués , qui portoient un ſigne au front pour marquer leur dévouement abſolu à la perſonne de l'empereur. Bernier nous apprend que ce prince ne prononçoit pas un ſeul mot que les omrahs & les Seigneurs de la cour

---

(1) Rel. de Tachard. Les courtiſans ne ſe rendent aucune viſite ſans la permiſſion expreſſe du roi ; & lorſqu'ils ſe rencontrent , il faut qu'ils parlent haut & en préſence d'un tiers. Les mandarins ne montent l'eſcalier du palais qu'en rampant , & par reſpect ils ſe traînent doucement.

(2) Rel. de Beaulieu.

(3) Rel. de Baron.

(4) Voyage de Rhoë.

ne levaſſent les mains aux ciel en criant, *merveilles.*

Les mandarins du palais & les princes du ſang ſe proſternent devant le fauteuil, le trône, l'habit & la ceinture de l'empereur de la Chine & devant tout ce qui ſert à ſon uſage. On exige des ambaſſadeurs les mêmes ſalutations : un envoyé de Moſcovie refuſa de s'y ſoumettre & il partit ſans avoir audience. Le frere de ſa majeſté ne lui parle qu'à genoux. Il arrive à Pekin des provinces de l'empire, plus de mille mandarins le jour du nouvel an, pour complimenter le prince : ils ſe rangent dans les différentes cours du palais, ſuivant leur dignité : ils font tous enſemble trois génuflexions, & ils baiſſent trois fois la tête vers l'intérieur du palais : un officier du tribunal des cérémonies, crie à haute voix, *à genoux :* ſon ordre eſt exécuté : il crie enſuite *frappés de la tête contre terre* : & ils frappent de la tête contre terre : le même officier dit, *levez-vous :* & chacun ſe lève. C'eſt un grand honneur d'être admis à cette cérémonie. Enfin lorſque l'empereur eſt malade, l'allarme devient générale : les mandarins s'aſſemblent au milieu d'une cour, &, malgré la rigueur de la ſaiſon, ils paſſent à genoux les jours & les nuits & demandent au ciel le rétabliſſement de ſa ſanté. Si le prince meurt, on dit , *il eſt entré un nouvel hôte au ciel* (1).

Le dairy du Japon profaneroit ſa ſainteté s'il touchoit la terre de ſes pieds ; & il eſt toujours porté ſur les épaules de quelques hommes : il ne s'expoſe jamais au grand air & le ſoleil n'eſt pas digne de luire ſur ſa tête : tout en lui eſt ſacré & il n'oſe couper ni ſes cheveux, ni ſa barbe, ni ſes ongles ; des officiers particuliers choiſiſſent pour cela le tems de ſon ſommeil. Il ſe tenoit jadis ſur un trône pendant pluſieurs heures de la matinée : il devoit être parfaitement immobile : dès qu'il remuoit, on imaginoit que la guerre, le feu, la famine ou d'autres fléaux ne tarderoient pas à déſoler l'empire. On lui ſert chaque jour ſa nourriture dans des vaſes neufs, & on briſe ce qui a paru ſur ſa table, car *la gorge des laïques s'enfleroit s'ils mangeoient ſur cette vaiſſelle* (2).

Lorſqu'on eſt admis à l'audience du cubofama, on ſe traîne ſur les mains & les genoux juſqu'aux pieds de ſon trône ; on touche la terre du front, & dans cette poſture on recule enſuite comme les écreviſſes. Ce que dit le monarque paſſe par la bouche du Bengo, & l'on ne reçoit

----

(1) *Voyez* les voyages de Nieuhof, de Lange, de Gerbillon ; les lettres de Le Comte & Duhalde.

(2) Kempfer.

jamais

pas immédiatement fes ordres facrés (1).

Cette vénération prend fous le defpotifme militaire un caractere de terreur & d'épouvante : ce n'eft plus le refpect d'un fujet, mais la frayeur d'un efclave qui voit un glaive. On en trouve des preuves au Livre de l'efclavage, en voici de nouvelles. Suivant quelques hiftoriens, on agita dans le fénat fi Céfar n'avoit pas un droit de prélibation fur toutes les femmes.

Paulus portoit une bague qui repréfentoit la figure de Tibere ; à la fuite d'un excès de table il prit un pot-de-chambre, & Maron le dénonça parce qu'il avoit profané l'image du fouverain, par des approches indécentes (2).

On infultoit & on diffamoit impunément le plus honnête-homme, dès qu'on tenoit l'image de l'empereur (3).

On douta fi ce n'étoit pas un crime de haute trahifon de toucher la ftatue d'un empereur avec une pierre qu'on jettoit au hafard (4).

On ne pouvoit pas fondre cette ftatue (5) fans être coupable de lèze-majefté.

(1) Kempfer.
(2) Sénèque, des Bienfaits, liv. 3.
(3) Ann. de Tacite, liv. 3.
(4) L. 5, ad legem Jul. majeftatis.
(5) L. 6. ff. ad Jul. maj.

Tome I.   A a

On puniſſoit comme ſacrileges ceux qui dou-
toient du jugement du prince ou du mérite de
ceux qu'il choiſiſſoit pour un emploi (1) & le
ſénat voulut qu'on jurât par les actions de Tibere (2).

Il y a d'autres hommages que leur ſingularité
n'a pas permis de joindre à ceux qu'on vient de
rapporter : on ne multipliera pas les exemples.

Montagne cite des pays où les dames du palais tendent la main lorſque le roi crache &
où elles ramaſſent ſes ordures (3).

Un officier de la cour de Siam a ſans ceſſe
les yeux attachés ſur le roi, afin d'être plus at-
tentif aux ordres que le prince lui donne par
ſignes, il les communique par d'autres ſignes (4).

Deux belles femmes très-parées tiennent continuellement à la main une plume & du papier
pour écrire ce qui ſort de la bouche de l'empereur

---

(1) Voyez la troiſieme loi au code de crim. ſacril. *Sa-
crilegii inſtar eſt dubitare an is dignus ſit quem elegit
imperator.*

(2) Tacite *ann. lib.* 1, *chap.* 72. Les ſoldats Romains
portoient ſouvent ſur la chair la figure de l'empereur, gra-
vée au fer chaud.

(3) Montaigne, liv. 1, chap. 22.

(4) La Loubere.

du Catay, & on recueille ainsi ses moindres paroles : lorsqu'il se retire on lui présente le papier, & il voit s'il juge à propos de changer ses ordres (1).

Voici une loi de l'empereur Justin : » Tout ce qui concerne les marques de l'autorité souveraine ne doit pas être indistinctement travaillé dans les boutiques & les maisons des particuliers ; mais il faut que les ouvriers du palais le fabriquent dans l'enceinte même de ma cour « (2).

La reine des Foulis ne tourne jamais la tête ; elle n'examine point ce qui se passe à ses côtés, elle croiroit manquer à son rang : on n'ose pas remuer autour d'elle ; on craint de lui donner envie de regarder (3).

Dès que le roi de Melinde sort de son palais, on éventre une biche, & des prêtres cherchent dans les entrailles de la victime des présages sur le bonheur ou le malheur de cette sortie.

Quand on admit Gama à l'audience du Samorin de Calicut, les courtisans se couvroient la bouche de la main gauche, de peur que l'odeur

---

(1) Coll. de Thevenot.
(2) Lib. 2 , tit. 9. *nulli prorsus liceat.*
(3) Voyage de Brue.

de leur haleine ne parvînt jufqu'au roi (1).

On n'entre pas au palais de Siam après avoir bu de l'arrak, & afin que l'habitation du prince ne foit pas profanée par des ivrognes, un officier fent à la bouche ceux qui paffent le feuil de la porte (2).

A Cochin un homme qui mangeoit une feule fois fur un vaiffeau ne pouvoit plus jadis reparoître devant le roi (3).

C'eft un crime capital à Juida & dans le Royaume de Dahomay de parler de la mort en préfence du prince (4).

Les Tartares qui fe trouvent dans la maifon d'un mort au moment de fon décès font exclus de la Cour pour un an, fi le défunt eft un homme & pour un mois fi ce n'eft qu'un enfant (5).

Ce refpect dégénere en adoration ; & les chefs ne font plus des hommes. On a demandé fi les princes fe croyent réellement au-deffus des mor-

---

(1) Prevoft, tome I.

(2) Rel. de la Loubere.

(3) Prevoft, tome I. On croyoit probablement que cet homme aimoit peu fa patrie, puifqu'il penfoit à la quitter, & dès-lors il étoit indigne de reparoître devant le rôi.

(4) Bofman, & defcr. *of British empire in Europe*, *America*, &c.

(5) Voyage de Rubruquis.

tels, & comment les peuples peuvent tomber dans cet aveuglement : —Le délire de la puiffance & l'abrutiffement de la fervitude ôtent la raifon; par-tout on cherche à faire des princes des êtres plus qu'humains, puifqu'on les fuppofe en quelque forte infaillibles, & les hommages qu'on leur rend mènent d'ailleurs à cette idée.

Les Tlafcalans n'ofoient déja plus lever la tête ou les yeux, ni faire le moindre mouvement devant leurs caciques (1).

Lorfque les Tartares introduifent un étranger chez leurs princes, ils le purifient entre deux feux (2).

Si la chaleur du foleil incommode le roi de Monbaze, il menace le ciel & il décoche en l'air des flèches.

Les Maroquins croient monter en paradis s'ils meurent en exécutant les ordres du fouverain, & ceux qui meurent de fa main y jouiffent, difent-ils, d'un plus grand degré de bonheur (3).

Une loi des Vifigoths défendoit fous peine d'être battu de verges d'imputer au prince aucune mauvaife action, ni de flétrir fa mémoire après fa mort (4).

---

(1) Herrera.
(2) Voyage de Carpini.
(3) Mouquet. Braithwait.
(4) *Legis Wifigoth. lib. fecundus.*

A a 3

Lorſque le roi de Perſe a condamné quelqu'un fût-il ivre ou hors de fens, on ne peut plus lui en parler, ni demander grace (1). Les empereurs romains avoient la même politique & une ancienne loi défendoit de ſe ſouvenir de ceux qui ſont renfermés par ordre du gouvernement, ou même de prononcer leur nom (2).

Grégoire VII diſoit que le pape devient ſaint au moment qu'il eſt élu (3).

Enfin on franchit effrontément le pas , & les ſouverains furent des dieux. Les Nègres de Loango ne donnent pas d'autre titre à leur prince : il eſt le maître des élémens ; les peuples s'aſſemblent à la fin de Décembre , & on l'avertit que les terres ont beſoin de pluie : il lance une flèche vers le ciel & s'il pleut le même jour les réjouiſſances & les exclamations durent des mois entiers : Battel fut témoin de cette céré-

_____

(1) Voyage de Chardin.

(2) Procope.

(3) On a imaginé ſur les princes toute ſorte de ſuperſtitions , & lors même qu'elles ne ſont pas à leur avantage, elles tendent à les élever au-deſſus des mortels ordinaires. Ainſi des hiſtoriens écrivent ſérieuſement que tous les rois de France de la premiere race , naiſſoient avec l'épine du dos couverte de poils de ſanglier. Theophanes. Cedrenus.

monie. Un des officiers du roi de Congo a la ſurintendance de l'atmoſphère (1).

Le roi de Siam alloit frapper la riviere de ſon poignard dans les grandes inondations, & il commandoit aux flots de ſe retirer, mais comme ils n'obéiſſoient pas toujours on a renoncé à cet uſage.

Les prêtres de Bantam enſeignent que le roi eſt un Dieu ſur la terre. On ramaſſe ſes excrémens ; on les ſèche , & on en ſaupoudre les viandes (2). Les ſujets du Lama les portent au col en forme de relique : la vente des excrémens & de l'urine du prince, lui procure un revenu conſidérable (3).

Les rois de Babylone & d'Aſſyrie exigeoient des honneurs divins : ils ſe mettoient au-deſſus de tous les dieux des peuples vaincus , & même ils ordonnoient qu'on n'adorât qu'eux ſeuls (4).

Le capitaine de la garde demandoit à ceux qui vouloient paroître devant le roi de Perſe, s'ils étoient diſpoſés à l'adorer : on les chaſſoit s'ils ne

---

(1) Voyage de Labat.
(2) Rel. de Tavernier.
(3) Rel. de Gerbillon & de Grueber.
(4) Rois 18 , Judith 3 , chap. 8.

vouloient pas se soumettre à la cérémonie (1).

Il y avoit dans chaque famille de Rome des prêtres à l'honneur d'Auguste (2) : on accusa les habitans de Cyzique d'indifférence pour la divinité de cet empereur, & on leur ôta la liberté qu'ils avoient autrefois mérité en chassant Mithridate des portes de leur ville (3).

Comme il survient une époque où l'on déifia les mortels, des monstres que la bassesse adora pendant leur vie, reçoivent les honneurs de l'apothéose après leur mort. Commode est assassiné : le sénat le charge d'imprécations : ses statues sont mises en pieces, & on jette son corps dans le Tibre. Sévère l'appelle son frere par la suite, le place au rang des dieux, & établit en son honneur des prêtres & des sacrifices (4). On déclara aussi que Caracalla étoit un dieu.

A prendre à la rigueur les expressions de quelques législateurs & de quelques écrivains, on croiroit même qu'on a mis les princes au-dessus des dieux (5). Le neuvieme capitulaire de l'empe-

---

(1) Plut. *in Themist.*
(2) Ann. de Tacite, liv. 1, chap. 73.
(3) Ibid. liv. 4.
(4) Lamprid. *vit. Commod.*
(5) Voyez la page précédente touchant les rois de Babylone.

reur Louis eſt conçu en ces termes : *la loi des empereurs n'eſt pas au-deſſus de celle de Dieu ; mais au-deſſous* (1). Le code des anciennes lois eſt dédié à l'empereur Mathias , & voici la premiere phraſe de l'épitre dédicatoire : *j'apporte cet ouvrage ſur les autels de votre majeſté ,* & le rédacteur fait entendre ailleurs que ſon prince eſt le plus grand de tous les dieux.

Quelle illuſion ne doivent pas produire du côté des chefs & du côté des peuples, ces hommages & ces adorations ? Alexandre laiſſe dans un canton de l'Aſie des machines & des équipages de guerre qui ne peuvent convenir qu'à des géans : il veut en impoſer à la poſtérité (2). Caligula appelloit Jupiter en duel , & lui jettant des pierres, il s'écrioit ; *ôte - moi du monde où je t'exterminerai.* Un mandarin Siamois fut condamné injuſtement à être puni : un François voulut demander ſa grace au roi : non reprit le mandarin , il faut ſubir le châtiment, afin de mieux voir juſqu'où va ſon attachement pour moi.

---

(1) *Lex imperatorum non eſt ſuprà legem Dei , ſed ſubtus , in add. tertia cap. Caroli Magni.*

(2) Quinte-Curce.

CHAPITRE VII.

Mariage, & Femmes des Chefs.

PARMI tant d'hommages comment n'oublie-
roit-on pas que les chefs ont des devoirs à remplir, & que leur vie devroit se passer dans l'inquiétude & le travail ? ils semblent être des mortels nés pour le plaisir : partout on leur procure
les femmes les plus belles, & lorsqu'ils prennent une épouse on employe de grandes précautions.

Le chef des sauvages de Naraganset, avoit un
fils & une fille qu'il maria ensemble, parce qu'il
ne trouvoit personne digne de son alliance (1).
L'héritier présomptif de la couronne du Pérou,
épousoit sa propre sœur : on ne vouloit pas
mêler le sang du soleil avec celui des hommes. —
Les Incas ne pouvoient se marier aux princesses des pays voisins, puisque le Mexique seul
étoit gouverné par un monarque, & qu'il ne
régnoit aucune communication entre ces deux
contrées.

_____

(1) *History of the Colony Massachuset's-bay, by
Hutchinson.*

Les Nègres imaginerent une foule d'expédiens analogues à ce qu'on a déja dit de leur caractere & de leurs mœurs : on n'en citera qu'un feul.

Si le roi de Malinba ne laiſſe en mourant qu'une fille, elle eſt maîtreſſe abſolue du royaume ; dès qu'elle eſt nubile, elle ſe met en marche pour faire le tour de ſes états. Les hommes des bourgs & villages ſe rangent en haie à ſon arrivée : elle paſſe la nuit avec celui qui lui plaît davantage : elle mande enſuite celui de tous dont elle a été le plus ſatisfaite, elle l'épouſe ; dès-lors elle n'a plus aucun pouvoir, & l'autorité paſſe à ſon mari (1).

On diroit que les chefs ne regardent les femmes que comme des objets d'amuſement : & ſi l'on en excepte le czàr Pierre qui eut le courage d'épouſer une payſanne à cauſe de ſon eſprit, on n'a cherché que des qualités corporelles, ou des alliances politiques.

Le kan des Tartares achete une centaine de filles : après les avoir long-tems examiné, on en choiſit trente des plus belles : on les confie aux femmes des barons qui voient *ſi elles ne ronflent pas en dormant*, ſi elles n'ont pas d'odeur déſa-

---

(1) Hiſt. Nat. de M. de Buffon, tome V qui cite des mémoires particuliers qu'on lui a communiqué.

gréable ou de défaut caché. Cinq de celles qu'on juge parfaites paffent fucceffivement trois jours & trois nuits dans la chambre du prince (1).

Autrefois la fiancée d'un roi de France étoit « regardée & avifée toute nue par les dames, pour voir fi elle étoit convenable « (2).

Les ferrails d'Arrakan font remplis de jeunes filles qu'on deftine au fouverain : chaque gouverneur en choifit annuellement douze dans fa province ; on les amène à la cour, on les revêt d'une robe de coton, & on les expofe aux ardeurs du foleil jufqu'à ce que la fueur pénètre la robe ; le monarque fent les robes les unes après les autres, & il garde pour fon lit, la femme dont la fueur n'a rien qui lui déplaife (3).

Dès que l'empereur de la Chine ou fon héritier préfomptif penfent à fe marier, le tribunal des cérémonies nommoit jadis des matrones qui choififloient indiftinctement vingt filles les plus accomplies, chez le peuple & chez les grands. La reine mere ou la premiere dame de la cour, leur ordonnoit de faire différens exercices, pour s'affurer qu'elles n'avoient ni mauvaife odeur ni

---

(1.) Voyage de Marcopolo.
(2.) Froiffard.
(3.) Rel. de Sheldon.

défauts corporels. Après un grand nombre d'é-
preuves l'empereur en époufoit une, & on donnoit les dix-neuf autres aux fils des feigneurs de
l'empire (1).

Les filles des chefs partagerent les mêmes
avantages. Sous le règne des empereurs Chinois
on cherchoit les jeunes gens de 14 ou 15 ans les
mieux faits ; & le monarque marioit l'un deux à
fa fille ou à fa fœur. Cet époux fe mettoit à genoux foir & matin devant fa femme, & frap-
poit trois fois la terre du front, jufqu'à ce qu'il
eût un enfant (2).

On crut enfuite que l'autorité des chefs s'éten-
doit fur toutes les femmes : quand les Adrima-
chides, peuple voifin de l'Egypte fe marioient,
ils offroient leurs époufes au roi pour être déflo-
rées par lui, & il leur accordoit affez fouvent
cette grace (3).

Les chefs des ifles Canaries exigeoient ces prémices comme un droit (4), & même les plus
belles femmes du Pérou devenoient les concubines de l'Inca. On les enfermoit dans des

_____

(1) Rel. de Magalhaens. Duhalde.
(2) Duhalde.
(3) Boemus *mores gentium.*
(4) Prevoft, tome I.

ferrails, & on en privoit la fociété fans que le prince en profitât; car il ne pouvoit pas en connoître la trentieme partie (1).

On n'imagine pas avec combien d'inquiétude & de foin elles s'efforcent de charmer les ennuis des princes. Il y en a fix magnifiquement parées qui fe tiennent à genoux aux pieds du roi de Juida ; elles employent toute forte de careffes , de poftures, de geftes & d'expreffions pour le diftraire & l'amufer : fi l'une d'elles excite fes defirs, il la touche en frappant des mains, & à l'inftant les autres fe retirent (2).

Quelques rois de Guinée font entourés de femmes qui ne ceffent de les gratter & de les chatouiller (3); & celui de Popo en a deux qui le rafraîchiffent continuellement avec des éventails (4).

Celui d'Achem dans l'ifle de Sumatra, en a quarante qui lui effuyent le vifage , lui préfentent de l'eau-de-vie ou des liqueurs, ou qui chantent des chanfons agréables (5).

---

(1) Rel. d'Ulloa.
(2) Voyage de Defmarchais, vol. II.
(3) Jobfon *Golden-Trade.*
(4) Barbot.
(5) Prevoft, tome I.

En Orient & chez les peuples qui renferment les femmes, on peuple les ferrails avec une profufion révoltante; & l'empereur de Maroc a des concubines blanches, des concubines noires, & des concubines jaunes.

Les Turcs impoferent un tribut de cent filles pour le fultan, à toutes les nations dont ils deve-noient les maîtres.

Khofrou, roi de Perfe, avoit trois mille femmes libres & douze mille efclaves, en forte que les quinze mille femmes les plus belles de l'empire gémiffoient dans la prifon de ce prince (1).

Une ville de la Chine n'eft habitée que par les concubines de l'empereur, & les perfonnes employées à leur fervice. Le monarque y paffe trois ou quatre jours au tems de fes chaffes (2).

Dans le commencement des fociétés, la peine contre un fujet qui corrompt ou qui voit la femme de fon chef n'eft pas très-févère; mais bientôt elle devient terrible, & fouvent abfurde. C'eft un crime capital de lever les yeux fur les concubines du roi de Juida (3): un Nègre qui

---

(1) Bib. Orient. d'Herbelot, *art.* Khofrou. On craint qu'il n'y ait ici de l'exagération.

(2) Voyage d'Isbrand ides.

(3) Voyage de Defmarchais, vol. II.

en touche une volontairement ou par hafard eft condamné à la mort ou à l'efclavage, & on eft obligé en entrant au palais de pouffer un cri pour leur donner le tems de fe retirer (1). Dès qu'on les apperçoit on fe profterne le vifage contre terre & on les laiffe paffer (2). Le lecteur remarquera que dans ce pays l'on ne connoît point les ferrails ; que les femmes font prefque nues, & vivent avec les hommes fans beaucoup de cérémonies.

Le roi de Siam permet à fes femmes de paroître en public le vifage découvert, quoiqu'il foit défendu fous peine de la vie de les regarder (3).

---

(1) On vend auffi la malheureufe femme qu'on a touché.

(2) Bofman.

(3) Rel. de Beaulieu

CHAPITRE

CHAPITRE VIII.

Amuſemens, plaiſirs des Chefs.

La vie eſt ſi longue pour des chefs qui s'ennuyent, & d'un autre côté les plaiſirs dont ils jouiſſent dans les pays barbares ſont ſi monotones & ſi groſſiers que bientôt ils éprouvent le dégoût.

La plupart des peuples les tirent de leur léthargie avec du bruit, des farces, des bouffons, & des combats.

L'empereur du Mexique fumoit après ſes repas du tabac & de l'ambre gris afin de s'endormir plus promptement; & des muſiciens venoient l'éveiller en chantant ſes louanges.

Les Nègres parlent rarement aux audiences des princes : on s'aſſied tandis que les trompettes, & les tambours font un affreux vacarme (1).

Pendant le divan Mogol on ne ceſſe point d'entendre une muſique douce qui n'apporte

_____

(1) Voyage de Loyer.

Tome I. B b

point d'interruption aux affaires les plus férieufes (1).

On ne croira pas que les Nègres de Kaffan
battent du tambour la nuit dans les cours du
palais, mais ce fait eft attefté par Jobfon (2).

Trois cens muficiennes égayoient le roi de
Perfe, elles l'endormoient & l'éveilloient (3) au
fon de leurs voix.

Les princes de Congo & de Loango entretiennent des nègres blancs, qui les réjouiffent;
les empereurs du Mexique avoient le même
goût pour les blafards.

Les nobles de Loango forment des branles
& fautent autour de leur roi, en fecouant les
bras en avant & en arriere, & fi le prince paroît content, ils fe roulent dans la pouffiere
pour témoigner leur joie (4).

Les cerfs-volans amufent l'hiver toutes les
cours des Indes; on y attache des feux qui reffemblent à des aftres au milieu du Ciel : celui
du roi de Siam eft en l'air chaque nuit, &

(1) Rel. de Tavernier.
(2) *Golden-Trade.*
(3) Athénée, liv. 8.
(4) Rel. d'Ogilby.

les mandarins tiennent alternativement le cordon (1).

L'empereur du Japon ordonnoit aux Hollandois d'ôter leurs manteaux, de se tenir debout, de marcher, de s'arrêter, de se complimenter les uns les autres, de sauter, de faire les ivrognes, &c. (2).

Le grand Jagga célèbre annuellement sa naissance, par une fête : les sujets s'assemblent dans une plaine & on lâche un lion furieux au milieu d'eux. Les Nègres ne fuient point l'animal, car c'est un bonheur d'être dévorés sous les yeux du prince (3).

Enfin n'a-t-on pas eu la prétention de changer les élémens & la nature pour le plaisir des souverains ?

Les flambeaux qu'on brûle devant le roi du Monomotapa & les mets & les vins qu'on sert sur sa table sont parfumés (4).

Dès que celui de Melinde sort, il est précédé par quelqu'unes de ses femmes qui tou-

---

(1) Rel. de la Loubere.
(2) Kempfer.
(3) Voyage de Carly.
(4) Sanut. Barbosa. Dapper.

chent des inftrumens de mufique & qui em-
baument l'air de parfums (1).

On prétend que la fête des lanternes fut infti-
tuée à la Chine par un empereur qui fe plai-
gnant que la nuit rend inutile au plaifir une
partie de la vie, fit bâtir un palais fans fenêtres,
où l'on entretenoit une illumination perpétuelle
(2), & dans lequel des hommes & des femmes
étoient toujours nuds.

(1) Oforius. Ramufio. Davity. Dapper.
(2) Duhalde.

CHAPITRE IX.

Propriété sans bornes des Princes. Revenus ; comment employés.

Enfin l'homme n'est plus qu'un esclave qui ne possede rien : sa vie & sa personne appartiennent à son maître. On a déja dit que les sauvages de la Floride immoloient au chef leurs premiers enfans ; & une foule d'autres souverains jouissent en propriété de tous les biens. Ces usurpations foibles d'abord dans leur origine s'accroissent peu à peu & bientôt elles n'ont point de bornes.

Les Indiens de l'antiquité ne pouvoient pas nourrir un cheval ou un éléphant : les animaux de ces deux races appartenoient aux rois du pays (1).

Les sorciers du roi de Loango prennent dans les marchés tout ce qui sert à leur entretien (2).

Le roi de Ceylan tient par politique ses sujets dans la misere ; il permet à ses officiers de s'em-

---

(1) Hist. univ. des Anglois, tome XIII.

(2) Rel. d'Ogilby.

Bb 3

parer au plus vil prix de la volaille, des ani-maux & des denrées du peuple (1).

L'empereur de Maroc hérite de fes officiers & il ne donne à leurs enfans que ce qui lui plaît (2).

Ricaut dit (3) que le Grand-Turc ne prend que trois pour cent fur les fucceffions des gens du peuple quoique tout lui appartienne.

Le Mogol a la propriété de toutes les terres de l'empire (4) & il confifque quand il veut les biens des indoux.

On force à travailler gratuitement toute fa vie pour le fervice du roi, un ouvrier Siamois qui fe diftingue dans fon art : chacun d'eux lui confacre déja fix mois de tems ; mais ils ne s'avi-fent pas de faire un ouvrage parfait : *une fervi-tude entiere feroit le prix de leur habileté* (5).

Le droit des princes parut fi inconteftable qu'on maltraita ceux qui demandoient des ré-compenfes. Des officiers eftropiés & les veuves

---

(1) Rel. de Knox.

(2) Mouquet, Braithwait.

(3) Defcr. de l'empire Ottoman.

(4) Etat civil, politique & commer. du Bengale, &c.

(5) Rel. de la Loubere. Le même voyageur nous ap-prend ailleurs, qu'à Siam tout le monde ne peut pas fe mettre à l'abri des élémens, & qu'il faut un privilege pour porter un parafol.

des officiers tués qui follicitoient à la cour de petites penfions, importunerent le Cardinal de Lorraine, miniftre de François II : on publia à fon de trompe qu'ils euffent à fe retirer de Fontainebleau dans 24 heures, fous peine d'être pendus à un gibet qu'on dreffa devant le palais.

D'autres fe crurent les maîtres du monde entier ; & les papes donnerent aux Efpagnols & aux Portugais toutes les terres qu'ils découvriroient à l'eft & à l'oueft du cap de Bonne-Efpérance. Un roi de Portugal obtint même du fouverain Pontife que les pays découverts dans fon diftrict par d'autres nations lui appartiendroient (1).

On ne parlera point de tous les revenus qu'on imagina. On réunira des traits épars.

Les chefs de quelques ifles au nord des Philippines n'ont de revenu que le fer qui, par des naufrages, tombé entre les mains des infulaires : ils en fabriquent des outils qu'ils louent à un prix exorbitant (2).

Le roi de Congo groffit fon tréfor de cette maniere. Dès qu'il fort il demande un chapeau : après l'avoir porté quelques minutes il reprend

_____

(1) Prevoft, tome I.
(2) Rel. d'Ogilby.

son bonnet ; mais il le met de façon qu'il est abbattu par le moindre vent : s'il tombe, les officiers s'empreffent de le relever ; mais le roi courroucé les repouffe avec dédain & retourne au palais fort mécontent. Il ordonne le lendemain à deux ou trois cens foldats de lever fur fes peuples une groffe impofition (1).

Chaque famille de cet état paye annuellement à la reine un, deux ou trois efclaves pour l'entretien de fon lit, & fi fon lit a quatre fois la longueur d'une certaine mefure du pays on en paie quatre (2).

Un Nègre donne au roi de Biffao la maifon de fon voifin : le prince s'en empare & le propriétaire eft contraint de la racheter ou d'en bâtir une autre. On dit que le malheureux Nègre fe venge en donnant auffi la maifon de fon voifin & que le monarque les prend toutes deux (3).

La bulle de la Cruciade accorde des indulgences aux habitans de l'Amérique Efpagnole, & permet l'ufage des œufs, du beurre & du

---

(1) Rel. d'Ogilby. Cette conduite reffemble à de la démence : mais Ogilby ne dit rien de plus, & l'on peut admettre fon témoignage.

(2) Ibid.

(3) Voyage de Brue. Il eft probable que ce voyageur altere un peu cet ufage.

fromage pendant le carême : cette bulle procure un immenfe revenu au tréfor de Madrid.

On fit un ufage étrange de ces revenus. Cyrus avoit befoin d'un grand nombre de chiens d'inde; & quatre villes de la Babylonie étoient exemptes d'impofition & de tributs à condition qu'elles nourriroient ces chiens (1).

Les concubines favorites confumoient le revenu de plufieurs provinces de Perfe. Une ville fourniffoit les ornemens des cheveux; une autre des colliers, des bracelets, &c. (2) Un pays s'appelloit *la ceinture de la reine*, & un fecond, *la coëffure de la reine* (3).

---

(1) Herodote.
(2) Cic. *in verrem orat.* 5.
(3) Plut. *in Alcibiad.*

CHAPITRE X.

Autorité abfolument illimitée des Chefs. Caprices fanguinaires. Caprices ridicules.

LA fervitude des fujets augmente fans ceffe & le maître forme chaque jour de nouvelles prétentions; fon autorité s'étend au-delà des bornes que fembloit pofer la nature; la mort ne fouftrait plus à l'efclavage & le prince flétrit ou couvre encore de gloire ceux qui font fous la tombe.

L'empereur de la Chine crée des morts comtes ou ducs; & il leur donne d'autres titres : en fa qualité de grand pontife il en fait des Saints & on les vénére comme des dieux ou des déeffes, ou il les déshonore, & il fouille à jamais leur mémoire (1).

D'autres afferviffent jufqu'à la langue que parlent les hommes. Ce même empereur change la figure & le caractere des lettres, il abolit les anciennes, & il en introduit de nouvelles : il

_____

(1) Duhalde. Le Comte.

défend l'ufage de certaines expreffions & il en fait revivre d'autres.

Chilpéric voulut corriger l'orthographe : l'ancienne méthode eut fes martyrs , & deux maîtres d'école aimerent mieux fe laiffer couper les oreilles que d'accepter la nouvelle (1).

Enfin ils enlèvent les dépôts où les hommes puifent des lumieres ,& des confolations. L'empereur Chi-Hoang-Ty ordonna fous peine de la vie de brûler tous les livres ; & il n'en excepta pas ceux d'agriculture & de médecine. Son ordre fut exécuté avec une rigueur inouie.

Si leur influence fur la mode n'eft pas auffi dangereufe, elle n'eft pas moins répandue. L'empereur de Java affifte toutes les femaines à un grand tournoi public : le peuple attache à fon bras un bonnet & un turban : dès que le prince paroît on jette les yeux fur lui pour l'imiter s'il porte un bonnet à la Javanoife , ou un turban (2).

Ailleurs ils s'abandonnent à leurs caprices avec une aifance admirable. Douze filles & douze garçons, demi-nuds, danfoient devant une reine du Bengale : fa majefté ordonna brufquement

---

(1) Grégoire de Tours, hif. liv. 5.
(2) Rel. de Schouten.

à fes courtifans, jeunes & vieux, de fe déshabiller & de danfer auffi ; & elle obligea Floris & tous les étrangers de fuivre cet exemple (1).

Au premier jour de la nouvelle lune l'empereur du Monomotapa court dans fon palais armé de deux javelines. On apporte du bled d'inde bouilli : le prince le jette à terre, il dit aux feigneurs de fa fuite d'en manger, & auffitôt ils le lèchent à genoux (2) ; le monarque difparoît pour huit jours, & pendant cet intervalle les tambours ne ceffent de battre autour du château : le prince reparoît enfin ; il montre du doigt les officiers qu'il affectionne le moins & on les exécute fur le champ (3).

Le fouverain de Pégu employe les nobles de fes états à de vils travaux ; Balby les vit en 1586 creufer la terre, quoiqu'il tombât une groffe pluie, & conftruire comme des maçons un aqueduc & une galerie (4).

Il furvient une époque d'abrutiffement où les peuples fe coupent les membres lorfqu'il arrive à un prince de fe bleffer. Le roi d'Ethiopie im-

---

(1) Rel. de Floris.
(2) Voyage de Faria.
(3) Ibid.
(4) Rel. de Balby.

pofoit cette obligation à fes domeſtiques; &
fes amis & fes fujets la rempliſſoient par
attachement. » C'eſt une choſe honteuſe, di-
foient-ils, de marcher droit, tandis que le
prince eſt boiteux & de voir de fes deux yeux,
s'il n'en a qu'un «. Pluſieurs fe tuoient à fa mort
afin de lui donner des marques d'une fidélité
conſtante (1).

Voici comment les chefs fatisfont leurs caprices fanguinaires.

Henri, comte de Champagne, paſſe dans les
états du prince *des Aſſaſſins*, fous le règne de
Philippe-Auguſte. Le prince des aſſaſſins lui demande s'il a des fujets auſſi obéiſſans que les
fiens : il fait figne à trois jeunes-gens, qui montent au haut d'une tour & fe précipitent en bas
fur des cailloux.

Un prêtre mahométan qui vouloit détruire les
ennemis de fon prophête, prédit à un roi d'Arrakan qu'il ne vivra pas long-tems; mais pour
prolonger fa vie, il lui conſeille d'immoler fix
mille de fes fujets, quatre mille vaches blanches & deux mille pigeons blancs, de prendre
les cœurs & d'en faire une compoſition dont il
fe nourrira. Le monarque fuivit fon conſeil &

___

(1) Herod. Diod. de Sic. liv. 3.

le maffacre commença dès le lendemain (1).

Marius & Sylla affichoient le matin fur les places publiques la lifte des profcrits, & Rome obéit paifiblement à ces affaffins. Les profcrits qui échappoient à la mort devoient être tués en quelqu'endroit qu'on les trouvât; & une loi réduifoit à la mendicité & excluoit des charges les enfans de ceux qui leur donnoient un afyle.

Néron fit mourir un citoyen d'une probité éclatante parce qu'il avoit la *contenance trop noble*. Le peuple fe moqua un jour au cirque d'un de fes cochers : le prince ordonne de maffacrer les infolents, & comme on ne pouvoit pas les diftinguer, fes foldats égorgerent tout le monde (2).

Commode fe battit 725 fois dans l'amphithéâtre, & l'on penfe bien qu'il ne fut jamais vaincu : il fe nommoit au bas de fes lettres le vainqueur de mille gladiateurs. Il jetta aux bêtes un romain qui avoit lu la vie de Caligula, parce que ce tyran étoit né le même jour que lui. Il vit paffer un homme très-gros, & il le fendit en deux, pour effayer fes forces; on ajoute que dans fes courfes nocturnes il fe plai-

---

(1) Rel. de Sheldon.
(2) Hérodien, liv. 4.

foit à couper un pied ou arracher un œil à ceux qu'il rencontroit. Enfin on dit qu'ayant pris l'habit & la maſſue d'Hercule, il ordonnoit à ſes ſujets de ſe déguiſer en monſtres, afin qu'en leur caſſant la tête il pût s'appeller le vainqueur des monſtres (1).

Que dire des grands maſſacres ordonnés par les ſouverains en tems de paix, des 80 milles Romains que Mithridate fit égorger au milieu de ſes états (2), des Vêpres Siciliennes, de la Saint Barthelemi & des cruautés commiſes par des ſultans d'Aſie, dans des momens d'ivreſſe ?

(1) Lampride, vie de Commode.

(2) *Appien in Mithrid. Cic. Well. pater. Eutrop. Florus.* Oroſe, Plutarque & Dion diſent que le nombre des Romains qui périrent en ce jour fut de 150000 ; Maxime & Valere-Maxime n'en comptent que 80000.

CHAPITRE XI.

Mort & Funérailles des Chefs & des Princes.

IL eſt convenable de donner aux chefs des marques d'attachement & de reſpect après leur mort. La douleur dégénère en cérémonial, & les loix ou l'uſage ordonnent de verſer des pleurs & de prendre le deuil. Il n'y avoit en cela que de petits inconvéniens ; mais on porta bientôt ces ſimagrées à l'excès.

Dès que le chef des Indiens de la Flóride meurt, ſes ſujets s'aſſemblent autour de ſon cadavre, & ſans boire ni manger, ils pouſſent des gémiſſemens pendant trois jours & trois nuits (1).

Les Biſſayas gardoient un ſilence profond pluſieurs jours après la mort de leur roi : il étoit défendu ſous peine de la vie de le troubler ; on ne touchoit aucun inſtrument & la navigation ceſſoit ſur les rivieres (2).

Les peuples barbares enchérirent encore ſur

_____

(1) Rel. de la Laudonniere.
(2) Voyage de Gemelli-Carery.

ces

ces marques de douleur. On portoit le corps du roi des Scythes dans chaque province, & les habitans fe coupoient une partie de l'oreille ; ils fe bleffoient au front, au nez & au bras, & ils fe perçoient la main gauche d'une flèche.

Les Spartiates impoferent la même obligation à leur confédérés & leurs voifins, & ils contraignoient les Ilotes, de l'un & de l'autre fexe à fe découper le front (1).

Les peuples en fe poliçant renoncent à ces mutilations ; mais ils y fubftituent d'autres raffinemens. Les Égyptiens fufpendoient tous les travaux l'efpace de plus de deux mois : deux ou trois cens pleureurs, la tête couverte de boue, faifoient deux fois par jour des lamentations fur la place publique : on ne pouvoit durant cet intervalle ni manger de la viande ou du pain de froment, ni boire du vin, ni fe baigner, ni fe parfumer, & enfin les plaifirs du mariage étoient interdits (2).

Dans les pays defpotiques l'affectation s'en

_____

(1) Hérod. liv. 6, 401.

(2) Diod. de Sic. liv. 1, feét. 2. On ne parle point des jugemens qu'on faifoit fubir aux rois après leur mort, on fait que cette cérémonie frivole ne contenoit aucun monarque.

mêle & on pleure d'une maniere puérile. A la mort de l'empereur ou de l'impératrice de la Chine, les mandarins passent la premiere nuit à se lamenter en plein air.

On joua le sentiment & la douleur, & on eut recours à tout ce qui pouvoit en retracer l'image. Lorsque le corps d'un empereur romain étoit brûlé, on mettoit une figure de cire sur un lit de parade; des hommes en habit noir & des femmes en habits blancs entouroient le manne-quin : les médecins avertissoient de tems en tems que le prince alloit de mal en pis; & quand le jour de déclarer la mort arrivoit, les plus qua-lifiés d'entre les nobles prenoient le lit sur leurs épaules & le portoient au milieu de la place publique; le peuple poussoit des cris & on lâ-choit un aigle, pour annoncer que l ame du monarque montoit au ciel (1).

Il semble ailleurs que la société doit se dif-foudre, & la nature s'arrêter à la mort d'un prince : cette idée seule peut du moins expliquer la frénésie des insulaires de Savu. A peine le Rajah est-il expiré que les sujets s'assemblent & tuent presque tous les animaux qui tombent sous

_____

(1) Hérodien, liv. 4. Cette farce fut jouée jusqu'au tems de Constantin.

leurs mains ; & fuivant qu'il y a plus ou moins d'animaux , l'orgie dure plus ou moins de tems. Dès que les premiers accès de douleur font paf-fés , on eſt étonné que la nature continue ſa marche, & que tout ſe paſſe dans l'iſle comme ſous le règne du prince ; mais il faut jeûner ſi cette mort arrive pendant la faiſon sèche où il n'y a point de végétaux , & quoique l'expérience les ait ſouvent contraint de ſubſiſter de ſyrop & d'eau , ils ne ſe corrigent pas (1).

D'autrefois on crut que les chefs font im-mortels , & que leur ſanté doit toujours être parfaite. Si un roi Scythe étoit malade , on convoquoit les devins : ils diſoient ordinaire-ment qu'un tel avoit fait un faux ſerment en jurant par le trône royal : on ſaiſiſſoit l'accuſé, & on le décapitoit (2). Les Tartares Mongols qui ne voient point leur grand prêtre , imagi-nent qu'il vieillit à meſure que la lune décline, & que ſa jeuneſſe recommence avec la nouvelle lune (3).

Ces idées folles ne pouvoient manquer d'être funeſtes aux princes eux-mêmes ; car ſouvent la

(1) Voyage de Cook.
(2) Hérodote.
(3) Hiſt. des Turcs & des Mongols.

superftition extermine demain l'homme qu'elle
adoroit hier. Suivant les peuples du Congo, le
monde finiroit bientôt fi leur fouverain pontife
mouroit de mort naturelle, & dès que la maladie ou la vieilleffe le mettent en danger fon
fucceffeur l'étrangle ou l'affomme à coups de
maffue (1) pour prévenir cette cataftrophe.

Enfuite les ufages bifatres n'eurent plus de
terme. On jugea que l'efprit de ces demi-dieux
reftoit fur la terre, & repaffoit dans le corps de
fon fucceffeur. Quand le chef des Sifans eft à
l'agonie, on jonche fa cabane de fleurs & d'herbes odoriférantes; douze jeunes garçons & douze
jeunes filles entrent, & chacun de ces couples
travaille à la production d'un enfant, afin que
l'ame du mourant trouve auffitôt un autre
corps (2).

Dès que la vieilleffe du grand Lama eft un
peu avancée, il affemble fon confeil, & il déclare qu'il paffera dans le corps d'un tel enfant nouvellement né : cet enfant eft élevé avec
foin jufqu'à l'âge de fix ou fept ans : alors on
apporte des meubles du défunt qu'on mêle à fes

---

(1) Voyages de Labat.

(2) Effais hift. fur Paris, tome V.

propres meubles, & s'il les diſtingue c'eſt une preuve de la tranſmigration (1).

Enfin les peuples qui regardoient le prince comme un Dieu, ſe réjouirent de ce qu'il venoit de monter au ciel. Il eſt défendu aux Nègres du Congo de pleurer la mort du roi; on punit févèrement quiconque répand des larmes (2), & on fait pendant huit jours des excès de boire & de manger (3).

D'autres qui n'accordent au prince que la qualité de demi-dieu, ne jugent pas qu'il y ait ſur la terre un lieu digne de ſes cendres. Les habitans du Pégu les portent au milieu de la mer : on place le cadavre, des bois odoriférans & pluſieurs talapoins, ſur deux barques jointes enſemble & on expoſe le tout à la merci des flots. Lorſqu'on eſt éloigné du rivage, les prêtres allument le bûcher, & ils tâchent d'échapper au naufrage (4).

___

(1) Voyage de Bernier.
(2) Voyages de Labat.
(3) Rel. d'Ogilby.
(4) Coll. de Bry; petits voyages, partie 7.

C'eſt par une ſuite du même principe que les anciens Suédois pendoient à des chênes les corps de leurs monarques, qu'ils les brûloient avec du genièvre, ou enfin qu'ils

On ne parlera pas de toutes les cérémonies ridicules dont on accompagna les funérailles des chefs : accablé sous un trop grand nombre de faits, il faut choisir les plus saillans. Le corps du roi de Tunquin est placé sur un char que traînent huit cerfs, & chaque cerf est conduit par un capitaine des gardes.

L'empereur du Mexique portoit une chaussure de peau de chevreuil, on attachoit des anneaux à ses doigts, des bracelets d'or à ses poignets : on couvroit ses lèvres de pierreries & ses épaules de gros panaches ; & on jettoit un chien dans le bûcher, afin d'annoncer l'arrivée du prince dans les lieux par où il devoit passer (1). Après qu'on a enterré le roi de Loango, on enferme le lieu de sa sépulture d'une palissade d'yvoire (2).

Dans la plûpart des contrées on immole des hommes sur le tombeau des rois : comme on avoit une extrême vénération pour eux, on vouloit qu'ils ne manquassent pas de domestiques, & sur ce principe on auroit pu immoler toute la

___

alloient les cacher dans le creux des rochers sur les hautes montagnes.

(1) Gomara.

(2) Lacroix. Dapper.

nation, pour que le monarque ne fût privé, ni de son empire ni de ses sujets.

Le nombre des victimes & la maniere dont on les égorge, varient suivant les différens pays, & il est à propos de citer des exemples.

A la mort de l'empereur du Mexique, on plaçoit près de lui un esclave revêtu de ses ornemens, on l'honoroit comme le souverain pendant quelques heures, on l'étouffoit ensuite, & on l'enterroit à côté du monarque avec une marque sur le visage (1). Le nouveau prince nommoit d'autres victimes; & plusieurs se dévouoient volontairement; mais on enivroit les unes & les autres pour qu'on n'eût rien à craindre de leur constance (2).

L'isle de Bissao est gouvernée par neuf chefs: dès que l'un d'entre eux meurt, on choisit trente de ses femmes & ses esclaves les plus fidèles, & on les étrangle (3).

---

(1) Herrera.

(2) Ibid.

(3) Les tombeaux de ces rois sont immenses: on y place les portraits des principaux courtisans: les sujets y portent sans cesse les alimens, les habits &c, dont le roi peut avoir besoin, & même on y entretient une garde qui veille aux besoins du mort.

Les grands de la côte d'Or font préfent d'un efclave au prince défunt : plufieurs lui donnent une de leurs femmes pour faire fa cuifine, & d'autres un de leurs enfans. Le jour de la fépulture on envoie toutes ces victimes fous quelque prétexte, dans un certain lieu, & des hommes cachés les tuent à coups de zagayes & de flèches. On expofe les cadavres au palais ; on les colore enfuite de fang ; ils accompagnent le convoi, & on les enterre dans la même foffe. Quand les femmes du prince demandent à fuivre leur maître, on plante leurs têtes fur des pieux autour de la foffe, comme le plus glorieux des ornemens funèbres (1).

A côté du caveau du prince de Congo, on en remplit un autre d'efclaves qu'on égorge pour le fervir dans l'autre monde, *& pour y rendre té-moignage de la conduite qu'il a tenue dans celui ci* (2).

Dès qu'un roi de Benin a pouffé le dernier foupir, on ouvre près du palais une foffe large par le fond, mais dont la bouche eft fi étroite

---

(1) Rel. d'Ogilby.

(2) Voyez Bofman & Barbot.

qu'on la ferme d'une pierre. On y jette dabord le corps du prince & enfuite une foule de domeftiques; & on ferme le puits : le lendemain on lève la pierre , & les grands officiers baiffent la tête vers le trou, & demandent à ceux qu'on a précipités s'ils font auprès du roi : au moindre cri on referme le puits pour le rouvrir de nouveau jufqu'à ce que les victimes foient mortes de douleur & de faim. Le fucceffeur du prince traite enfuite tout le peuple, & à la fin de l'orgie les Nègres ivres fe tuent les uns les autres : ils coupent les têtes des cadavres, & ils les traînent à la foffe fépulcrale (1).

A la mort du roi de Juida, la loi condamne fon favori , & quelques - unes de fes femmes, & l'on facrifie au hafard plufieurs de fes fujets.

Les anciennes nations de l'Europe & de l'Afie étoient auffi barbares. Les Scythes étrangloient cinquante jeunes officiers avec autant de chevaux qu'on éventroit & qu'on rempliffoit de paille : on dreffoit les chevaux fur leurs pieds, on plaçoit les cavaliers deffus , & on les rangeoit en cercle autour du cadavre du prince.

(1) Voyage de Defmarchais.

Des peuples cependant avoient du mépris pour les cadavres des rois. Les Arabes Nabaréens les enterroient dans du fumier (1).

(1) Hérodote & Strabon.

Fin du Tome premier.

TABLE

DES LIVRES ET CHAPITRES

Contenus dans ce Volume.

LIVRE PREMIER.

Alimens, Repas.

LIVRE SECOND.

Des Femmes.

LIVRE TROISIEME.

Du Mariage.

LIVRE QUATRIEME.

Naissance & Education des Enfans.

LIVRE CINQUIEME.

Chefs; Souverains.

Fin de la Table du premier Volume.

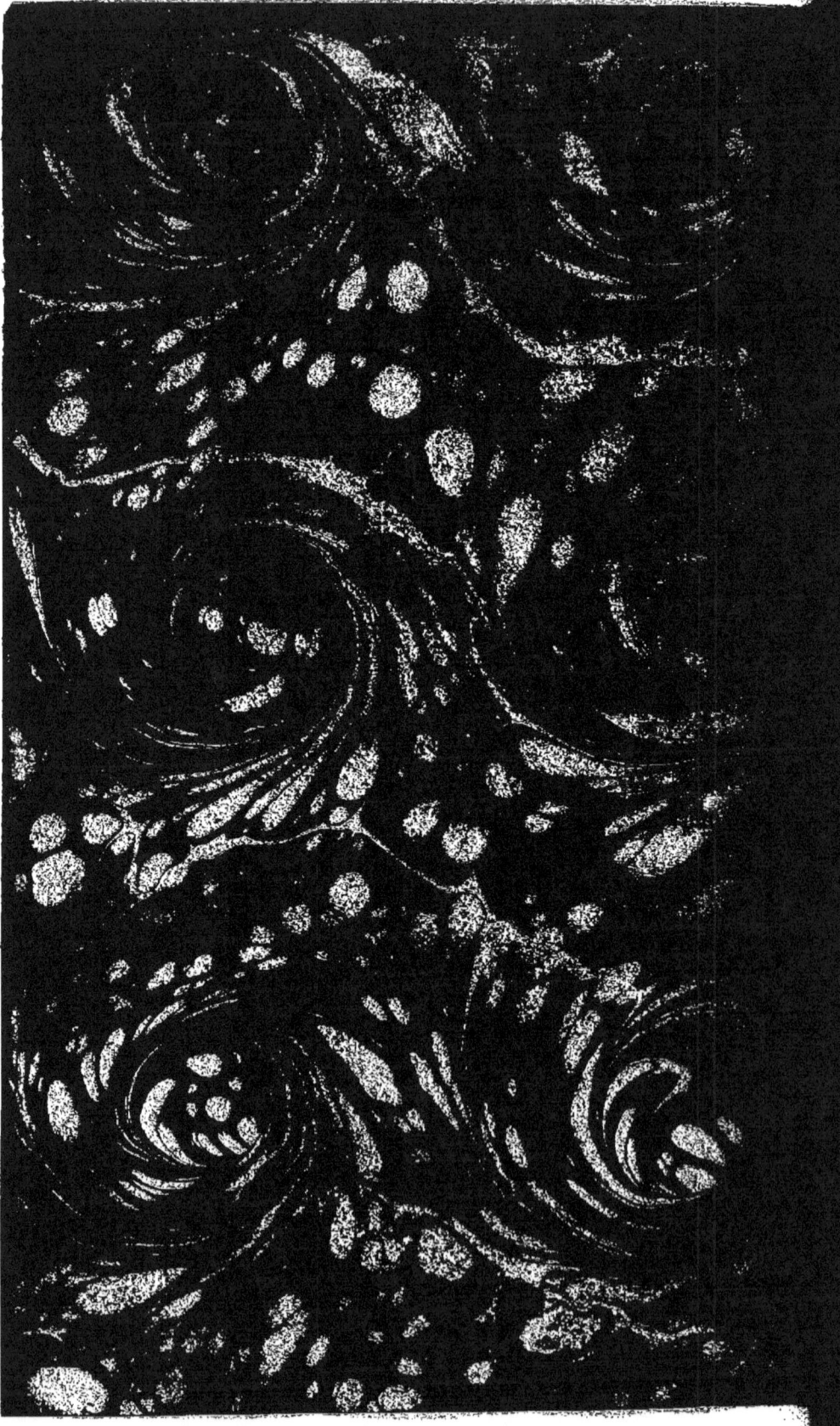

www.ingramcontent.com/pod-product-compliance
Lightning Source LLC
Chambersburg PA
CBHW070546030726
47505CB00001B/175